데이터 상속인   II

PL▷Y

데이터 상속인 II

한상운 장편소설

문학동네

차례

가사도우미 _009

비서실장 _025

재벌가 딸 _039

야합 _053

세앙스 _077

아들들 _117

저택의 문제 _163

외부자들 _203

오욕칠정 _249

진실 _281

결말 _327

에필로그 _347

chaebol [tʃǽbəl]

「명사」 재벌

한국의 기업 집단을 통칭하는 용어로, 주로 가족 혹은
혈연으로 이어져 있는 독점적 자본가 무리를 뜻한다.

가사도우미

상연은 김 회장 방에 가고 싶지 않았다.

하지만 10시가 넘어서도 회장이 깨질 않으니 누군가 나설 수밖에 없었다. 김백식 회장은 언론 인터뷰에서 빨리 일어나는 새가 벌레를 잡는다며 자신은 새벽 4시에 업무를 시작한다고 큰소리쳤지만, 사실 그때쯤 한 번 깨서 오줌을 싸고 다시 잔다는 뜻일 뿐 실제론 7시쯤 좀비처럼 비비적거리며 일어났다. 그러고도 한참을 이부자리에서 미적대다 8시쯤 늙은 벵골호랑이처럼 어슬렁거리며 식당에 내려와 한식 백반에 생선구이를 먹고 무일그룹의 커피 프랜차이즈에서 제조한—회장은 에스프레소라고 우기지만 실제로는 맥심 모카골드와 최대한 가깝게 세팅된—커피를 마시면서 영상통화로 비서실장의 브리핑을 듣는 게 보통의 아침 풍경이었다.

　그날따라 김 회장은 방에서 꿈쩍하지 않았다. 식어버린 백반은 여러 번 폐기됐고 구이용 생선도 다 떨어져 그룹 소유의 프리미엄 마켓에서 생물 갈치를 긴급 공수해와야 했다. 그럼에도 김 회장을 깨우지 못한 건, 그가 불면증 환자이기 때문이었다. 오랜만의 숙면을 방해했다간 호통과 함께 뭔가가 날아오게 되어 있었다. 보통은 시계나 핸드폰이, 운이 없을 땐 머그잔이나 재떨이가 날아오는데(김 회장은 실내 흡연을 한다) 피하면 된다고 생각했다간 큰일나기 마련이었다. 어린 시절 돌팔매로 새를 잡아 아버지 사업자금을 보탰다던 김백식 회장이다(자서전에 그렇게 적혀 있다). 머그잔에 얼굴을 정통으로 맞아 코가 부러지고 실명 위기까지 간 직원도 있었다. 10억대 보상금을 받았다지만 애꾸가 되는 것과 바꿀 가치가 있는지에 관해선 저택 구성원 사이에서도 이견이 많았다.

　김 회장이 세번째로 불행한 결혼생활을 영위할 땐 문제가 없었다. 각방을 쓰는 젊은 사모님이 와서 문을 두들기면 해결됐다던데, 그분이 위자료로 받은 하와이 별장에서 연하의 남자친구와 행복한 시간을 보내는 지금은 그마저도 불가능한 일이 되었다.

집안 구성원 중 누군가 회장을 깨우러 가야 했는데 오늘은 그게 상연이었다. 책임을 질 만한 선임자가 없다는 게 그녀의 불운이었다. 경호 책임자는 딸 결혼으로 휴가를 냈고 운전기사는 다리가 부러져 병원에 입원했다. 얼마 전 저택에 돈 독감 때문에 선배 가사도우미들마저 단체로 병가를 냈다.

호텔 출신의 수석 셰프는 남은 갈치 수량을 헤아리다 임연수까지 구워야 할지 모른다는 불안감에 몸을 떨었다. 김 회장은 본인이 가리는 거 없이 잘 먹는다고 주장하지만, 맘에 안 드는 식재료가 나오면 뒤끝을 부렸다. 셰프는 최근에 고용된 탓에 회장이 임연수를 좋아하는지에 대한 확신이 없었다. 만일을 대비해야겠다는 생각에 주방을 지나던 상연에게 회장님이 깼는지 알아보라 지시했고, 상연은 본의 아니게 주춤주춤 식당까지 나왔다가 화상 브리핑을 위해 대기중이던 비서실장과 마주쳤다.

비서실장은 이동식 모니터 안에 EBS 일타강사처럼 서 있었다. 수수한 정장 차림, 등뒤에 전자칠판이 있는 것까지 상연이 고3 때 익숙하게 보던 장면과 똑같았다. 그때와 다른 건 이 화면은 쌍방향으로, 즉 인터랙티브하게 서로를 볼 수 있다는 점이었다.

비서실장이 상연을 가리키며 말했다.

"거기 여성분."

"저요?"

"네, 그쪽이요. 회장님 아직 안 일어나셨어요?"

"어…… 그런 거 같은데요."

모난 돌이 정 맞고 운 없는 놈은 벼락을 맞는다. 이럴 때 높은 분과 말 섞어서 좋을 리 없다. 그녀는 팝핀 댄서처럼 뒷걸음치며 사각지대로 사라지려 했지만, 비서실장이 이미 상연의 이름표를 확인한 후였다.

"박상연씨, 이리 오세요."

전화통화였다면 무시했을 것이다. 벨이 울리는 순간 도망쳤겠지. 인터폰이야 저택 곳곳에 설치되어 있으니, 누군가는 받을 것이고 책임도 그 사람이 질 테니까. 하지만 그룹 비서실장이 빤히 쳐다보며 이름까지 외웠는데 도망치는 건 바보나 할 법한 짓이었다. 울상이 된 상연이 모니터 가까이 다가서자, 비서실장은 테이블 위의 태블릿을 가리키며 말했다.

"거기 태블릿 집어요. 그거 가지고 올라가서 회장님 깨워야 합니다."

상연이 태블릿에 시선을 주는 순간, 화면이 켜지며 비서실장의 얼굴이 떴다. 저택 드레스룸이며 화장실, 차량 등 회장의 동선에 따라 한 대씩 배치되어 있는 태블릿이었다. 무일전자에서 특허 낸 사물인터넷IOT(Internet of Things) 기술이 탑재되어, 회장의 위치를 자동으로 파악해 작동된다고 들었다. 지금은 화면 저쪽에 있는 비서실장이 뭔가를 조작한 듯 싶었다.

상연은 태블릿을 들여다보며 간곡하게 말했다.

"다른 사람 부를까요? 저보다 높은 분이 올라가는 게 나을 거 같은데."

비서실장이 소리쳤다.

"빨리! 태블릿 들고! 계단 말고 엘리베이터 타세요!"

긴 세월 머슴으로 살아온 상연이다. 다시 말해 시키면 한다는 뜻이다. 위압적인 목소리로 정확한 지시가 내려오자, 상연은 반사적으로 태블릿을 집어 엘리베이터에 올랐다. 머슴은 엘리베이터를 쓸 수 없지만, 태블릿의 신분증 기능이 작동해 자동으로 문이 열렸다. 이어 AI 공기청정기가 몸에 붙은 먼지와 땀 냄새를 빨아들였다. 그러나 최신 공기청정기조차 상연의 걱정까지 빨아들이진 못했다.

애초부터 머슴을 꿈꾼 건 아니었다. 처음 택한 직업은 간호사였다. 취직이 잘 된다는 말에, 성적에 맞춰 적당한 대학 간호학과에 입학했지만 결국 중간에 포기했다. 마치 고등학교 4학년이 된 것처럼 공부할 게 너무 많았고, 소명감이 필요한 직업이란 사실을 깨달았기 때문이었다. 교수님들은 엉뚱하면서도 침착하고, 이상하리만치 피를 무서워하지 않는 상연의 성격엔 간호사가 딱이라고 했지만, 상연은 자신이 갈 길은 따로 있다고 여겼다.

그래서 생각한 것이 파티시에였다. 평소 워낙 먹을 걸 좋아해 밥 먹는 중에도 다음 끼니에 뭘 먹을지 궁리하는 상연이었다. 좋아하는 걸 해야 잘할 수 있다는 생각에 해외 요리 학교 진학을 결심했고, 학비 마련을 위해 각종 알바를 전전하다가 회장님 댁과 연결되어 가사도우미가 되었다.

상연은 처음 이 집에 왔을 때의 충격을 잊을 수 없었다. 그전까지 상연의 세상은 네 식구가 부대껴 살던 방 두 칸짜리 좁은 빌라와 대학을 핑계로 얻은 보증금 500에 월세 30의 반지하 원룸이 전부였다. 가끔 휴일에 본가에 가서 현관문을 열면 청국장 냄새와 생선 냄새에 덜 마른 빨래 냄새가 섞인 찌든내가 코를 훅 찔렀다. 이 냄새 때문에라도 본가에 오기 싫다는 생각을 하며, 군데군데 부스러진 인조가죽 소파에 앉아 티비를 보다가 누렇게 뜬 벽지 앞에서 부모님과 함께 식사를 했다. 부모님은 상연이 나가 사니 집이 텅 비어 운동장만하다는 농담을 했지만, 눈에 들어오는 구석구석마다 낡은 잡동사니가 쌓여 있어 여전히 사방이 비좁았다. 식사를 마치고 자주 오라는 부모님의 잔소리를 뒤로한 채 자취방으로 돌아와 현관문을 열면, 반지하 특유의 습기와 곰팡내가 섞인 달달한 디퓨저 냄새가 상연을 반겼다. 언젠간 해가 잘 들고 방이 두 개 이상인 전셋집으로 이사 가는 게 상연의 가장 큰 꿈이자 목표였다. 그러나 김 회장의 집에 처음 들어선 순간, 상연의 장래희망은 완전히 바뀌었다.

서울 금싸라기 땅 한가운데 지은 수천 평대의 저택. 정원의 잔디는 눈부신 초록으로 빛나고 나무들은 한 그루 한 그루가 작품처럼 정돈되어 있다. 수영장, 헬스장, 미니 골프장 등 생각할 수 있는 모든 편의시설이 적재적소에 자리잡았다. 한강이 내려다보이는 거실의 슬라이딩 윈도를 열면 시원한 강바람까지 느낄 수 있다. 외부 햇볕과 호응하여 자동으로 조절되는 조명. 온도 유지를 위해 자동 개폐되는 창문. 모든 것에 압도되었지만 가장 기억에 남는 건 첫날 면접을 위해 지나갔던 긴 복도였다. 발소리를 삼키는 두툼한 카펫엔 얼룩 한 점 없고, 차분하고 우아한 색감의 실크 벽지 위엔 다양한 그림이 걸려 있었다. 중간중간 디자이너 제품임이 분명한 의자들이 눈에 띄었고, 어디선가 작게 흘러나오는 클래식 음악과 밝은 햇빛이 생각나는 은은한 시트러스 머스크 향이 공간을 가득 채우고 있었다. 상연은 가본 적도 없는 지중해를 떠올리며 복도를 꽤 오래 걸었고, 면접에 합격한 뒤 입주 직원 제안을 받아들였다. 눈높이가 방 두 개짜리 전셋집에서 하늘 끝까지 치솟는 순간이었다. 그냥 공간만으로는 안 된다. 아름다운 공간에서 살고 싶다. 비록 사생활을 보장받지 못하고 이 저택에서 가구처럼 존재해야 한다고 할지라도, 그게 더 행복할 것 같다는 마음이었다.

물론 부모님의 생각은 달랐다. 젊은 나이에 입주 직원이라니 그거 가정부 아니냐고, 거기 들어가서 언제 남자 만나 결혼하고 애 낳을 거냐고, 배울 만치 배워놓고 왜 그런 일을 하느냐며 간호사 공부나 다시 하라고 한 소리 했지만 마침 북한이 정신없이 미사일을 쏴대던 때라, 핵폭탄이 터져도 방사능이 유입되지 않고 전쟁이 나도 안전한 건물이라는 얘기에 잔소리는 흐지부지되었다. 부모님이 눈뜨자마자 틀어놓는 종편 채널이 가끔 도움될 때도 있구나. 물론 두툼한 용돈 봉투도 한몫했겠지만.

그간 상연은 자신의 결정에 어떤 후회도 해본 적 없었다. 하지만 처음으로 회장과 독대하게 된 지금, 머리 위로 날아올 재떨이에 대한 두려움과 함께 진작에 그만뒀어야 하는 게 아닐까, 너무 현실에 안주하며 산 건 아닌가 하는 후회가 밀려왔다.

3층에서 엘리베이터 문이 열리자 맞은편 거실 벽에 걸려 있는 검붉은 그림이 상연을 반겼다. 몇 달 전에 야식을 가져다드리러 왔다가 처음 본 그림이었다. 우중충한 색감에도 불구하고 묘하게 인상적이라 선배 도우미가 방으로 들어간 사이 몰래 사진을 찍어두었다.

찾아보니 마크 로스코라는 죽은 화가의 그림이었다. 세계적으로 유명해 천억이 넘는 가격에 팔린 그림도 있다고 했다. 상연은 가격을 떠나서 그림 자체가 마음에 들었다. 로스코의 그림을 보면 그 거대한 크기와 깊은 색감에 압도되면서 왠지 마음 한구석이 건드려지며 눈물이 난다고 하는데, 3층 거실에 있는 〈무제Untitled〉라는 제목의 그림은 로스코 작품 중엔 작은 편이었지만 과연 뿜어져나오는 아우라가 예사롭지 않았다. 가슴 깊은 곳, 파헤쳐진 심장을 들여다보는 듯한 검붉은 색. 저택엔 다른 유명 화가들의 그림도 많았지만 이 그림이 가장 탐났다.

상연은 일종의 타협으로, 인터넷에서 모작을 구입해서 숙소에 걸어놓고 3층에 올 때마다 진품과 바꿔치기하는 상상을 했다. 오늘도 늘 그랬듯이 의자에 올라가 그림을 훔치는 상상을 하며 회장의 방문 앞에 섰다. 어릴 때부터의 습관이었다. 쓸데없는 상상으로 긴장을 줄이는 것. 크고 허황된 상상일수록 효과가 좋았다. 호첸플로츠 같은 왕도둑이 된다면 그림뿐만 아니라 뭐든지 훔칠 수 있을 텐데…… 그런 생각을 하며 상연은 심호흡한 뒤 문을 두들겼다.

"회장님. 일어나셨어요?"

회장님이 짠, 하면서 문을 열고 나오길 기대했지만 비서실장이 초를 쳤다.

"그냥 들어가세요! 제가 책임집니다."

어떻게 책임진다는 거지? 상연은 비서실장을 힐끔거리며 생각했다. 머그잔 날아오면 태블릿 밖으로 손 뻗어서 막아주기라도 할 건가. 그래도 밉지만은 않은 것은, 회장 주위의 다른 꼰대들보다 외모가 멀쩡하고 말투도 정중하기 때문이었다.

전임 실장이 불의의 사고를 당한 후 초고속 승진으로 지금의 자리에 올랐다는데, 저택에서는 다들 회장님의 숨겨둔 자식 아니겠느냐고 수군거렸다. 나이는 30대 중반쯤. 얼굴도 잘생긴 편이고 키도 훤칠했다. 상연은 이번 일을 계기로 비서실장과 가까워져 사귀는 사이가 되면 어떨지 상상했다. 서서히 알아가는 단계를 지나 좋은 감정을 쌓고 속도위반으로 결혼, 영어유치원에 아이를 입학시키는 일련의 과정이 상연의 머릿속에 주마등처럼 스쳐지나갔다.

"박상연씨?"

비서실장의 깍쟁이 같은 표정으로 보아 그런 일이 일어날 가능성은 없었다. 상연은 마음속으로 이별을 선언하며 조심스럽게 문을 열었다. 두근두근 심장이 뛰고 기대와 걱정이 소용돌이쳤다. 야식을 가지고 몇 번 올라온 적은 있지만 안으로 들어가는 건 처음이었다.

방안은 예상보다 시시했다. 베르사유궁전까지는 아니더라도 그보다 약간 못한 정도를 기대했는데, 눈에 보이는 모든 것이 좋게 말해 미니멀, 나쁘게 말하면 회장이 이끄는 무일그룹만큼이나 몰인격해 보였다. 이불 색깔마저 평범한 하얀색이었다. 어쩌면 방이 문제가 아니라 회장이 문제인 건지도 몰랐다. 구스 이불 속에 푹 잠겨 있는 그는 작고 초라했다. 듬성듬성 빠지기 시작한 흰머리가 시든 파처럼 축 늘어져 있었고 빨갛게 부은 얼굴은 TV에서 본 것보다 못생겼다.

"회장님?"

상연이 몇 걸음 떨어진 곳에서 말을 걸어보았지만 아무런 대답이 없었다.

"깨우세요. 필요하면 흔들어서."

상연은 한 손에 태블릿을 꼭 쥔 채 회장 가까이 다가가다 멈칫했다. 회장이 갑자기 눈을 떠서다. 멍한 눈동자는 상연을 향해 있었다.

"회장님 일어나셨어요? 그럼 말씀하시지. 마실 물 가져다 드릴까요?"

상연은 태블릿을 가슴 가까이 쳐들며 말했다. 회장이 뭔가 던지면 태블릿으로 쳐낼 생각이었다. 그런데 뭔가 이상했다. 그의 표정에서 어떤 섬뜩함, 혹은 위화감이 느껴졌다. 어디선가 쿰쿰한 냄새가 났고(노인 냄새라고 하기엔 좀 심했다) 입을 살짝 벌리고 있는 게, 꼭 바보 같았다. 표정도 낯설었다. 창백하게 굳어 있는 게…… 사람이 아니라 밀랍 인형 같은 느낌?

상연은 천천히 손을 내밀어 회장의 눈앞에 흔들어보았다. 그는 미동도 하지 않았다. 그저 멍하니 눈을 뜬 채 상연을, 아니 상연의 등뒤 어딘가를 쳐다보고 있었다. 태블릿에서 비서실장의 목소리가 들렸다.

"박상연씨, 지금 뭐 해요? 회장님 일어나셨어요?"

"그게…… 깨시긴 했는데."

그때 회장이 눈을 감았다. 아, 눈 뜨고 자는 거였나? 상연은 안심했다. 가끔 그런 사람이 있단 얘긴 들었다. 상연이 옛날에 키우던 고양이도 눈을 뜬 채로 잤다.

"회장님."

상연이 좀더 가까이 붙어섰을 때, 회장이 움찔 경련을 일으켰다. 놀란 상연의 손에서 미끄러진 태블릿이 쿵, 바닥으로 떨어졌다.

비서실장

유진혁은 신경질적으로 이마를 쓸어올렸다. 화면에는 회장의 방 천장만 보였다.

"박상연씨!"

그때 화면 아래쪽에서 상연이 불쑥 얼굴을 내밀었다. 커다란 눈을 더 크게 치켜뜬, 하얗게 질린 얼굴이 갑자기 튀어나오자 산전수전 다 겪은 진혁도 숨넘어가게 놀랐다. 그러나 곧이어 그녀가 한 말보다 놀랍진 않았다.

"회, 회장님이 돌아가신 거 같아요."

"박상연씨, 진정하고 다시 말해요. 지금 한 말 확실해요?"

"네, 그렇다니까요. 죽었어요."

잠시 고민하던 상연이 다시 말했다.

"아뇨. 몰라요. 방금 경련 일으키셔서 놀라가지고…… 살아 계신 거 같아요."

상연은 회장을 돌아보더니 안도한 목소리로 말했다.

"다시 눈 뜨셨어요. 살아 계세요. 119 부를게요."

죽었다는 말이 살아 있다로 바뀌는 데 10초가 채 걸리지 않았다. 진혁은 상연의 판단력을 믿지 않기로 결심했다.

"태블릿 들어요. 나한테 회장님 보여줘요. 빨리!"

상연이 태블릿을 집었고 하늘과 땅이 뒤집히며 화면이 회장을 비췄다. 너무 가까이 비춰서 모공 하나하나가 보일 정도였다.

"조금만 뒤로."

상연이 두어 걸음 물러서자 회장의 얼굴이 제대로 보였다. 회장은 멍하니 눈을 뜬 채 화면이 아니라 그보다 먼 어딘가를 바라보다가 천천히 눈을 감았다. 화면 너머로 상연의 안심한 목소리가 들렸다.

"다행이에요. 살아 계세요."

"내가 갈 테니까 문 닫고 나가 있어요. 어디 가지 말고 거실에 있어요."

진혁은 상연의 대답을 기다리지 않고 밖으로 튀어나갔다. 비서실 직원들이 말을 걸었지만 무시하고 복도를 내달리면서 건강관리 앱을 켰다. 연구소에서 제공한 프로그램이 회장의 건강을 24시간 모니터링한다고 했다. 상태 창을 열자 회장의 심박수, 산소포화도 등 건강 수치가 차트로 쭉 떴다. 맨 아래로 내리자 평가가 보였다.

잠시 불규칙한 심장박동이 있었지만, 현재는 분당 40회 정도로 안정됐습니다. 칩이 고장났거나 배터리 문제일 가능성이 있습니다. 그게 아니라면 뇌졸중이 염려됩니다. 수면중인 것이 맞는지 확인할 필요가 있습니다.

'죽은 건 아냐. 배터리 문제도 아니고. 그럼 혼수상태나 식물인간?'

진혁은 죽은 사람을 여러 번 보았다. 죽는 걸 실시간으로 지켜본 적도 있고 시체를 직접 파묻은 일도 있다. 사람은 죽으면 구멍이란 구멍에서 다 물을 쏟는다. 괄약근이 풀려 똥오줌을 쏟는 정도가 아니다. 세포막이 무너지며 체내에 있던 수분이 모조리 빠져나간다. 눈코입 모두에서 물이 흘러내리고, 주변이 흠뻑 젖어 누가 봐도 죽었다는 사실을 알 수밖에 없다.

회장이 눈을 떴다 감았다를 반복했던 게 신경쓰였지만 진혁은 인간의 몸에선 무슨 일이든 일어날 수 있다는 걸 알고 있었다. 죽은 다음에 개구리처럼 계속 몸을 떠는 놈도 봤고, 살아 있는데 시체처럼 굳어 있던 자도 봤다. 인체는 인격만큼이나 제각각이다.

구급차를 부르는 게 나을까? 그는 잠시 생각하다 고개를 흔들었다. 살았든 죽었든 크게 달라질 게 없었다. 중요한 건 일단 회장 옆으로 가야 한다는 점이다. 상태를 직접 확인한 후 다음을 생각하는 게 맞다. 죽음이든 혼수상태든, 제일 먼저 목격하고 그 옆을 지켜야 다음 기회를 잡을 수 있으니까. 괜히 구급차부터 불러 사방팔방 소문낼 필요는 없다.

'하필 이럴 때.'

김 회장이야 50년생이니 슬슬 갈 때가 됐다고 볼 수 있지만, 문제는 진혁이었다. 김 회장의 비서실장으로 일한 지 겨우 1년. 비서실 공채도 아니고, 그룹 하청기업에서 동남아 파견직으로 일을 시작했다. 본사 직원들 숙소 잡아주고 자녀들 다닐 학교 연결해주고 접대가 필요할 경우 술과 여자, 도박장을 알선하는 업무였다.

회장의 둘째 아들이자 막내인 김무영이 필리핀 정킷방에 감금되었을 때 기회를 잡았다. 사고뭉치 차남이 외부에 알려져선 안 되는 비자금으로 도박을 한 것이 문제가 되었는데,

비서실 샘님들은 경찰을 부르자는 헛소리만 해댈 뿐 마땅한 수를 내놓지 못했다. 그때 진혁이 나섰고 단신으로 정킷방에 들어가 마체테를 든 깡패들을 상대로 협상에 성공했다. 바지에 똥을 지린 무영을 업고 도박장을 빠져나온 일화는 지금도 현지에서 전설로 통했다.

그후로 진혁은 그룹 본사에 특채로 들어와 정직원이 되었다. 해결사로 일하며 온갖 똥을 치우고 또 치우다가 전임 비서실장이 사고로 쓰러졌을 때 두번째 기회를 잡았다.

'이제 시작인데.'

그룹 안팎에 그의 편이라고 할 만한 사람은 아무도 없었다. 집안도 변변치 않은데다 학연 지연도 없고, 오직 회장의 개인적인 총애를 바탕으로 여기까지 왔기에 김백식 회장이 없어지면 그도 무너질 터였다. 추락하는 것에는 날개가 없다는 말처럼, 처참하게. 회장이 지은 죄를 뒤집어쓰고 감옥에 갈지도 몰랐다. 어쩌면 저승에. 혹은 둘 다.

지금이라도 김무영에게 연락하면 어떨까? 김무영은 그와 동류의 인간이었다. 함께 사선을 넘나들기도 했고. 그룹 내 무영의 입지도 줄고 있으니 어쩌면 서로에게 도움이 될지도 몰랐다. 문제는 무영이 그를 달갑지 않게 생각한다는 점이었다. 도박장에서 눈물 콧물 흘려가며 살려달라고 비는 걸 봤기 때문일 것이다. 무엇보다 무영에겐 결정적인 약점이 있었다. 당장이야 아는 사람이 적지만, 언제고 문제가 생길 가능성이 높았다.

'아니면 김무준?'

진혁은 엘리베이터 버튼을 누르며 생각했다. 그와 동갑이지만 전혀 다른 인간. 회장의 자랑이자 그룹의 후계자 김무준. 잘생긴 외모에 뛰어난 머리, 원만한 성격까지 모든 걸 다 가진 남자. 무준만 생각하면 배가 아팠다. 어떻게 한 인간이 그렇게 많은 걸 가지고 있나 싶어서.

그런 무준도 왕이 살아 있는 한 인내하면서 납작 엎드려야 했다. 회장은 첫째 아들을 사랑했지만, 본인을 더 사랑했다. 언젠간 모든 걸 넘겨주겠지만 그건 죽은 후의 일이므로 당장은 자신이 권력의 중심이길 바랐다.

김무준은 부회장으로서 텍사스 반도체 공장에 시찰을 나가 있었다. 지금쯤 주지사와 만찬을 마치고 돌아와 호텔에서 쉬는 중이겠지. 그에게 회장이 쓰러졌다는 걸 먼저 알려주는 건 어떨까? 김백식의 가신단과 욕심 많은 동생들을 정리할 기회를 주는 거다.

진혁이 습관적으로 담배를 빼 물 때 엘리베이터 문이 열렸다. 안에 타고 있던 사람들이 입에 담배를 문 진혁을 놀란 눈으로, 혹은 경멸의 눈으로 바라보았다. 진혁은 담배를 입에서 떼며 사람들을 쭉 훑었다. 못 배워먹은 깡패 비서실장이 사내에서 담배를 피워댄다고, 회장은 무슨 생각으로 저런 놈을 쓰는 건지 모르겠다고 이런저런 말이 나올 것이다. 그는 무슨 짓을 해도 욕을 먹었다. 하물며 길 가다 쓰레기를 주워도 욕을 먹을 것이었다. 가난하게 태어나 아등바등 밑에서 기어올라왔기 때문이라고 진혁은 생각했다.

엘리베이터가 내려가는 동안 진혁은 마음을 정했다. 무준은 그냥 봐 넘기지 않을 것이다. 여기 있는 놈들처럼 그를 경멸하기에, 전해주는 걸 받아먹고 고맙다는 말 한마디로 퉁치려 들 것이다. 어쩌면 고맙다고도 안 할지 모르지. 사냥개는 사냥이 끝나면 삶아버리는 법이니.

진혁은 담배에 불을 붙인 뒤, 엘리베이터 안의 사람들을 돌아보며 연기를 뿜어냈다. 한결 기분이 좋아졌다. 속마음이야 어떻든 누구도 그에게 뭐라고 따지지 못했다. 문이 열리자 엘리베이터를 기다리던 사람들이 멈칫 뒤로 물러섰고 홍해가 갈라지듯 길이 뚫렸다. 진혁은 담배를 입에 문 채 모세처럼 걸어갔다.

그래도 운이 좋은 건, 당장 그를 방해할 인물이 없다는 점이었다. 아직 회장이 쓰러진 걸 아는 사람이 없으니까. 그는 아직 능력 있는 사냥개였다. 그렇다면 지금 이 기회를 이용해야 한다. 바닥에서부터 올라온 진혁은 그 사실을 누구보다 잘 알았다.

*

진혁이 3층에 도착했을 때 상연은 거실 인터폰으로 119에 전화를 거는 중이었다.

"거기 119 맞죠?"

진혁은 간발의 차이로 본격적인 대화가 시작되기 전에 수화기를 빼앗았다. 순간 놀란 상연이 진혁의 얼굴을 확인하곤 안도했다.

"실장님은 연락도 안 되고 구급차도 안 오고. 아깐 놀라서 그랬는데, 들어가서 다시 확인했거든요? 숨도 쉬시고 맥박도 느리지만 뛰는데 깨질 못하세요. 자가호흡이 가능한 걸 보면 심장 문제는 아니고 머리 쪽 문제 같은데. 빨리 병원으로 옮기는 게 좋겠어요."

꽤 놀란 거 같았는데, 회장 방에 다시 들어가 맥박까지 짚어보다니. 신기한 여자다. 이런 사람에겐 정확한 상황을 얘기하기보다는 아무 말이나 둘러대 당황하게 만드는 게 좋다.

34

"회장님 무사하십니다. 가끔 그러실 때가 있으세요."

상연의 눈빛이 흔들렸다. 회장님이 무사하다면 다행인데, 가끔 그러신다는 건 무슨 뜻인지…… 어릴 때부터 궁금한 건 못 참는 상연이었다.

"가끔 그러신다는 게 정확히 어떤……?"

"남은 건 내가 알아서 할 테니까 잠깐 여기서 쉬세요."

진혁은 상연을 소파에 주저앉히고 인터폰 코드를 뽑아 든 채 회장 방으로 들어섰다.

"회장님, 들어가겠습니다."

회장은 여전히 멍한 표정으로 눈을 떴다 감았다 반복하고 있었다. 진혁은 회장의 코밑에 손을 대보았다. 상연의 말처럼 숨은 쉬고 있지만, 이불을 들춰보니 똥오줌을 지렸다. 정말로 뇌졸중이 온 걸까? 진혁은 침대 가까이 얼굴을 가져가 속삭였다.

"회장님, 제 말 들리세요?"

무일그룹의 주인이자 대한민국에서 가장 돈이 많은 남자, 김백식 회장도 죽을 지경에 처하자 남들과 다를 바가 없었다. 가진 걸 모조리 뺏긴 인간의 공허한 얼굴. 진혁이 아버지를 보러 중증 요양원에 들를 때 보는 환자들과 비슷했다. 그런 노인들은 아기에 가까워져 근처에 있는 건 뭐든 입에 넣는다. 그러다 갑자기 물도 음식도 삼키지 못하는 상태가 되면 엑스레이를 찍어보는데, 보통은 위장에 휴지며 붕대와 같은 온갖 잡동사니가 가득차 있었다.

"회장님, 그러니까 평소에 운동을 하시라고 말씀드렸죠. 몸에 좋은 것만 찾지 마시고."

진혁은 내심 실망했는데, 이쯤되는 거물이 쓰러질 땐 징조가 있을 거라 믿었기 때문이었다. 갑자기 날이 추워지고 비가 쏟아진다든지, 광풍이 몰아치거나 해가 가려진다든지 하는. 무당들이 모시는 장군들도 대체로 과거의 큰 인물들 아닌가. 재벌 회장이면 현대의 위인인데.

진혁이 바란 징조는 회장이 꿈에 나와 그동안 고생했다며 스위스 은행의 비자금 계좌 비밀번호를 알려주는 것이었다. 하지만 김 회장은 아무런 징조 없이 자다가 혼수상태가 됐고, 남은 일은 살아 있는 사람들의 몫으로 남았다.

"걱정 마세요, 회장님. 제가 정리해보겠습니다."

진혁은 핸드폰을 열고 김 회장의 건강관리 앱을 켰다. 앱은 김백식 회장과 진혁의 폰 양쪽에 설치되어 있었다. 김 회장이 혹시 쓰러졌을 때를 대비한 것인데, 이렇게 빨리 써먹게 될 줄은 몰랐다. 화면에 김 회장의 현재 상태가 떴다.

현재 저희가 확인할 수 있는 신체 기능은 모두 정상입니다. 사망 가능성은 지극히 낮습니다만 빠른 시간 내 병원 이송 및 정밀 검진을 요합니다.

진혁은 시간을 확인했다. 오전 11시 32분. 오늘 내로 모든 일을 끝내야 한다. 그는 거실로 나오며 정규용 이사에게 전화를 걸었다. 신호가 오래 이어졌지만 진혁은 기다렸다. 정 이사쯤 되는 인물이 실수로 전화를 못 받을 일은 없다. 받을지 말지 고민하는 중이겠지.

정규용 이사는 김여옥의 오른팔이다. 김백식 회장에겐 이 남 일녀가 있는데, 첫째는 무준 막내는 무영이며 여옥은 유일한 딸이자 둘째다. 정 이사는 김여옥이 그룹의 제약, 바이오 그리고 재단 명의 종합병원까지 들고 나가기 전부터 붙어 있었던 가신으로, 진혁과는 껄끄러운 사이다. 아니, 껄끄러운 사이였다.

여옥이 벌인 일은 쿠데타였다. 회장 허락 없이 제약을 들고 나갔으니까. 회사 이름까지 무일제약에서 '뉴스케일 바이오로직스'로 바꾼 뒤, 그룹과는 별개인 사업이라고 선언했다. 쿠데타는 아직 현재진행형으로 진압 가능성이 남아 있었다. 회장은 자기 것을 빼앗기는 걸 극도로 싫어했고 여전히 제약의 대주주 중 하나였다. 사실 진혁은 어젯밤까지 회장을 도와 제약을 되찾을 공작을 짜고 있었다.

정확히 열 번의 신호가 갔을 때 정 이사가 전화를 받았다.

"정 이사님, 저 유진혁입니다."

정 이사의 초조한 목소리가 들렸다.

"왜 전화했어요? 우리가 지금 이렇게 통화하면 안 되는데."

"회장님 조금 전에 쓰러지셨습니다. 정 이사님께 처음 연락드리는 겁니다."

잠시 침묵이 흘렀고 진혁은 그 적막을 즐겼다. 여옥은 욕심 많고 위험한 인간인데다, 위태로운 상태였다. 파트너로서 딱 좋았다.

재벌가 딸

여옥은 제약사 회의실에서 변호사들을 만나고 있었다. 그녀는 상당한 미모의 소유자로, 작정한 듯 화려한 착장도 어울렸지만 일명 올드머니 룩이라 불리는 심플하고 고급스러운 스타일을 더 잘 소화했다. 어깨를 살짝 덮은 풍성한 웨이브 머리에, 액세서리는 파텍필립의 칼라트라바 골드 시계 하나뿐이고 단추를 두 개 푼 흰 셔츠 위엔 브루넬로 쿠치넬리의 부드럽고 얇은 회갈색 재킷을 걸쳤다. 재킷과 세트인 스커트에 크림베이지 컬러의 스웨이드 스틸레토힐까지, 마치 패션잡지에나 등장하는 럭셔리한 리조트룩이 현실로 튀어나온 듯한 차림새였다. 언뜻 보기엔 평온해 보였지만, 살짝 충혈된 눈과 가끔 신경질적으로 책상을 톡톡 치는 손끝이 겉보기완 다르게 극도로 예민해져 있음을 드러냈다.

간밤에 여옥은 거의 자지 못했다. 서울에서 열리는 차세대 여성 리더 콘퍼런스 기조연설이 예정되어 있었지만, 미국 지사에 터진 문제 때문에 취소할 수밖에 없었다. 미국 지사장인 박두신 상무가 글로벌 제약사인 클로시스Klosis의 비만 치료 기술을 훔쳐내려다 FBI에 체포됐기 때문이다. 그렇지 않아도 국제분쟁해결센터ICDR에 기술 탈취 혐의로 제소된 상태인데, 이대로라면 어마어마한 손해배상금을 물어내는 건 물론이요 국가적인 개망신 끝에 신약 개발 자체가 취소될 가능성이 높았다.

로펌의 파트너 변호사가 말했다.

"박두신 상무, 엘에이 인근 모텔에서 체포됐습니다. 마약 중독자들이 주로 사용하는 곳이라는데요. 클로시스 연구원과 접선하자마자 들이닥친 걸로 봐선 FBI에서 처음부터 알고 있었던 것 같습니다."

여옥은 가볍게 손가락을 흔들어 변호사의 말을 끊었다.

"그러니까 저쪽에서 애초에 우릴 노리고 함정을 팠다는 거잖아요. 클로시스 연구원이 기술을 넘겨주겠다고 먼저 제안해서, 박두신 상무는 확인하러 나간 거고. 공익을 위해서요. 마약중독자들이 우글거리는 위험한 곳으로."

"50만 달러를 가지고 나갔죠. 그것도 현금으로요."

회사의 법무팀장이 조심스레 말을 보탰다.

"여옥님, FBI가 체포 과정 전체를 찍어뒀을 겁니다. 도청 기록도 있을 거고요. 박 상무는 일단 보석시켰습니다만 기소는 피하기 어려울 겁니다."

"박두신 상무의 개인적 일탈로 몬다면요? 우리 회사와는 관계없는."

여옥은 말을 멈추고 변호사들을 둘러보았다.

"마약 거래가 자주 이뤄지는 곳이라면서요. 마약 사러 갔다가 잡힌 걸로 하면 어때요?"

여옥이 기가 막힌 아이디어라는 듯 눈을 빛냈지만 변호사들은 그렇게 생각하지 않는 것 같았다. 잠시 침묵이 흐르고 눈치를 보던 법무팀장이 대답했다.

"아무도 믿어주지 않을 겁니다. 멀쩡한 대기업 임원이 50만 달러어치 마약을 산다는 게……"

"야심 넘치면 그럴 수 있죠."

파트너 변호사가 끼어들었다.

"박 상무가 야심이 있든 없든, 가만히 있진 않을 겁니다. 미국은 형량 거래가 가능하니까요. 사장님에 대해 아는 대로 털어놓고 감옥에 안 가는 길을 택하겠죠."

법무팀장이 말했다.

"사장님이 아니라 여옥님입니다. 사장님, 아니 여옥님은 평등한 조직문화를 바라셔서……"

"결정은 여옥님이 내리시는 거지만, 제 말은 좀더 신중하셔야 한다는 겁니다. 형사적 책임까지 질 수도 있는 문제라서요."

여옥은 치밀어오르는 짜증을 억눌렀다. 회사 법무팀이나 로펌이나, 죄 배 나오고 안경 낀 중년 남자뿐이었다. 그녀라면 절대 채용하지 않았을 아버지의 잔재들이다. 진지한 표정으로 뻔한 말이나 지껄일 뿐 주도적으로 해결책을 제시하지 않는 겁쟁이들. 무슨 일이든 면책 조항이 있는지부터 확인하고 위험을 무릅쓰지 않는다.

아버지는 성차별이 몸에 밴 인간이었다. 오래전부터 자식들을 차별했는데, 아들은 집안을 물려받을 일꾼이고 딸은 비싸게 팔아먹을 제품이라고 여겼다. 그룹을 위해 헌신한 여옥을 버리고 무식하고 무능하며 못되기까지 한 동생 무영에게 건설사를 넘겨주려고 한 것만 봐도 알 수 있었다. 그녀가 제약과 바이오를 들고 나온 것도, 이러다 팔다리 잘린 채 빈손으로 쫓겨날지 모른다는 불안감 때문이었다.

하지만 지분은 여전히 부족했고, 사모펀드와 국민연금마

저도 언제 아버지 쪽으로 편을 바꿀지 몰랐다. 이사회에서 쫓겨나기 전에 뭔가 보여줘야겠다는 생각에 택한 것이 신약 개발이었다. 스웨덴의 노보노디스크가 식욕억제제 '위고비' 하나로 EU 최대 기업으로 등극했듯이, 끝내주는 신약은 게임체인저가 된다.

동양인에게 특화된 식욕억제제제라면 대박은 예정되어 있었다. 비만치료제는 비급여일 수밖에 없는데도, 한 주에 3~400을 쓸 잠재고객은 얼마든지 있었다. 가용한 자원을 총동원해 개발에 들어갔지만 기술을 미처 빼내기도 전에 소송이 들어왔고, 담당 임원이 체포된 것이다. 변호사들의 말대로 FBI가 박두신 상무를 기소한다면 신약 개발은 끝장이다. 아버지는 언론을 동원해서 그녀의 실패를 최대한 부풀려 과장한 뒤 아주 오랫동안 씹고 뜯고 욕보일 것이다.

여옥은 이 모든 게 누군가 파놓은 함정 같다는 생각을 지울 수 없었다. 그때 정규용 이사가 다급하게 회의실로 뛰어들어왔다. 여옥은 짜증 섞인 눈빛으로 그를 쏘아보았다. 처음 미국에서 기술을 빼낼 수 있다고 주장한 사람이 바로 규용이었다. 클로시스의 선임연구원을 잘 안다고, 한국 제약사에서 일할 때부터 친구였다고 했다. 해외에선 제약사 기술 유출이 빈번하게 일어나는 편이라며, 역공학reverse-engineering

이란 이름의 담당 부서까지 따로 있다고 했다. 그렇게 자신하더니 지금 결과를 보란 말이다.

규용이 변호사들을 지나쳐 여옥의 옆으로 다가왔다. 어울리지도 않는 톰포드 향수에 담배 냄새가 뒤섞여 악취를 풍겼다. 저리 비키라는 말을 애써 참아내는데, 규용이 나직한 목소리로 여옥의 귓가에 두서없이 몇 개의 단어를 내뱉었다. 그 말이 천둥처럼 여옥의 귓가에 울렸다.

여옥은 벌떡 일어나며 말했다.

"오늘은 이만하죠."

"여옥님."

"그만하자고요."

박두신 상무가 감옥에 가든, 신약 개발이 끝장나든 이제 상관없다. 그보다 더 높은 층위의 기회가 그녀를 기다리고 있기에.

저택 주변은 경호원들의 경계가 삼엄했다. 겉보기엔 숫자가 많지 않지만, 태어날 때부터 사람들에게 둘러싸여 자라온 여옥은 공기 중에 흐르는 긴장감을 느낄 수 있었다. 전부 유진혁의 사람들일 것이다. 깡패 같은 놈이라고 그룹 내에서 무시당해도 하부 조직인 경호팀은 거의 장악했다고 들었다.

해외 깡패들까지 들여왔다고 했던가? 문제를 삼으면 충분히 문제가 될 만한 일이지만, 아버지는 흰 고양이든 검은 고양이든 쥐만 잘 잡으면 된다는 주의라 상관하지 않았다.

함께 들어가려는 정규용 이사의 앞을 무표정한 얼굴의 경호원이 가로막았다. 여옥만 들여보내라는 명령을 받았다는 경호원의 말을 여옥은 받아들였다. 진혁이 무슨 말을 할지는 모르겠지만 듣는 사람이 적을수록 좋은 건 그녀 역시 마찬가지였다.

3층 거실에 들어서자, 소파에 곧은 자세로 앉아 있던 진혁이 벌떡 일어나 정중하게 인사했다. 아버지의 개. 빈틈없는 태도 하나만은 인정할 만했다.

"아버지는?"

"안에 계십니다."

"아버지부터 볼게."

여옥은 대답을 기다리지 않고 방으로 들어갔다. 아버지가 바보처럼 멍하게 허공을 쳐다보고 있는 걸 보는데 눈물 한 방울 나오지 않았다.

"두고 보자더니 이렇게 되셨네요."

여옥은 이불을 끌어올려 아버지 얼굴에 덮었다. 바보가 되었다곤 해도 아버지의 눈빛은 여전히 부담스럽고 싫다. 상태를 확인하러 들어온 것은 애정이나 연민 따위가 아닌, 실용적인 차원에서였다. 유진혁 같은 개새끼라면 무슨 일이든 꾸며서 그녀를 엿 먹일 수 있으니까.

여옥은 거실로 나오며 엄포를 놨다.

"나 지금 경찰에 신고할 수도 있어. 아니지, 그냥 무준 오빠한테 얘기해도 되겠다. 당신이 아버지 저렇게 된 거 감추고 뭔가 꾸미려 했다고."

"그러면 여옥님이 원하는 걸 갖지 못하실 텐데요."

"내가 원하는 게 뭔데?"

여옥은 빈 소파에 털썩 주저앉아 다리를 꼬았다. 거추장스러운 하이힐은 벗어서 옆에 툭 던지고 부어오른 발바닥을 주무르며 말했다.

"말해봐. 궁금해서 그래. 무슨 생각으로 날 불렀는지."

"회장님한텐 따님이 하나, 아드님이 둘이죠. 유언장에 뭐라고 적혀 있을까요? 결국엔 아들 둘이 전부 차지하게 될 겁니다. 여옥님한테는 건물 몇 개랑 약간의 지분, 골프장 한두 개가 전부일 거고요. 제약사도 다시 뺏기시겠죠."

"그거 내 거야. 누구도 못 뺏어."

"FBI."

여옥이 입을 다물었다.

"미국 일로 골치 아프시죠? 그거 제가 꾸민 겁니다. 회장님 지시로."

"그럴 줄 알았지."

여옥은 회장 방을 돌아보며 조그맣게 중얼거렸다. 노인네 잘 쓰러졌다. 아니면 내가 죽일 뻔했네. 그녀는 방으로 뛰어들어가 베개로 아버지의 얼굴을 누르고 싶은 충동을 참으며 말했다.

"정규용 이사, 당신 편이야?"

"네."

진혁은 USB를 꺼내 테이블 위에 올려놓았다.

"정 이사님이 그동안 저희와 나눈 이야기의 전체 녹음본입니다. 오간 금액하고 추후 임원 계약과 관련된 중요한 부분은 따로 편집했으니까 그 파일만 들으셔도 됩니다."

여옥은 어이없다는 듯 웃었다.

"철저하네?"

"이런 건 처음에 정리하는 게 좋으니까요. 정 이사, 배신잡니다. 한 번 배신한 사람은 앞으로도 얼마든지 할 수 있죠."

"넌?"

"저는 아무도 배신하지 않았습니다. 회장님 쓰러지셨으니 더는 충성할 사람이 없을 뿐이죠."

"새롭게 충성할 사람을 찾는다?"

진혁은 고개를 끄떡였다.

"왜 나야? 오빠랑 동생도 있는데."

"여옥님이 제일 절박하니까요."

진혁은 짧게 설명했다. 여옥이 셋 중 가장 똑똑하니까 진혁의 공을 인정해줄 것이고…… 하는 공치사는 굳이 늘어놓지 않았다. 가만히 그를 쳐다보던 여옥이 USB를 집어들었다.

"내 실수야. 어릴 때부터 가까웠던 아저씨라, 쉽게 믿었어."

"위로 삼아 말씀드리자면, 설득이 쉽진 않았습니다."

"거기까지 해. 더 기분 나빠."

"FBI 문제도 도울 수 있습니다. 여옥님이 저와 함께하기로 결정하신다면요."

"원하는 게 뭔데?"

진혁은 여옥이 원하는 대답을 알고 있었다.

"새 회장의 새 비서실장이죠."

여옥은 어이없다는 듯 웃었다. 하지만 내심 기분 좋은 미소였다.

"여옥님 병원으로 회장님 이송하시죠. 회장님을 가지고 있어야, 우리가 유리합니다."

진혁이 아버지를 물건처럼 표현했지만 여옥은 신경쓰지 않았다. 아버지가 입버릇처럼 말했듯, 흰 고양이든 검은 고양이든 쥐만 잘 잡으면 되는 거니까.

여옥은 본인 소유의 재단 병원으로 전화해 자택으로 구급차를 보내라고 지시했다. 병원측에서 무슨 일인지 물어왔지만, 여옥은 순순히 알려주지 않았다.

"누가 쓰러졌냐고? 알면 니가 텔레파시로 치료하게? 성실하고 입 무거운 애들로 보내. 응급과 의사들 대기시키고 VIP 병실 깨끗이 비워놔."

화가 많고 성질이 급한 여옥이다. 같은 말을 여러 번 반복하길 싫어한다는 걸 알기에, 병원 직원은 더 캐묻지 않고 지시에 따랐다.

전화를 끊은 여옥이 진혁에게 시선을 던졌다.

"계획이 뭐야?"

"회장님 최근에 유언장 수정하셨습니다."

"그렇겠지. 자주 하거든. 자식들 맘에 안 들면 협박하려고. 밖에서야 조그만 무역회사를 재벌가로 일군 경영의 천재니 대단한 회장이니 하지만 집에선 쪼잔한 독재자였어. 나 유치원 막 들어갔을 때였나? 다 불러놓고 말 안 듣는 놈은 팬티만 입혀서 쫓아내겠다고 했지. 믿어져?"

"마지막 변경은 저번주였는데, 여옥님 관련된 내용도 포함되어 있었을 겁니다."

"그래서 어쩌자고? 유언장 훔쳐서 바꾸기라도 해?"

"알아보셨겠지만, 불가능합니다. 공증인 입회하에 유언장을 작성했고, 증서는 공증사무소가 공인한 내화 창고에 보관 중입니다. 공증인은 포섭한다고 쳐도 창고에서 유언장 진본을 빼돌릴 방법이 없죠."

"그럼? 아버지 쓰러진 거 금방 알려질 거고, 아버지 유언장 바꾸는 것도 불가능하고. 오빠 미국 가 있고 개 같은 내 동생은 구치소에 있으니 하루이틀이야 우리 맘대로 할 수 있겠지. 그다음엔 어쩌자고?"

"회장님 평소 건강에 관심 많으셨던 거 아시죠?"

"그럼. 150까지 살겠다고 노래를 불렀는데. 제약사도 그래서 차린 거야. 회춘약 만든다고. 진짜 약 이름을 그렇게 지었어. 회.춘.약. 무식하게."

"회장님 몸에 칩 이식했습니다."

"무슨 칩?"

"건강 상태를 24시간 관찰 관리하는 칩이죠."

진혁은 회장 방으로 들어갔다. 여옥이 영문을 모르겠다는 표정으로 따라 들어와 이불을 뒤집어쓴 아버지에게 시선을 주었다. 진혁이 회장의 소매를 들추고 팔을 내보이자, 창백한 피부 아래 금속 칩이 희미하게 비쳤다.

진혁은 여옥과 함께 다시 거실로 나오며 말했다.

"건잠머리 랩스라고 있어요. 아마존, 구글 창업자들이 시드 투자한 생명공학 스타트업입니다. 영생을 연구하는 곳이죠."

"처음 듣는 회산데?"

"몇몇 억만장자에게만 비공식적으로 투자를 받았거든요. 회장님도 개인 자금으로 투자 집행하고 신체 전체 스캔한 뒤에 칩 이식하셨습니다."

"그럼 저쪽에서도 아는 거 아냐? 아버지 이렇게 된 거."

"칩을 관리하는 앱은 저와 회장님 폰에만 설치되어 있습니다. 건잠머리측도 뭔가 이상하다는 건 알았겠지만, 자세한 상황은 모를 겁니다."

"그래서? 유 실장 생각은 뭔데?"

"중요한 건 건잠머리 랩스에 스캔한 회장님 신체 전부가 보관되어 있다는 사실입니다. 특히 회장님의 머릿속, 뇌 말입니다."

"뇌?"

"네. 그걸 이용하면 유언장 내용을 먼저 알아낼 수 있습니다."

그때 진혁에게 문자가 도착했다. 저택 보안팀에서 보낸 문자였다.

　　─박상연 폰 사용중.

진혁은 핸드폰을 내려다보며 중얼거렸다.

"그전에 정리할 게 있네요."

*

상연은 자신의 방에 갇혀 있었다. 진혁이 떠난 직후 정장 차림의 경호원들이 나타나 그녀를 숙소로 데려갔다. 말투는 정중했지만 거부는 용납하지 않겠다는 태도였다. 도중에 너무 급하다고 화장실에 들렀을 때도 그녀가 나올 때까지 문 앞을 지키고 있었다. 중간중간 아직 안에 있는지 문을 두들겨 확인까지 했다.

경호원들은 상연의 방까지 따라 들어와 노트북과 태블릿을 가져갔다. 대신 문 앞에 있을 테니 뭐든 필요한 게 있으면 말하라더니, 상연이 아이스커피를 부탁하자 TOP 캔커피를 가져다줬다. 캔이라니. 심지어 별로 차갑지도 않았다. 상연은 침대에 기대앉아 커피를 홀짝이며 심란한 마음을 달랬다. 아침부터 바쁘게 돌아다녀서 그런지 피곤했지만, 정신만은 말짱해서 잠도 오지 않았다.

'내가 인터넷에 회장님 쓰러졌다고 글이라도 쓸 줄 아나.'

생각을 안 해본 건 아니다. 이익 볼 것도 없고 들킬 게 분명하기에 포기했을 뿐.

밖이 소란해졌다. 사이렌 소리며 동료들 목소리가 들려 문을 열어보니 경호원 어깨 너머로 사설 구급대원들이 보였다. 경호원은 비서실장님이 올 때까지 방에만 계셔야 한다며 그녀를 방에 밀어넣고 다시 문을 닫았다.

상연의 심장이 터질 듯 두근거렸다. 그녀는 뼛속까지 머슴이지만, 바보는 아니었다. 회장님은 분명히 죽었거나, 혼수상태에 빠져 식물인간 비슷한 게 됐다. 그런데도 119를 못 부르게 하더니 이제야 사설 구급대를 부른 걸 보면 비서실장이란 놈이 뭔가 꾸미고 있는 게 분명했다. 비밀이란 사람을 잡아먹는 법. 이러다 나까지 세상에서 없어질지도 몰라. 상연은 매트리스 아래 숨겨둔 핸드폰을 꺼냈다. 일하는 동안 핸드폰 소지는 불가다. 업무 시작 전에 제출하고 일과가 끝난 후 돌려받는데, 대부분의 직원들이 몰래 서브 폰을 지니고 다녔다. 그룹 기밀을 빼돌려 경쟁사에 팔아먹기 위해서가 아니라, 심심해서였다. 현대인은 도파민에 중독되어 있으니까. 저택 안에 대단한 기밀이 있지도 않을뿐더러, 혹시 반도체 공정에 대한 특허 기술 서류가 굴러다닌다고 해도 어느 부분이 중요한 건지 알아볼 눈썰미도 없고 누구한테 팔아야 할지도 몰라서 소용이 없다.

다들 서브 폰으로 틈날 때마다 게임을 하거나 인터넷 쇼핑을 했다. 상연은 그런 것들을 하지 않기에 카톡 전용 소형 폰을 애용했다. 공부의 신이라고 불리는 학원 강사가 만든 일명 '공신폰'인데, 고3 때 공부하겠다고 샀다가 지금에야 더 많이 쓰는 중이었다.

그녀는 카톡을 실행시켰다. 친구 중 누군가에게 이 사실을 전달해야 했다. 내가 죽으면 내 친구가 이 사실을 언론에 알릴 거예요. 진혁을 똑바로 쳐다보며 그렇게 말하려면 믿을 만한 친구, 비밀을 감춰주면서도 대기업과 언론을 오가며 협상이 가능할 정도로 똑똑한 친구가 필요했다. 문제는 친구 목록을 아무리 내려도 마땅한 인간이 보이지 않는다는 점이었다.

이놈은 100만원만 줘도 날 팔아먹을 놈이고…… 얜 당장 SNS에 올릴 년이고……

머리보단 인성을 보자. 기준치를 낮추기로 결정하자 몇 명이 추려졌다. 상연은 초등학교 때부터의 절친인 보미에게 카톡을 보냈다.

—봄, 바빠?

그때 오류가 나더니 전송이 실패했다는 표시가 떴다. 이게 뭐야? 상연이 다시 보내기를 반복해서 누르는데, 벌컥 문이 열리고 진혁이 나타났다.

"일과 시간 중 핸드폰 사용은 금지되어 있을 텐데요."

상연은 반사적으로 폰을 감추려다 진혁의 표정을 보았다. 놀란 기색 없는 담담한 표정. 하지만 가쁜 숨을 애써 참고 있다. 여기까지 뛰어온 게 분명했다.

"유진혁입니다. 아깐 제대로 인사도 못 드렸네요."

상연은 벌떡 일어나며 대답했다.

"네, 유진혁 실장님. 제 이름은 아시죠?"

"그럼요, 박상연씨."

"지금 인터넷 안 되는 거 같은데요."

상연은 제법 뻔뻔하게 대꾸했다. 그녀는 물론 머슴이지만, 그건 월급 주는 윗분들에게나 해당하는 얘기였다.

진혁은 선선히 대답했다.

"저택 전체에 방해전파를 띄웠습니다. 처음 지을 때 건물 주변에 빙 둘러 전파 차단용 재머jammer를 설치했어요. 외부에선 전혀 모르게, 건물 내부만 모든 무선통신이 끊기는 거죠."

너무 솔직한 말이라 상연은 말문이 막혔다.

"꼭 불법처럼 들리네요?"

"여기서 일하는 사람들 몰래몰래 폰 쓰는 거 알고 있습니다. 막아도 소용없는 거 아니까 모른 척했던 거예요. 어차피 우리가 다 보고 있으니까요."

"그러니까 불법이란 거잖아요."

"불법은 아닙니다. 입사할 때 개인정보 이용에 동의하셨거든요. 계약서에 적혀 있었습니다. 박상연씨가 직접 사인하셨죠."

"제가요? 아니, 계약서가 수십 장이었는데……"

"어디서 뭘 검색하는지 누구와 무슨 카톡을 나누는지 다 알아요. 애초엔 산업스파이를 걱정했는데 실제론 불륜이 걸리더군요. 직원들끼리 몰래 사랑 카톡 주고받고, 몰래 섹스하다가 잡히는 거죠."

상연은 약간 혹했다.

"진짜요? 누가 누구랑 했는데요? 나도 아는 사람들이에요?"

진혁은 벽에 걸린 로스코의 그림에 시선을 주었다.

"이 그림도 몰래 사진 찍고 찾아본 거 압니다. 맘에 들었나봐요. 가짜라도 사신 걸 보면."

"가짜 아니고 모작이라고 하거든요."

"인터넷에서 사셨던데. 용케 비슷한 걸 잘 골랐더군요."

진혁은 상연의 침대 옆 조그만 책장으로 시선을 돌렸다. 상연이 좋아하는 책들이 꽂혀 있는 가운데 『왕도둑 호첸플로츠』가 살짝 튀어나와 있었다.

"나이가 몇인데 이런 걸 봅니까? 혹시 왕도둑이 꿈이에요?"

진혁이 책을 꺼내 보려고 할 때 상연이 말했다.

"회장님 돌아가셨죠?"

진혁은 멈칫하더니 책을 도로 꽂아두고 상연에게 시선을 주었다.

"아뇨. 상연씨 덕분에 살아나셨습니다. 지금 병원으로 옮기는 중이고, 회복하시겠죠. 상연씨가 정확한 타이밍에 때마침 구급차를 불러서 다행입니다."

"무슨 소리예요. 그쪽이 119 전화도 끊었으면서……"

진혁이 상연 앞으로 다가왔다. 상연은 순간 뒤로 물러설 뻔했지만 꾹 참았다. 입을 다문 채 제자리에 서서 진혁의 시선을 피하지 않고 마주 노려보았다.

"이번 일이 잘 정리되면 보상이 있을 겁니다. 상연씨 인생에 다시없을 기회가 되겠죠. 그러니까 할 말, 안 할 말 잘 구별해요."

지금 나 회유하는 거 맞지? 상연은 조금이지만 안심했다. 폭력을 쓸 거 같지도 않고 협박하는 것도 아니다. 점잖게 돈으로 해결하려는 것 같았다. 하긴, 재벌가에 남아도는 게 그건데. 약한 모습을 보이면 금액이 낮아지겠지. 이럴 때일수록 냉철해야 한다. 차갑고 이지적인 모습을 보여줘야지. 상연은 헤벌어지는 입술을 꽉 다물었다가, 신중하게 말했다.

"그럼요. 저야 있는 그대로 말할 거니까요. 그러니까 실장님도 허튼 생각 말고 먼저 챙겨주세요."

"당분간 여기 있어요. 상황 정리되면 다시 얘기하죠."

진혁은 손을 내밀며 말했다. 상연은 악수하자는 줄 알고 진혁의 손을 마주잡았다. 진혁이 한숨을 쉬며 말했다.

"아니, 폰 달라고요."

삐딱하게 벽에 기대서 있던 여옥이 상연의 방을 나서는 진혁에게 말했다.

"좋은 구경 할 줄 알았는데 아쉽네."

"좋은 구경이란 게 뭡니까?"

"감금 납치 협박, 뭐 그런 거?"

진혁은 어이없다는 듯 헛웃음을 지었다.

"절 뭘로 보시는 겁니까. 제가 무슨 멕시코 마약상인 줄 아세요?"

"당신 유명하잖아. 내 동생 살려서 데리고 나온 것도 당신이고."

"꼭 필요한 일 아니면 폭력은 금물입니다. 저 여자 감금하고 협박하면 형사사건이 되는데, 그럼 뒷감당은 누가 합니까? 어디 상처라도 나면 어디서 치료할까요? 고문하다 죽으면요? 가족들한테 연락이 올 텐데, 그건 어떻게 할까요? 나중에 문제 생기면 감옥에 누가 가죠?"

"고민은 해봤나보네."

"불법적인 일일수록 절차와 명분이 중요합니다. 선을 넘기 시작하면 끝이 없거든요."

"FBI는? 당신이 꾸몄다며. 그것도 절차와 명분대로 한 건가?"

여옥의 목소리가 싸늘해졌다. FBI 문제가 떠오르자 화가 치미는 모양이었다. 분노조절장애가 있다는 소문이 도는 여옥이다. 이런 인간들은 말을 할수록 화가 증폭된다.

진혁은 얼른 해결책을 제시했다.

"박두신 상무 보석시키셨죠? 저희 쪽에서 시간 끌겠습니다. 중요한 건 한국 언론보도니까, 그것만 막으면 됩니다."

"당신이 책임져."

"네. 제가 책임지죠."

"저 여자도."

"물론입니다."

진혁은 상연이 맘에 들었다. 놀란 토끼처럼 눈을 동그랗게 떴다가도 갑자기 표독한 표정으로 변해 불법 아니에요? 묻고 돈을 주겠다고 설득하자 억지로 웃음을 참는 모습까지. 약해 보이지만 은근히 배짱 있는 여자다. 정의감 없는 실용적인 성격도 맘에 든다. 경험상 저런 타입이 같이 일하기 좋고 배신도 안 한다. 그는 상연을 처리할 일이 없길 바랐다. 저런 사람을 없애고 나면 기분이 꽤 오래 안 좋으니까.

저택 앞에 차량이 대기중이었다. 근처를 서성이던 규용이 다가오려 하자 진혁의 경호원들이 앞을 막았다. 규용은 여옥을 향해 필사적으로 손을 흔들었다. 마치 주인 잃은 몰티즈 같았다.

여옥이 중얼거렸다.

"저 인간은 그냥 없애버리고 싶네."

"방금 말씀드렸죠?"

"알아, 절차와 명분. 일단 내 옆에서 치워. 입단속시키고."

"그럼요."

규용 같은 놈이야 당장 죽여도 하나도 아쉽지 않다. 진혁은 시간을 확인했다.

"여옥님, 이제 병원으로 가시죠. 이 일은 김백식 회장과 둘째 딸의 화해로 비쳐야 합니다. 여옥님이 집을 찾았다가 아버지가 아픈 걸 알고 병원으로 모신 겁니다. 병원에 가까운 기자들 몇 명 보낼 테니까 사진도 찍으세요. 저는 한 시간 후에 병원 앞으로 가겠습니다."

"어디 들러?"

"집에요. 당분간 갈 일 없을 거 같아서요."

집에 도착하면 뜨거운 물로 샤워한 다음 옷부터 갈아입을 생각이었다. FBI 건을 처리하고 회장에게 보고할 준비를 하느라 전날부터 한숨도 못 잤다. 온종일 바쁘게 돌아다니느라 정장이 땀으로 축축해져 걸을 때마다 기분이 나빴다.

진혁의 집은 경복궁 뒤편에 있는 최고급 오피스텔 7층이다. 사대문 안, 서울 중심부에 있어 어디든 이동하기 좋다는 장점도 있지만 무엇보다 보안이 맘에 들었다. 천장 높이만 7미터인 널따란 로비는 출입증을 소지해야 들어올 수 있고, 경비원들이 24시간 지키고 있어 외부인 출입이 불가능했다. 심지어 배달 음식도 로비에서 대신 받아 집 앞까지 가져다줬다.

하지만 현관문 앞에 오태식이 서 있는 걸 보자 오피스텔의 보안 체계에 근원적인 의구심을 품을 수밖에 없었다.

개새끼들. 관리비만 한 달에 200씩 받아먹으면서.

진혁은 그대로 몸을 돌려 도주할까 하다가 그만두었다. 오태식이 문 앞까지 행차했다는 건 상황이 심각하단 뜻이다. 이럴 때 도망가는 건 상황 해결에 도움이 되지 않는다. 진혁은 열쇠를 찾는 척 주머니를 뒤지며 천천히 태식에게 다가가 별일 아닌 것처럼 담담하게 물었다.

"무슨 일이야?"

태식은 꽃과 풀이 그려진 프라다 와이셔츠에 발망 청바지를 입고, 롤렉스 그린 서브마리너를 찬 왼손에 딸기맛 추파춥스를 들고 있었다. 오른손에 든 보테가베네타 파우치로 문을 톡톡 두들기며 그가 말했다.

"열어. 들어가 있을까 했는데, 너도 프라이버시가 있으니까."

태식은 올해 마흔셋, 온화한 인상의 중년 남자다. 머리가 벗어지긴 했지만 젊어 보이는 이목구비에 별명도 동안 태식이라, 처음 보는 사람들은 겉모습에 속기 일쑤였다.

태식은 아시아 최대 카지노 그룹인 골든게이트 레저 Goldengate Leisure의 위기 관리자다. 한국에서 태어나 뉴질랜드로 유학을 다녀왔지만 주된 인맥은 홍콩과 싱가포르에 있고 화교나 재일교포 갑부들의 수금 대행도 했다. 다시 말해 배운 깡패라는 뜻이다. 중국계라는 소문도 있는데, 태식은 그에 대해서 가타부타 말한 적이 없었다. 진혁은 태식이 스스로 중국 깡패처럼 보이려고 일부러 꾸며낸 소문이라고 생각했다.

태식은 무자비하고 사나운 성격으로 악명 높았다. 무엇보다 뒤에서 기습을 잘해서, 등을 보이면 안 되는 인물로 유명했다. 사람 가죽을 잘 벗긴다는 소문도 있는데, 그건 너무 말

도 안 되는······

　때마침 등뒤에서 인기척이 들렸다. 진혁이 슬쩍 곁눈질하기 무섭게 비상계단에 숨어 있던 덩치들이 걸어나와 진혁을 포위했다. 가죽 몽둥이로 무장한데다 청테이프와 두건, 밧줄을 든 자도 있었다. 진혁은 도망가지 않은 자신을 칭찬했다. 싸움엔 자신 있지만 이런 좁은 데선 방법이 없다. 엘리베이터를 타기도 전에 잡혀서 잔뜩 두들겨 맞고 집안으로 끌려갔을 것이다.

　"많이도 데려왔네."

　진혁은 허세를 부려가며 카드키로 문을 열고 먼저 들어갔다. 태식이 등뒤에 있는 게 신경쓰였지만, 가죽을 벗기려고 여기까지 행차한 건 아닐 터였다.

　진혁의 오피스텔은 주방과 거실, 침실이 일직선으로 연결된 원룸이었다. 진혁은 겉옷을 벗어 주방 의자에 걸고 냉장고를 열었다. 태식이 따라 들어와 현관문을 닫았다. 다행히 덩치들은 밖에 남았다. 둘이서만 할 얘기가 있는 모양이었다.

　태식이 집안을 둘러보며 말했다.

　"집이 생각보다 아담하네."

　"알다시피, 아직 빚이 많아."

　진혁은 삼다수를 꺼내 마시며 테이블 위에 지갑과 핸드폰을 내려놓고 열쇠고리만 손에 감췄다. 열쇠고리 끝에 쿠보탄이 달려 있다. 경질 고무로 만든 작은 몽둥이로, 앙증맞을 정도로 작아서 액세서리로 착각하기 쉽지만 실제론 효과적인 호신용품이다. 가까운 거리에서 얼굴이든 가슴이든 찔러넣으면 사람이 흐물흐물해진다.

태식은 신발을 신은 채로 뚜벅뚜벅 침실까지 걸어가 창을 열어젖혔다. 진혁은 쿠보탄을 쥐고 천천히 태식에게 다가갔다. 한 대 때리고 시작할까? 창밖을 내다보던 태식이 힐끔 진혁을 돌아보더니 추파춥스 하나를 내밀며 말했다.

"회장님이 집도 안 해주나? 자기가 키우는 개새끼한테."

진혁은 사탕을 받으며 창밖을 가리켰다.

"여기가 비싼 동네거든. 저기 봐. 저게 경복궁이란 거야."

"옆에 시네마테크도 있더라. 그건 맘에 들어."

태식은 직업과는 어울리지 않게 영화광이었다. 휴일에는 프랑스 문화원에서 자막도 없는 프랑스 영화를 본다는 소문이 있었다.

"빚이 20억 넘어간 거 알지? 이자까지."

"갚고 있잖아."

"너네 회장 쓰러졌잖아. 근데 어떻게 갚아. 곧 잘리지나 않으면 다행이지."

"소식 빠르네."

사실은 지나치게 빠르다. 돈이 되는 건 뭐든 하는 놈들이니 여기저기 꽂아둔 빨대가 있을 거고, 회장이 쓰러졌던 사실도 병원 도착과 동시에 알았겠지만 태식이 이렇게까지 빨리 움직인 건 이해가 가지 않았다.

"걱정돼서 온 거야? 내가 돈 못 갚을까봐? 고작 20억 때문에 오태식이가? 나한테야 큰돈이지만 너희들한텐 주머니 거스름돈도 안 될 텐데."

"거스름돈도 아껴야 잘 살지. 20억이면 우리한테도 적은 돈 아니고. 겸사겸사 돈 갚을 새로운 길도 알려줄 겸 왔지."

"무슨 길?"

"김백식 회장, 혼수상태라며? 머리 굴리지 말고 솔직하게 대답해."

"쓰러지시긴 했지."

"우리가 카지노 말고 다른 도박도 하는 거 알지? 야구, 축구, 농구, 배구, 국회의원, 대통령 선거, 전쟁까지. 승패가 나는 건 다 건다고. 이번에 이스라엘-이란에도 돈 걸었어."

"누가 이기는 쪽에?"

"그런 걸로 돈 벌려면 정보력하고 판단력이 있어야 해. 근데 요새는 정보 값만 제대로 넣으면, 알고리즘이 확률까지

다 알려주거든."

"그럼 벌써 다 알겠네, 잘난 알고리즘이 알려줬을 테니까."

태식은 가만히 진혁을 쳐다보다 침대에 걸터앉고는 손바닥으로 매트리스를 꾹꾹 눌러보았다.

"너무 푹신한 거 아냐? 허리에 안 좋아. 적당히 딱딱해야지."

"그것도 알고리즘이 말해주디? 허리에 뭐가 좋은지."

태식은 피식 웃더니 갑자기 표정을 굳혔다.

"김백식 회장이 죽는 데 돈 건 분들이 있어."

"알고리즘이 잘못된 건가? 회장님 안 돌아가셨는데."

"김백식이 죽어야 더 많이 번다는 결과가 나왔거든. 그래서 말인데, 그분들이 돈 벌게 네가 도와줘야겠어."

왜 덩치들을 밖에 뒀는지 알겠다. 말단 깡패들이 알아선 안 되는 얘기다.

"어떻게 도우란 건데? 회장님 돌아가시라고 기도라도 할까?"

"그것도 하고."

태식이 파우치를 진혁에게 던졌다.

"이것도 해."

뭐가 들었는지 모르지만 가벼웠다. 진혁은 파우치 안에 든

게 뭔지 묻지 않았다. 사실 별로 알고 싶지도 않았다. 태식도 말해줄 생각이 없는지, 침대를 짚고 일어나 진혁의 어깨를 가볍게 두들겼다.

"잘 생각해. 빚 없애주고 추가로 거스름돈도 챙겨줄 테니까. 아버지 아직 요양원에 계시지?"

그래. 월에 천만원씩 나가는 고가의 요양원에 계시지.

진혁을 보면 반쯤 빠진 이빨을 드러내며 바보처럼 웃는데, 예전처럼 아버지가 밉지 않았다. 가볍게 안았을 때 어깨에 침을 흘리는 것도 더이상 더럽게 느껴지지 않았다. 긴 시간 고생해서 간신히 만들어낸, 부자간의 균형이었다. 오태식이 나서면 그 모든 게 무너질 것이다.

"조심해야지, 아버지 정신도 온전하지 않으신데. 그런 양반들은 뼈도 약한데 우리 애들이 때리면 어떻게 되겠어?"

때리면서 당신 아들 때문에 맞는 거라고 얘기하겠지. 아버진 아들을 원망할 것이다. 더는 침을 흘리며 웃지도 않겠지. 울면서 너무 아팠다고 얘기할 것이다. 예전의 냉혹한 아버지가 아니니까. 이미 바보가 됐으니까.

진혁은 주머니 속의 쿠보탄을 꽉 잡았다. 당장 태식의 입에 쿠보탄을 찔러넣고 이빨이 전부 부러질 때까지 휘젓고 싶었다. 하지만 그럴 수 없다는 걸 진혁도, 태식도 알았다.

"회장님 주위에 항상 사람들이 있어. 그쯤 되는 사람이 쓰러지면 어떻게 되는지 알 텐데? 나 혼자 뭘 할 수 있는 상황이 아니야."

"너 비서실장이잖아. 그 정도는 할 수 있어야지."

"생각해볼게."

"그래. 생각 많이 하고 전화는 빨리 해. 늦으면 너만 힘들어져."

태식은 나가려다 말고 진혁을 돌아보았다.

"파우치는 가져. 이번 시즌 신상이다."

세앙스

건잠머리 랩스는 안양 인덕원에 위치한 빈 공장 부지에 3층짜리 사옥을 지었다. 섬처럼 외따로 떨어진 곳이라 손님이 많지는 않았다. 가끔 미팅 제안을 해오는 벤처 캐피털도 다른 곳에서 만나고 싶어하지, 사옥까지 찾아오진 않았다.

　건잠머리의 공동 대표인 조나단 황은 엠블럼이 걸린 사옥 앞에서 오랜만에 손님을 기다리고 있었다. 그는 무일그룹 비서실장의 갑작스러운 방문 연락에도 놀라지 않았다. 회장 손목 칩에 문제가 생겼을 때부터 이런 일을 예감했으니까. 김 회장이 쓰러져 그룹 소유 병원으로 갔다는 찌라시가 돌자 예감은 확신으로 변했다.

　주로 늙은 부자들의 투자를 받았기에 언제고 일어날 일이라고 생각했다. 그래도 몇 년은 걸릴 줄 알았는데, 예상보다 빨라서 마치 크리스마스 전에 산타클로스를 만난 듯한 기분이었다.

하지만 그룹 비서실장이 여옥을 수행하고 온 건 그에게도 놀라운 일이었다. 투자업계에서 뼈가 굵은 조나단이다. 진혁의 차에서 내리는 여옥을 한눈에 알아봤지만 내색하지 않은 채 침착하게 안부를 물었다.

"회장님 소식 들었는데, 괜찮으신 겁니까?"

진혁이 말했다.

"그 일 때문에 상의드릴 게 있습니다."

조나단은 두 사람을 회의실로 안내했다. 회사 보안은 어떤 강박증에 걸린 투자자라도 흡족해할 만큼 철저했다. 핵심 시설은 3차원 안면 인식 스캔을 받은 사람만 출입이 가능하며, 검은 관을 연상시키는 철제 회전문을 지나야만 들어갈 수 있다. 문을 통과하면 회색 화강암 벽에 어두침침한 조명이 달린 좁은 복도를 지나게 되는데, 한 사람이 겨우 지날 수 있을 만큼 좁은 복도의 끝에는 가스총과 테이저건으로 무장한 경비원들이 지키고 서 있다. 누군가 침투한다면 비좁은 복도를 달려가다 총을 맞고 쓰러질 수밖에 없다.

하지만 어두운 복도 끝의 문을 여는 순간 전혀 다른 모습에 놀라게 된다. 3층 높이의 층고에, 천장과 외벽을 통유리로 대체한 사무실은 조명 없이도 환하다. 강화유리에는 UV 차단과 열차단 코팅이 되어 있어 실내 과열을 차단하고, 내장된 태양전지가 건물 전체에 보조 전력을 공급한다. 조나단은 여옥이 건물 설계에 감탄하리라 기대했지만, 그녀는 얼굴을 찡그리더니 선글라스를 꺼내 쓰면서 짧게 물었을 뿐이었다.

"대표가 한 분 더 있던데요?"

"맥스 한이라고, 우리 회사의 핵심이자 진정한 구루guru 죠. 기술적 연구는 전부 그 친구가 한 거니까요. 그 친구의 머리와 제 외모로 함께 만든 회사라고나 할까요."

조나단이 매력적인 미소를 지었지만 여옥은 넘어가지 않았다. 재벌가 딸로 살다보면 저런 미소 정도야 얼마든지 볼 수 있다. 인간에 대한 믿음이 사라질 정도로 자주.

"원래 회사 이름도 맥스 바이오테크놀로지로 정하려고 했는데, 그 친구가 반대했습니다. 사람들 앞에 나서는 걸 싫어하는 편이라서요. 그래서 순우리말인 건잠머리로 정했죠. 그게 무슨 뜻이냐면……"

"그런 건 내가 나중에 찾아볼게요. 맥스씨는 출근 안 했나 봐요?"

"천재라는 게 늘 자기 멋대로라서요. 맥스는 영감이 떠오

르면 어디서든 일합니다. 어제도 늦게까지 일하다 퇴근했고
요. 다행히 연락이 닿아서 곧 오기로 했습니다."

회의실 역시 오픈된 형태로, 채광이 좋고 개방감이 느껴졌
다. 통유리로 된 천장에 원목 데스크, 커다란 화이트보드와
곳곳에 놓인 관엽식물은 모두 조나단이 생명공학 스타트업
특유의 차가운 느낌을 줄여보려고 신중하게 고른 것이었다.
한쪽 벽면에는 맥스와 조나단의 약력이 적힌 현판과 각종 수
상 사진이며 상패가 늘어서 있었다.

가장 눈에 띄는 곳에 머리와 컴퓨터를 전극으로 연결한 환
자의 사진을 걸어두었다. 환자의 옆에서 가족으로 보이는 사
람들이 울면서 지켜보고 있는데, 절묘한 표정이며 구도가 퓰
리처상 수상작을 방불케 했다. 조나단이 준비한 비장의 한 수
로서, 실제로 퓰리처상 수상 작가를 불러서 찍은 사진이었다.

여옥이 사진을 유심히 살피자 조나단이 말했다.

"맥스가 저걸로 래스커Lasker상을 받았죠. 의학 분야에선
노벨상에 가까운 상입니다. 식물인간 환자와 가족 사이의 소
통을 도왔거든요."

"소통이란 게 정확히 뭐죠?"

조나단은 마음속으로 웃었다. 역시 스토리텔링이다. 흥미
로운 스토리를 가지고 얘길 시작해야 고객들이 관심을 가진

다. 지금처럼 새로운 개념으로 장사를 해야 할 때는 특히 더 더욱.

"식물인간은 의식이 없다고 흔히들 생각합니다만, 꼭 그런 건 아닙니다. 최소의식상태Minimally Conscious State와 완전감금증후군Completely Locked-in Syndrome의 두 가지 경우를 생각할 수 있습니다. 최소의식상태는 의식 수준은 낮지만, 제한적이나마 자발적 행동과 환경 자극에 대한 반응이 있는 경우를 말합니다. 간단한 지시어에 반응하거나 울고 웃는 정서적 반응이 있는 경우요."

"바보라는 거네요."

여옥은 짧게 정리하곤 다시 물었다.

"후자는요?"

"완전감금증후군은 반댑니다. 겉보기엔 완전히 의식이 끊긴 것처럼 보이지만, 실제론 아닌 상태를 말합니다. 사람들이 하는 말을 들을 수 있고 생각도 할 수 있는데 상대에게 그걸 전달하지 못할 뿐인 거죠. 말 그대로 자기 안에 갇혀 있는 겁니다. 〈존 말코비치 되기〉라는 영화 보셨죠?"

"못 봤어요. 존 말코비치가 환자 이름이에요?"

"유명한 영화배운데요. 대표작이……"

"아픈 사람이에요?"

조나단은 영화 내용을 설명하려다 그만두었다. 여옥이 쉬는 시간에 주로 뭘 하는지 모르겠지만, 영화를 보지 않는 건 확실했다. 조나단은 대신 사진을 가리키며 말했다.

"저 환자는 완전감금상태로 2년 넘게 지냈습니다. 가족들이 계속 돌아가면서 옆에서 그날그날 있었던 일을 얘기했고요. 정말로 친밀한 가족이었던 거죠. 그런 그들조차 몰랐지만, 환자는 가족들이 하는 말을 다 듣고 있었던 겁니다. 마치 기적처럼요. 그 기적이 실현될 수 있도록 저희가 도와드렸습니다. 2년간 못 나눈 대화를 나누게 해드렸죠."

진혁이 말했다.

"김백식 회장님도 비슷한 상탭니다. 그래서 저희가 여기 온 거죠."

조나단은 마음속으로 환호성을 내지르면서, 겉으론 심각한 표정으로 말했다.

"병원 진단이 나온 겁니까?"

"네. 혈관 일부가 터지면서 의식불명 상태가 되셨습니다. MRI를 찍어봤는데 뇌가 위축된 걸로 봐서 손상 가능성이 있고요. 다행히 혈압, 체온조절 같은 뇌간 기능은 정상입니다. 산소호흡기 없이 자가호흡도 가능한 상황이고요."

"그렇다면 저희가 도울 수 있겠네요. 쓰러지신 지 얼마 안

됐으니 의식이 있을 확률이 높습니다. 예전에 비해 기술 수준이 높아졌으니 더 깊이 있는 의사소통이 가능할 겁니다."

진혁은 여옥을 힐끔 돌아보았다. 여옥이 혼잣말처럼 중얼거렸다.

"하긴, 우리 가족도 소통이 필요하긴 하지."

*

여옥의 동생이자 개차반 재벌 3세로 악명 높은 김무영이 구치소 접견실에 나와 있었다. 그는 몸에 맞지 않는 재소복을 벗고 룰루레몬 운동복으로 갈아입은 채 매트 위에서 필라테스를 하는 중이었다. 1차세계대전 당시 적국인이라는 이유로 수감된 요제프 필라테스가 감옥에서 고안한 운동답게, 필라테스는 좁은 장소에서 근력과 근지구력을 끌어올리기에 효과적이다. 평소 좀더 액티비티한 운동을 선호하는 무영이지만, 지난번 수감되었을 때 필라테스의 매력에 흠뻑 빠졌다.

"숨 마시고, 뱉는 숨에 머리는 오른쪽으로 돌리시고, 네 좋습니다. 하나 둘 셋……"

강사가 옆에서 차분하게 자세를 고쳐주었고, 함께 온 변호사는 구석의 빈 의자에 앉아 노이즈캔슬링 헤드폰을 낀 채 핸드폰 게임에 열중했다. 매트 위로 땀이 떨어졌다. 무영은 심호흡을 하며 마음을 다잡기 위해 애썼다. 신체 독소를 없애주는 음료를 마시고 스트레스를 풀어주는 향초도 접견실 곳곳에 켜놨지만, 짜증은 쉽게 가라앉지 않았다. 감옥에 처음 오는 것도 아닌데 영 적응이 되지 않는다.

일과 시간에는 주로 접견실에 머물고, 밤에도 독실을 쓰지만 그래도 힘든 건 마찬가지였다. 냉난방이 안 되는 건 일반 재소실과 똑같고, 화장실 역시 직접 수돗물을 뿌려서 똥오줌을 흘려보내야 하는 옛날 재래식이었다. 무영은 이런 화장실을 감옥에 와서 처음 봤다. 무엇보다 자유를 뺏긴 것이 컸다. 밖에 있을 땐 오밤중에 외국에도 나가고 원하는 모든 걸 누리며 마음대로 살 수 있었는데, 이곳에선 철저하게 규율을 지켜야 했다.

처음 감옥에 온 건 필리핀에서 불법 도박을 했을 때였다. 정킷방에서 잠깐 재미만 보려고 했는데, 돈을 잃고 욱하는 마음에 아버지 비자금을 꺼내 쓴 것이 실수였다. 이를 안 깡패들에게 협박을 당한 뒤 간신히 풀려났지만 한국까지 소문이 퍼져 수사를 받아야 했다. 결국 비자금에 관한 아버지 혐의까지 뒤집어쓰고 1년 가까이 징역을 살았다.

이번 수감도 아버지 때문이다. 건설사 대표이사로 가라기에, 처음엔 아버지가 정신 차린 줄 알았다. 알고 보니 중대재해법 위반 혐의를 아들에게 넘기기 위해서였다는 걸 뒤늦게 깨달았다.

안전보건 관리체계 위반. 노동자에게 안전모를 착용시키지 않고 추락 방호시설을 설치하지 않은 혐의다. 세 명이 떨어져 죽었다나?

처음에는 별일 아닌 줄 알았다. 막말로, 누가 막노동하라고 칼 들고 협박했나? 자기들이 원해서 들어간 거고, 일하다 보면 죽을 수도 있지. 그러나 시범 케이스에 걸린 것이 문제였다. 국제노동기구ILO에서 한국 정부의 협약 이행 노력이 미흡하다고 평가했다는 거다. 누군가 책임을 져야 하는 상황이었다. 아버지는 감옥 다녀와서 깨끗하게 회사를 넘겨받으라고 했다. 책임지는 모습을 보여야 국민들도 네가 달라졌다는 걸 알게 될 거라며.

학창 시절, 선택지를 고르는 게임이 유행하던 때가 있었다. 이를테면 이런 거다. 100억 받고 고자 되기 vs 평범하게 살기. 즉 100억을 받느냐 고자가 되느냐의 문제인데, 로열패밀리인 무영은 100억 정도의 소액에 고자 되기를 택하는 친구들을 이해할 수 없었다.

이제는 서민의 마음을 이해한다. 그도 건설사를 넘겨받기 위해서 감옥행을 택해야 했으니까. 덕분에 아버지에 대한 미움은 더욱 커졌다. 다른 아버지들이 무능해서 문제라면, 그의 아버지는 유능한 대신 못되고 치사했다. 아들을 감옥에 보내지 않고도 처리할 수 있는 일이었다. 대신 보낼 임원들도 얼마든지 있었다. 특히, 한국계 외국인 임원들. 글로벌기업이 한국에서 사고를 쳤을 때 법정에 대신 서주는 걸 직업으로 삼은 사람이 최소한 열 명은 된다. 그중 아무나 불러다 쓰면 되는데 굳이 이런 식으로 회사를 물려주겠다는 건 아버지의 꼬인 심성 탓이요, 자식에게 영향력을 행사하기 위함이었다.

건설사의 주요 지분은 여전히 아버지 소유고, 무영에게 넘어온 건 대표이사 직함과 쥐꼬리만한 주식이 전부였다. 그래도 제안을 받아들일 수밖에 없었다. 없는 것보단 있는 게 나으니까. 아버지가 돌아가신 뒤 건설을 차지할 발판이 될 테니까. 당장은 구속 상태로 재판을 받다가 집행유예로 끝내는 것이 목표다. 그러니 그때까진 운동과 정신수련으로 마음을 달래고 건강을 지켜야 한다. 그가 숨을 내뱉으며 다시 정신을 집중하려 할 때, 변호사가 헤드폰을 벗고 무영에게 다가왔다.

"대표님?"

로펌에서 접견용으로 고용한 놈이다. 다른 일은 하지 않고 온종일 접견실을 지키며 VIP들이 자유로운 시간을 보낼 수 있도록 돕는, 로스쿨을 갓 졸업한 신참 변호사. 무영은 놈을 노려보며 돈 참 쉽게 번다고 생각했다. 난 건설사 하나 받겠다고 감옥에 있는데 이런 놈은 인생을 날로 먹고 있고. 짜증을 참으며 무영이 물었다.

"왜?"

필라테스 강사가 얼른 수건을 내밀었다. 무영은 얼굴에 흥건한 땀을 닦으며 변호사가 내민 핸드폰을 받아들었다. 액정 위로 최재민 과장님이란 이름이 보였다.

"또 뭔데? 아버지가? 언제? 진짜? ⋯⋯안 죽었고? 알았어."

무영은 전화를 끊고 잠시 생각에 잠겼다. 지루했던 교도소 생활이 약간 재밌어질 것 같은 기분이다. 그는 변호사를 돌아보며 말했다.

"야. 로펌에 연락 좀 해봐. 나 아무래도 잠깐 나갔다 와야 할 거 같거든."

*

조나단은 화이트보드에 그림까지 그려가면서 열정적으로 회사의 기술력을 소개했다. 회의실 맞은편에 진혁과 여옥이 앉아 조용히 설명을 들었다.

"다른 모든 소음을 차단하고 특정한 소리를 들려주는 것으로 시작합니다. 주기적인 신호를 반복해 보내면서 소리가 대뇌피질까지 전달되는지 확인하는 거죠. 소리를 들려줄 때마다 뇌에 특정 파형이 보이면 의식이 있고 우리가 하는 말을 듣는다는 뜻입니다."

조나단도 모든 걸 다 이해하는 건 아니다. 기술적인 건 맥스의 몫이고, 그가 할 일은 돈을 버는 것이었다. 대신 그에겐 자신만의 방식으로 기술을 이해하고 설명하는 재주가 있었다. 바클레이스은행에 다니던 시절에도 그의 최대 강점은 클라이언트를 설득하는 거였다.

"다음은 인지능력을 확인하는 단곕니다. 단순히 의식이 있는 것만으론 부족하니까요. 듣고 이해하고 대답할 수 있어야죠. 인지 확인은, 서로 다른 음역의 소리를 반복해서 들려주다가 결정적인 타이밍에 소리를 끊는 것으로 진행됩니다. 그러면 반복된 패턴에 익숙해졌던 뇌가 스트레스를 받기 때문에 반응을 하게 되죠. 마치 남편이 코를 골다가 멈추면 괜히 잠에서 깨는 것처럼요."

"이해했어요."

여옥이 조나단의 말을 잘랐다. 그녀는 남편도 없었고, 기술적인 문제에도 관심이 없었다. 그녀가 원하는 것은 오직 결과였다. 아버지와 어디까지 이야기를 할 수 있느냐.

"소리를 듣고 생각도 가능하다는 게 확인되면요?"

"뇌와 컴퓨터를 연결하는 인터페이스를 만듭니다. 환자 뇌파에 맞는 맞춤형으로요. 환자와 지속적으로 대화를 시도하면서 실시간으로 환자의 뇌파를 FMRIFunctional Magnetic Resonance Imaging(기능자기공명영상법)로 찍어서 변화를 체크합니다. 특정 감정을 느낄 때 뇌의 어느 부분이 활성화되는지 파악하는 거죠. 데이터를 최대한 확보한 후 AI에 대량 학습을 시키면 환자가 생각하는 단어를 유추할 수 있습니다. 그때가 되면 머리에 전극을 꽂을 필요도, 환자가 특정 단어를 떠올리려 애쓸 필요도 없습니다. 선 하나만 연결하면 집에서처럼 편하게 대화를 나눌 수 있는 거죠."

"진짜 가족처럼요."

"네. 맥스가 인터페이스를 개발하기 전까진 혼수상태 환자에게 의식이 있다는 것만 알았지, 소통은 불가능했습니다. 다들 식물인간에게 그만큼의 자원을 투자할 용기도 자신감도 없었죠. 저와 맥스가 사람들을 한계까지 밀어붙여서 설득한 겁니다. 최초로 대화에 성공한 날 저 사진을 찍었고요."

조나단은 사진을 가리키며 환하게 웃었다.

"가족분들이 기뻐하는 모습을 보면서 앞으로 쭉 이 일을 해야겠다고 결심했습니다. 돈을 벌면서 사람도 돕는 일이라니 안 할 이유가 없으니까요."

장사치이자 도박꾼인 조나단이 고객과의 신뢰를 쌓기 위해 꼭 넣는 멘트인데, 여옥에겐 효과가 없었다. 감흥 없는 표정으로 고개를 끄떡이는 여옥 대신 진혁이 입을 열었다.

"만일 회장님에게 의식이 없다면요? 있다고 해도, 그 수준이 낮다면?"

"그럼 유감스럽지만 다른 단계로 넘어가야죠. 계속 소통을 시도하면서 저희 뇌세포 활성화 프로젝트에 참가하시면 됩니다. 망가진 뇌세포를 살려낼 순 없지만, 신경망 구조를 우회해서 새로운 시냅스가 생기는 경우도 간혹 있습니다. 회장님께 행운이 있길 기대하면서……"

"아니, 해결책이요. 행운 말고."

잠시 침묵이 흘렀다. 조나단은 불편함을 감추고 여옥과 진혁을 번갈아 쳐다보며 말했다.

"회장님께 승계 문제가 있다는 건 알고 있습니다. 그것 때문에 회장님의 의식 상태에 대한 조작을 원하시는 거라면 곤란합니다. 저희 기술을 원하신다면 얼마든지 협조할 수 있지만 불법적인 부분을 바라시면 도와드릴 수 없습니다. 저희

기업 가치는 단순히 몇백억, 몇천억으로 평가할 수 있는 게 아닙니다."

물론 그보다 많이 준다면 생각해볼 만하다. 그러나 여옥은 고개를 흔들었다.

"걱정 말아요. 난 그냥 아버지랑 얘기하고 싶은 거니까."

"그럼 당장 준비하겠습니다. 저희 표준 비용을 계산한 계약서를 보내드릴 테니까……"

진혁이 끼어들었다.

"회장님 의식이 돌아오지 않는 경우를 대비해, 준비해주셨으면 하는 게 있습니다."

"그런 경우에는 행운을 비는 수밖에 없다고 말씀드렸는데요."

"아니, 방법이 있습니다. 건잠머리 랩스의 장기적인 플랜이기도 하죠. 회장님 투자 확정되고 뇌 스캔할 때 하셨던 말씀 기억나시죠? 스캔을 완성하려면, 추가로 필요한 일들이 있다고 하셨죠."

진혁의 말에 여옥이 고개를 갸웃하며 조나단을 쳐다보았다. 조나단은 당황했다. 뇌 스캔이 건잠머리 랩스의 주력 분야이긴 하지만, 아직 연구중이었다. 영생을 누리는 여러 가지 방법 중 하나라곤 하나 각국의 억만장자들도 장기적인 목적에서 투자한 거지, 당장 자신의 뇌가 컴퓨터 속에 들어가 영생을 누리게 될 것을 기대하진 않았다. 여러 가지 기술적 인, 그리고 법적인 문제가 복잡하게 얽혀 있기 때문이다.

그때 문이 열리고 40대 초반으로 보이는 거구의 남자가 들어왔다. 등산복 차림에, 모자를 눌러쓴데다 두꺼운 뿔테안 경까지 끼고 있어 얼굴이 잘 보이지 않았다. 그는 여옥과 진 혁을 보곤 가볍게 고개를 숙이며 조그맣게 웅얼거렸는데, 진 혁은 잠시 생각한 후에야 그가 안녕하십니까 하고 인사를 건 넨 것임을 알았다.

남자는 고개를 들더니 말을 멈추지 않고 쏟아냈다. 흥분했 는지 속도가 점점 빨라지고 목소리도 커졌다.

"맞습니다. 뇌 스캔을 완성하려면 필요한 단계들이 있는 데 여건이 안 돼서 시도도 못하고 있었습니다. 두 분이 어떤 식으로 도와주실 건지 궁금한데, 방법이 있는 겁니까?"

조나단이 진정하라는 듯 남자 앞을 막아서며 말했다.

"딱 맞게 도착했군요. 여러분, 맥스 한입니다."

*

병원 입구로 올라가는 길 양쪽엔 유난히 불법주차된 차량이 많았다. 기자 새끼들이군. 진혁은 생각했다. 아니나다를까, 병원 부지 안으로 진입하자 정문 앞에 몰려 있는 기자들이 보였다. 귀신같이 불행의 냄새를 맡고 온 게 틀림없었다. 여옥의 벤틀리 플라잉 스퍼Flying Spur가 옆을 지나치자 몇 놈이 기웃거렸지만 짙은 선팅 탓에 안에 누가 있는지 보이지 않을 터였다. 잠시의 망설임도 없이 지하주차장으로 향하는 여옥의 차를 건잠머리 트럭이 뒤따랐다.

지하에 VIP 병동으로 바로 연결되는 입구가 있었다. 재단 소유의 병원이라는 건 이럴 때 편하다. 법원 드나드는 것도 아닌데 괜히 정문에서 기자들과 실랑이할 필요는 없다. 인맥과 연줄로 병원 안까지 들어오는 기자가 있다고 해도 소용없다. VIP 병동은 마치 섬처럼 분리되어 있고, 의료진 및 VIP 환자와 가족만이 연결 다리를 통해 오갈 수 있다. 다리 하나 차이로 많은 풍경이 바뀐다. 곳곳에 유망한 국내 화가의 큼직한 그림이 걸려 있고 높은 천장엔 제법 비싼 샹들리에가 달려 있음에도, 일반 병동에는 고통과 피로와 죽음의 입자가 옅은 소독약 냄새에 섞인 채 공기 중에 떠다닌다. VIP 병동에서도 삶과 죽음이 오가는 것은 마찬가지지만, 더 통제되어 있고 편안하며 부드러운 형태다. 진혁은 잠시 요양원에 누워 있는 아버지를 생각했다. 진혁이 보기에 병과 죽음은 생각보다 공평하지 않았다.

병실 안에서는 맥스 한과 건잠머리 스태프들이 전자 장비를 가져와 김백식 회장의 머리에 뇌파 전극을 연결하는 중이었다. 병원측은 의료진도 아닌 사람들이 나섰다가 사고가 터질 것을 우려했지만, 여옥이 성질을 부리자 두 손 들고 물러났다.

진혁은 정수기 물을 받아 여옥에게 건넸다. 뒤늦게 아차 싶었는데, 여옥은 에비앙 생수가 아니면 마시지 않기로 유명했기 때문이다. 방금 전까지 의사들에게 화를 냈으니 아직 흥분도 가라앉지 않았을 터였다. 다행히 여옥은 별말 없이 종이컵을 받아 원샷으로 들이켜고는 물었다.

"저 사람들 믿어도 되는 거 맞아? 반쯤 사기꾼 같던데. 거의 그 수준이잖아. 옛날 유럽에서 하던 세앙스séance."

"세앙스가 뭡니까?"

"한국말로 하면 뭐가 좋으려나?"

여옥은 잠시 고민하다가 말을 이었다.

"심령회. 그 정도면 되겠네. 죽은 사람 불러서 대화 나누는 거 있잖아. 영매사하고 가족들 모여서 촛불 켜놓고 죽은 영혼이 찾아오길 기다리는 거. 그러다 여기 있어요? 물어보면 귀신이 탁자 쾅쾅 울리는 거. 본 적 있지?"

"그거하고 다를 거 같은데요. 맥스 한은 식물인간 환자가 가족들만 아는 비밀들을 알고 있는지 그 자리에서 확인해 진짜임을 증명했거든요. 그래서 투자받은 거고요."

"그것도 비슷하네. 심령회에서도 영매가 가족들만 아는 비밀로 혼을 불러냈음을 증명하거든. 그래서 눈치 빠르고 연기 잘하는 영매가 인기였다고 해. 극도로 발달한 과학은 마법과 다르지 않다더니, 진짜로 그렇네."

진혁은 흥미롭다는 표정으로 여옥을 바라보았다. 여옥은 대중들에게 뛰어난 패션 감각과 사업가 자질을 동시에 갖춘 여성 리더로 알려져 있지만, 업계에선 참을성 없고 무자비한 분노조절장애 소시오패스로 악명 높았다. 진혁도 가끔 마주칠 때마다 따귀를 맞을 뻔했다. 방금도 그랬다. 의사들에게 꺼지라고 소리를 질러대더니, 언제 그랬냐는 듯 부드럽게 말하는 여옥을 보니 같은 인물이 맞는지 헷갈릴 정도였다.

"왜? 내가 까다롭게 굴지 않아서 이상해? 화 좀 내볼까?"

"아닙니다. 그냥…… 발음이 좋으셔서요. 제가 만난 프랑스인들보다 낫네요. 세앙스."

"마음에 없는 소리 할 필요 없어. 내가 살면서 느낀 게 뭔지 알아? 잘해줘봐야 소용없다는 거야. 돈 많은 젊은 여자라고 얕보고 기어오르거든. 어떻게든 잘 꼬드겨서 자빠뜨리면

부귀영화 누릴 수 있겠다 생각하잖아."

진혁은 여옥에 대한 평가를 바꿨다. 말투가 험하긴 해도 이 정도면 자기객관화가 완벽하다고 할 만했다.

"열 번 잘하다가 한 번 실수하면 쌍년 돼. 광년이처럼 굴다 가끔 잘해주면 고마워하고. 그래서 일부러 세게 말하는 거야. 미친년으로 소문나야 일하기 편하니까. 가끔 멀쩡하게 구는 모습에 더 집중하지. 너처럼."

"저 집중하라고 친절하게 구신 겁니까?"

"아니, 이게 중요한 일이란 걸 알아서야. 쓸데없는 기 싸움으로 시간 낭비하긴 싫거든. 명심해. 일이 잘못되면 그땐 평소의 내 모습을 질리도록 보게 될 테니까."

여옥은 종이컵을 구겨서 쓰레기통에 버리며 말했다.

"일단 계획은 그거지? 최신 뇌과학 기술로 혼수상태인 아버지한테 아버지 그동안 잘못했어요, 사과하고 어떻게든 설득해서 유언장 다시 써달라고 하자. 아버지가 우리 말을 들어줄까? 그리고 중요한 건, 그게 법적인 효력이 있을까?"

"법정까지 갈 필요 없습니다. 다들 지금 걱정이 많을 거거든요. 김무준, 김무영 둘 다요."

"뭐가 문젠데? 아버지가 식물인간 상태로 천년만년 살까봐 겁나서? 아니면 아버지가 죽고 상속세 문제가 생길까봐?"

"그것도 문제긴 하죠."

김백식 회장은 앞으로 오랫동안 혼수상태로 지내게 될 것이다. 가족들 모두가 연명치료 중단에 동의하지 않는 한. 유언장의 내용이 어떠냐에 따라 누군가는 회장의 죽음을 원할 테고, 누군가는 현재의 어중간한 균형이 유지되길 바랄 테니 혼란은 쉽게 끝나지 않을 것이다.

"문제가 하나 더 있습니다."

"또 뭐?"

"회장님이 평소에 즉흥적으로 유언장을 바꾼다고 하셨죠? 최근에 두 아드님께 크게 실망했습니다. 그분들도 그걸 알죠."

진혁은 여옥의 표정을 보며 말을 이었다.

"아직 회장님이 돌아가시지 않았습니다. 여옥님이 회장님 끌어안고 버티는 것도 문제겠지만, 두 분은 유언장이 공개되는 게 더 걱정될 겁니다. 거기 무슨 폭탄이 들어 있을지 모르니까요. 다들 회장님이 죽기 전에 유언장 내용을 확인하고 싶을 겁니다."

*

    김무준은 텍사스 드리스킬Driskill 호텔의 위스키 바에 있었
다. 1800년대에 호텔이 개관한 이래 영업을 이어온 유서 깊
은 곳으로, 벽난로와 가죽 안락의자, 의자 위를 덮고 있는 곰
가죽까지 전부 서부 시대 느낌을 물씬 풍겼다.

    바 깊숙한 곳에 설치된 하얀색 카운터는 대리석 하나를 통
째로 깎아 만든 것이었다. 카운터 뒤편의 크고 화려한 거울
에 혼자 앉아 있는 무준의 얼굴이 비쳤다. 흑인 바텐더가 하
얀 수건으로 신중하게 잔을 닦았고 어두운 바 안에 느릿하게
〈As Time Goes By〉가 흘러나왔다.

    무준은 술잔을 만지작거리며 생각에 잠겼다. 어릴 때부터
서부영화가 좋았다. 탁 트인 파란 하늘과 거대한 돌산. 낡고
더러운 모자와 땀에 젖은 셔츠. 연기가 뿜어져 나오는 시가
와 끝이 뾰족한 웨스턴 부츠. 그리고 무엇보다 정의로운 카
우보이들. 그들이 수많은 고난을 이겨내고 권총 속사로 악당
들을 쓰러뜨리는 장면을 좋아했다. 카우보이 보안관처럼 멋
있게 살고 싶었다. 결국 그렇게 되지 못했지만 그게 아버지
때문인지, 자신이 멋진 인간이 아니라서 그런 건진 알 수 없
었다.

무준은 위스키를 한 모금 들이켜며 아버지를 떠올렸다. 평생 아버지가 시키는 대로 모범생으로 살았다. 두렵고 미우면서도 아버지의 인정을 갈구했다. 이제 그럴 필요가 없다는 생각에 도리어 씁쓸했다.

무준의 등뒤에서 누군가 다가와 옆에 앉았다. 익숙한 향이 느껴져 얼굴을 보기도 전에 정체를 알아챘다. 그의 아내이자, 무일전자의 홍보실장인 서현아였다.

"부회장님, 귀국 준비하셔야죠."

무준은 현아의 팔을 자기 쪽으로 끌어당겨 꼭 안았다.

"너도 좀 앉아. 어차피 비행기 편 준비되려면 시간 걸릴 거야."

현아는 시간을 확인했다. 새벽 1시. 김 회장이 쓰러졌다는 연락을 받고 백방으로 비행기 편을 찾던 중이었다. 일단 공항으로 출발하는 게 낫겠다는 생각이 들었지만, 무준의 태도가 평소와는 달랐다. 집안에선 누구보다 다정하지만 밖에선 감정을 드러내는 일이 없는 남자였기에 방금의 포옹이 신경 쓰였다.

"뭐 마실래? 위스키?"

현아는 대답 없이 고개를 흔들고 무준의 손등에 가볍게 손을 포갰다. 얼굴이 불콰한 게 이미 취한 듯 보였다. 무준은 애주가지만 술이 약했다. 그녀가 조심스럽게 말했다.

"놀랐지? 아버님 쓰러지셔서."

무준은 아니라고 할까 하다가 솔직하게 대답했다.

"조금."

"아버님, 아가씨가 자기 병원으로 옮겼어. 구급차 부르기 전에 유진혁 실장이 아가씨를 자택으로 불렀다는데 둘이 뭔가 꾸민 거 같아. 아직 공식 기사는 안 나갔는데…… 듣기론 혼수상태시래. 앞으로 무슨 일이 생길지 몰라. 아가씨 어떤 사람인지 당신도 알잖아."

"여옥이야 늘 야심만만했지."

무준은 술을 한 모금 마신 후 말했다.

"솔직히 말하면 여옥이가 회사 들고 나가는 거 부러웠어. 나는 무서워서 못 그랬는데."

"당신이야 좋은 사람이니까."

"용기가 없었던 거지."

흔히들 재벌가 자녀들을 금수저라고 부러워하지만, 얻는 게 있으면 잃는 것도 있는 법이다. 무일의 삼 남매도 모두가 어딘가 망가지고 결여되어 있었다. 아버지에게 언제 내쳐질지 몰라 두려워해야 했고, 학교나 직장에서 평범한 관계를 맺기엔 가진 것이 너무 많았다. 평생 그 누구와도 인간적인 유대를 맺지 못했다. 상대가 다가오면 바라는 것이 있을 거라고 의심하며 살았다.

"그래도 어릴 땐 친한 편이었는데. 무영이도 여옥이도."

무준은 초등학생 때의 동생을 기억한다. 무영인 성깔은 있어도 형을 잘 따르는 아이였다. 아버지가 어느 날 무준과 여옥을 불러 이제 너희들 동생이다. 라며 무영을 데려다놓은 후로 쭉 형제로 살았다. 처음엔 서먹했지만 진짜 가족 같던 때도 있었다. 무준이 같은 반 애들에게 괴롭힘을 당하자 무영이 하굣길에 벽돌로 그애들의 머리를 내리치기 전까진. 아버지는 돈으로 무마한 후 무영을 두들겨패 골방에 가뒀고, 몰래 밥을 가져다주다가 들킨 여옥까지 같이 방에 가뒀다. 그 이후 무영은 폭력으로 일을 해결하는 성격이 되어버렸고 여옥도 아버지에게 말 한마디 먼저 걸지 않았다. 무준만은 아무 일도 없었던 것처럼 모범생으로 살아왔는데, 그게 늘 부끄러웠다.

"난 걔들 이해해."

부와 권력은 술과 같아서, 쉽게 취하고 작은 실수 하나로 무너진다. 그는 그러지 않기 위해 끝까지 인내하며 순응하는 길을 택했고 여옥과 무영 역시 각자의 방식대로 싸워왔을 뿐이다.

현아가 걱정스러운 목소리로 말했다.

"여보."

"걱정 마. 싸움에는 안 질 거니까."

동생들을 이해하지만 져줄 순 없다. 그에겐 아내가 있으니까. 이제 와 물러난다고 해서 그애들이 아내를 챙겨주진 않을 것이다. 끝까지 싸우고 모조리 차지해야 한다. 아량을 베푼다면 그다음이다. 무준은 남은 술을 들이켜고 일어났다. 순간 머리가 어질했다. 현아가 비틀거리는 무준을 부축해주었다.

"나가자. 찬바람 쐬면 나아질 거야."

무준은 아내를 꼭 안고 함께 걸었다. 어지러운 와중에도 한 가지만은 뿌듯했다. 평생 아버지가 시키는 대로 살았지만, 아내만은 그가 택했다는 것.

*

조나단은 김 회장의 두피에 그래핀graphene 소재로 만든 뇌파 전극을 부착하고 인지능력을 확인중인 맥스를 조마조마한 표정으로 바라보았다. 모자까지 벗고 헝클어진 머리를 드러낸 채 바쁘게 스태프들에게 소리치는 맥스의 모습에서 평소와 다른 에너지가 느껴졌다.

"신호 띄워! P300 파형이 나오는지 확인해야 해!"

맥스는 평소 은둔자에 가까운, 사람들과의 소통을 힘들어하는 괴짜 천재로 알려져 있지만 항상 그런 건 아니었다. 인간이란 복합적인 존재이기 마련이어서, 맥스에게도 카리스마 있는 모습, 싫은 건 안 하려는 어린애 같은 모습, 사이코패스 같은 무자비한 모습 등 다양한 면이 있었다.

조나단은 그런 맥스의 모든 면을 자신이 잘 알고 제어할 수 있다고 자부해왔다. 문제는 지금 같은 때다. 뭔가에 꽂혔을 때는 강렬한 눈빛을 빛내면서 앞장서 날뛰는데, 그럴 때마다 큰 사건이 터졌다. 조나단은 걱정이 됐다. 지금 그들이 하려는 일은 대단히 선을 잘 타야 하는 일이었다.

"잠깐 얘기 좀 해."

맥스는 귀찮은 표정을 지었다가 곧 선선히 고개를 끄떡이곤 스태프들에게 몇 가지 지시를 내린 뒤에 조나단을 따라나왔다. 병실 옆방에 VIP 환자의 가족을 위한 대기실이 있었다. 널따란 대기실은 텅 비어 있었고 창밖으로 도시 전경이 내려다보였다.

맥스가 전자담배를 꺼내며 말했다.

"뭔데?"

"우리 일은 기술을 제대로 보여주는 거야. 혼수상태에 빠진 회장과 가족을 연결해주면서, 우리한테 투자한 억만장자들에게 능력을 어필하는 거지. 그래도 위험한 건 피해야 돼. 재벌가 상속 문제에 끼어들면 문제가 생길 수 있다고."

"위험은 감수해야지. 이건 기횐데. 내가 늘 바라던 기회."

"우리 기회."

맥스는 전자담배를 쫙 빨아들이곤 연기를 후 내뱉었다.

"그래. 우리가 바라던 기회. 내 머릿속에선 이론적 배경 다 완성된 거 알지? 근데 지금 우리가 뭐 하고 있냐? 기껏해야 늙은이들 돈 뜯어내서 뇌 스캔하는 게 다지. 미래를 위해 저장해야 할 진짜 중요한 과학자들 뇌도 아냐. 돈만 많은 늙은이들 뇌. 심지어 그것도 끝까지 못 가봤어. 내가 늘 말했지? 원숭이, 돼지 써서 동물실험 백날 해봐야 인간하곤 다르다고."

조나단은 심장이 쿵쾅거리며 뛰는 걸 느꼈다. 의사가 스트레스를 조심하라고 했는데. 불쌍하고 역겨운 동물 얘기가 나올 때마다 공황장애가 도지는 것 같았다. 조나단은 잠시 기다리라고 손짓한 뒤 품속에서 비닐봉투를 꺼내 코와 입에 대고 숨을 쉬었다. 맥스와 일하고 난 후로 비닐봉투는 늘 지니고 다녀야 하는 필수품이 됐다. 맥스가 등을 두들기며 말했다.

"과호흡 왔어? 비닐보단 종이봉투가 낫다니까."

"좀 조용히 하라고!"

과호흡이 도진 것도, 판교에 사무실을 내지 못한 것도 다 맥스 때문이다.

저놈이 동물들을 하도 죽여대서.

지난 1년간 죽은 동물이 500마리가 넘었다. 대부분 뇌수술을 비롯한 각종 실험을 하던 도중 죽었고, 수술 후까지 살아남은 일부 동물들은 맥스가 뇌 시냅스 구조를 좀더 정확하게 알아내야 한다며 신체 곳곳을 얇은 절편으로 잘랐다.

처음에는 코히런트Coherent사에서 레이저 절단기를 구입해 잘게 썰어댔는데, 그조차도 정밀함이 부족하다며 나중엔 직접 제품을 설계해 어마어마한 돈을 들여 중국 공장에서 몰래 제조해 왔다. 코히런트사 특허 기술을 불법으로 이용한 제품이라 조나단이 반대했음에도 불구하고, 이미 기계는 선적을 마친 후였다. 그런 기계로 하는 일이란 게 사체를 굳혀서 줄기차게 잘라내는 거니 연구소는 마치 지옥과도 같았다.

동물들 사체를 조용히 처리하는 것도 일이었다. 특수폐기물 수거 회사들조차 부담스러워할 정도로 상태가 끔찍했고 수도 많았다. 판교에 회사를 냈다간 블라인드 앱에 누군가 익명으로 글을 쓸 것이 분명했다. 새벽마다 살아 있는 동물이 들어오고 죽어서 나간다고. 천재 과학자와 닥터 프랑켄슈타인은 한 끗 차이다. 언론에서 냄새라도 맡으면 투자나 상장에도 문제가 생길 가능성이 높았다. 그래서 인덕원, 그것도 시내에서 멀리 떨어진 곳에 국정원 지부라도 되는 양 은밀하게 회사를 차린 거였다.

조나단은 타고난 장사꾼답게 불리한 상황 앞에서도 회사 홍보를 잊지 않았다. 스티브 잡스는 차고에서 창업해 전설이 됐고, 아마존 의장 제프 베이조스 역시 창고에서 직접 택배를 포장했다. 천재는 시작부터 다른 법이라고, 그래서 회사가 이런 외진 곳에 있는 거라고 경력 직원들을 뽑을 때나 투자를 받을 때마다 사기를 쳤다.

하지만 맥스한테까지 사기를 칠 순 없었다.

"우린 지금 돈과 권력이 아주 많은 사람들을 상대하는 거야. 동물실험 같은 거하고 차원이 다르다고. 선을 넘다가 감옥 갈 수 있어. 우선은 시키는 일만 하면서……"

맥스가 말을 끊었다.

"난 미국인인데 어떻게 감옥에 가."

"이럴 때만 미국인이지."

조나단은 어이없다는 듯 웃었다. 대부분의 한국계 미국인이 그렇듯, 맥스는 한국인의 나쁜 점과 미국인의 나쁜 점을 동시에 가지고 있었다.

"걱정 마. 조심할 테니까. 제대로 된 지원하에 실험할 기회잖아. 우리뿐 아니라 종합병원 일류 전문의들까지 합류해서."

그러니까 문제다. 뭔가 잘못되었을 때 모른 척 빠져나갈 수 없으니까. 하지만 맥스는 열렬하게 말했다.

"운이 좋다면 뇌 스캔도 가능할 거고. 지금까지 한 거 말고, 진짜 뇌 스캔."

*

여옥이 방울토마토를 입에 넣으며 진혁에게 물었다.

"뇌 스캔이 정확히 뭐야?"

두 사람은 VIP 병동 내 식당에서 간단하게 늦은 저녁을 먹는 중이었다. 온종일 정신이 없어 아무것도 먹지 못했다. 김백식 회장의 입원 이후 병동은 거의 폐쇄 상태로 운영되어, 경호원들이 밖에서 먹을 걸 사와야 했다. 여옥은 샐러드를 골랐고 진혁은 입맛이 없어 따뜻한 블랙커피만 물처럼 마셨다.

"회장님 150까지 살겠다고 하셨죠. 미국이나 유럽의 부호

중에도 그런 야심을 가진 사람들이 많습니다. 돈과 권력 다음으로 원하는 건 영생이니까요. 구글 창업자 래리 페이지가 칼리코Calico라는 회사에 투자한 거 아세요?"

"어, 들어봤어."

"거긴 신체 노화를 늦추는 방식을 통해 수명 연장을 실현하려 합니다. 유전자 치료, 호르몬과 약물 등을 사용해 천천히 늙게 만드는 거죠."

"아버지가 거기에도 투자했어?"

"지분 투자만 하셨습니다. 아직 초기 단계라 결과가 나오기까지 시간이 걸리거든요. 기술이 완성되기 전에 죽을 수도 있죠. 부자들이란 게……"

"대체로 늙었으니까."

여옥은 고개를 끄떡이곤 다시 물었다.

"공부 좀 했나봐?"

"회장님 따라다니면서 온갖 생명공학 스타트업 기업들을 만나봤거든요. 그중에는 냉동 기술을 다루는 회사도 있었습니다. 사람을 얼렸다가 필요할 때만 해동하는 방식으로 생명을 연장시키는 거죠. 얼어 있는 동안에는 늙지 않거든요. 〈캡틴 아메리카〉라는 영화 보셨습니까?"

"안 봤어. 난 영화 안 봐. 드라마도 안 보고."

"아, 그러실 거 같았습니다."

진혁은 뭐라고 설명해야 할지 잠시 고민하다 말했다.

"그 영화에 윈터 솔저란 인물이 나옵니다. 구소련에서 만
든 킬러인데, 평소엔 얼려놨다가 필요할 때만 녹여서 씁니다."

"왜?"

"너무 뛰어난 킬러니까요. 나이 먹게 두지 않고 아껴 쓰는
겁니다. 회장님도 비슷한 방법을 생각하셨습니다. 평상시에
는 잠들어 있다가 한 달에 한두 번, 중요한 회의 때만 깨어나
서 결정을 내리시겠다는 거죠."

"우리 아버진 그 정도로 뛰어나지 않은데."

"문제는, 현재 기술로는 얼릴 순 있어도 녹일 수가 없다는
겁니다. 절대영도로 얼리는 건 가능한데 해동 과정에서 세포
가 다 붕괴되거든요. 그래서 그 회사는 최종 투자 단계에서
제외시켰습니다."

"결국 택한 게 뇌 스캔이다?"

"수명을 연장하는 방식 중 가장 현실적이고, 회장님도 맘
에 들어하신 방법이죠. 말 그대로 인간의 뇌를 스캔해서 머
릿속 모든 정보를 컴퓨터에 업로드하는 겁니다. '마인드 업
로딩'이라고 불리죠."

"마인드 업로딩. 표현은 거창하네. 건잠머리 애들은 영혼

이란 게 없다고 생각하나보지? 마음이란 게 심장이 아니라 뇌에 있다고 보고, 뇌를 컴퓨터에 이식하면 거기에 마음이 생긴다고 생각하는 거잖아."

"그건 신학적인 얘기가 될 거 같은데요."

"하긴, 우린 그보다 더 중요한 돈 얘길 해야지. 당신 생각은 어떤데? 그냥 궁금해서 물어보는 거야."

진혁은 살짝 웃고는 대답하지 않았다. 굳이 말하자면 그는 마음이란 게 없다고 생각했다. 인간에게 진정한 마음이란 게 있다면, 지금처럼 재산 분할이니 뭐니 하면서 아등바등 싸우고 있지 않았겠지. 인간은 그저 짐승에 불과한데, 어쩌다 의식이란 게 생겨서 그 능력을 어디에 써야 할지 몰라 자신을 괴롭히고 타인을 괴롭히는 데 쓰는 존재일 뿐이다.

"현대 과학에서는 머릿속 신경세포의 구조적 정보만 정확히 입력하면 한 사람의 생각과 성격, 마음이 그대로 재현된다고 보고 있습니다. 다시 말해 컴퓨터 속에서 인공지능 형태로 살 수 있게 된다는 거죠. 그러다 노화되지 않는 신체가 나오거나, 대용량 컴퓨터가 탑재된 로봇이 개발된다면 그때 진정한 영생이 시작되는 겁니다."

"그 기술은 완성된 거야? 그러니까 지금 아버지 머리가 컴퓨터에 들어가 있는 거냐고."

"아뇨, 뇌 스캔도 기술적으로 완성된 상태는 아닙니다. 한 사람의 머릿속 정보량이 엄청나서, 지구상에 존재하는 하드디스크를 다 합쳐도 못 담는다고 하거든요."

"이해가 안 가네. 인간이란 죄다 저렇게 멍청한데, 뭐가 그렇게 큰 용량이 필요하다고."

여옥은 식당 입구를 지키는 경호원을 보며 말했다. 그는 선 채로 졸고 있었다.

"그럼 건잠머리는 뭘 어떻게 한다는 건데?"

"머릿속 모든 정보가 아니라, 꼭 필요한 정보만 저장하는 겁니다. 대체로 중복되고 필요 없는 것도 많을 테니까요. 유의미한 정보만 선별해서 저장하는 게 건잠머리 기술입니다. 현재 기술력으로 업로딩 양을 줄이는 데 성공은 했는데……"

"그런데?"

*

맥스가 말했다.

"너도 알잖아. 정보만 입력한다고 될 일이 아니라는 거. 한 인간을 완벽히 재현하려면 머릿속 신경섬유 구조뿐만 아니라 연결 강도를 알아내야 돼. 그건 그냥 FMRI를 찍어서 되는 게 아니라, 다양한 방식으로 다양한 감정을 느끼게 하면서 그때마다 변화하는 뇌파 데이터를 확보해야 되는 거고. 더럽고 화나고 아프고 역겨운, 그런 감정들까지 다 끌어내야 한다고. 인간한테 그렇게 할 수 없어서 동물실험만 한 거 아냐."

"동물실험도 제대로 안 됐지."

"짐승이니까! 본능밖에 없는 짐승 가지고 무슨 유의미한 결과가 나오겠어? 근데 지금 완벽한 기회가 주어진 거야. 가진 건 돈밖에 없는데, 움직이질 못하는 노인네. 자식들은 재산 물려받으려고 혈안이 되어 있지. 가족들 입장에선 노인네 머릿속 똥 냄새까지 맡고 싶을 거 아냐. 뭐든지 해볼 수 있는 이런 기회를 그냥 놓치자는 거야?"

핏발 선 눈으로 맥스가 말을 쏟아냈다. 조나단은 맥스를 말릴 수 없다는 걸 알았다. 맥스는 새로운 연구를 진행하지 못해 욕구불만에 사로잡혀 있었다. 이럴 때 자극해봐야 서로 더 엇나갈 뿐이다. 조나단은 조그맣게 중얼거렸다.

"그야말로 거절할 수 없는 제안이네."

"무슨 소리야?"

"An offer he can't refuse. 영화 〈대부〉에 나오는 대사잖아. 협상이 되겠느냐는 질문에 말런 브랜도가 말하지. 거절할 수 없는 제안을 하겠다고."

맥스는 어이없다는 듯 코웃음을 쳤다.

"서로 이득이 되는 제안이라 받아들인 거야. 협박받은 게 아니라 내가 하고 싶었던 거고."

"한 가지만 약속해. 데이터만 얻고 나면 절대 저쪽 인간들과 엮이지 않겠다고."

"그럼. 나한텐 인간은 그저 데이터 덩어리일 뿐이야. 인공지능이든 인간이든 다를 바 없어."

"그러다 몇 대 맞으면 알게 될 거야. 인간과 인공지능은 완전히 다르다는 걸. 유진혁 비서실장, 겉보기엔 멀쩡해 보이지? 무서운 인간이야. 해결사 노릇 하다가 그 자리까지 올라간 놈이지. 필리핀 정킷방에서 전설로 통하는 깡패라고."

"그렇게는 안 보였는데."

"감옥에 간 아들도 있어. 〈대부〉에 출연하면 딱인 놈이라네. 그에 비하면 우린 〈이터널 선샤인〉에 나오는 과학자 역에나 어울리는 사람들이야. 절대 엮이지 마."

아들들

김무영은 구치소 접견실에서 최재민 과장을 만났다. 재민은 무영의 불알친구요 오른팔로, 중고등학교를 함께 다닌 절친한 사이였다. 둘 다 농구를 좋아해 쉬는 시간마다 운동장으로 나가 시합을 뛰곤 했다. 무영이 고등학교 졸업 후 영국으로 도피 유학을 떠난 사이 재민은 펜실베이니아 주립대학교에서 MBA를 따고 베인앤드컴퍼니코리아에 컨설턴트로 입사했다.

몇 년 뒤 두 사람은 자연스럽게 클라이언트-컨설턴트 관계로 다시 만났다. 당시 무영은 귀국 후 그룹의 식품사업부에서 경영 수업을 받는 중이었다. 음식 사업이라는 게, 안정적인 캐시카우는 보장되지만 이윤이 낮고 사건 사고가 많기 마련이었다. 무영처럼 즉흥적이고 기분파인 인간과는 애초에 맞지 않는 분야다. 무영이 꾹 참고 버틴 건 아버지 때문이었다. 못 버티면 아버지가 유언장을 고칠 게 분명했으니까.

해외 유명 햄버거 체인을 국내에 들여오자고 제안한 건 재민이었다. 무영도 유학 시절 먹어본 적이 있는 버거였다. 100퍼센트 통 스테이크 패티로 만드는 수제 버거. 흥미를 느낀 무영은 재민의 조언대로 체인을 가져와 국내 시장에서 큰 성공을 거뒀다. 그룹의 힘이 있었기에 가능한 일이었지만 무영은 이 모든 걸 자신의 능력과 재민의 아이템 덕이라고 생각했다.

거액을 주고 재민을 스카우트한 것도 그 때문이었다. 그후로 재민은 무영의 친구이자 부하, 참모, 심리 상담사, 가끔은 엄마의 역할까지 했다. 섹스를 제외한 거의 모든 일을 함께한다고 해도 과언이 아니었는데, 어찌나 붙어다니는지 섹스도 할지 모른다고 의심하는 사람도 있었다. 무영은 재민이 하는 말이라면 콩으로 메주를 쑨다 해도 믿었다. 사실 메주가 콩으로 만드는 건지 아닌지엔 관심도 없었다. 그에게 중요한 건 콩이든 메주든, 그게 자신을 흥분시키느냐 마느냐였다.

"병원에 가봤는데 경계가 삼엄해."

재민이 사 온 케이크를 먹으며 무영은 고개를 끄떡였다.

"단 게 들어가니까 머리가 팽팽 도네."

무영은 의외로 술과 담배, 마약에는 손대지 않았다. 도박을 좋아하고 사람도 잘 때리지만 음침한 구석이 없고 자기 몸을 끔찍이 챙겨, 철저한 건강관리는 물론이요 몸에 그 흔한 문신 하나 없었다. 대신 단걸 좋아해서 유명한 디저트는 꼭 먹어봐야 직성이 풀렸다.

"아버진?"

"못 봤어. 가족 아니면 못 들어간대."

"너 정도면 가족이지. 명절 때마다 인사시켜드렸는데."

"너네 누나, 유진혁하고 꼭 붙어 있더라. VIP 병동 앞에서 뭔가 속닥거리던데 둘이 언제 한패가 됐는지 모르겠어."

"유진혁 그 새끼…… 진작 죽여버렸어야 했는데."

무영은 짜증을 애써 억눌렀다. 유진혁은 그에게 역린과 같았다. 그가 병신이 되면서 유진혁이 슈퍼스타로 떠올랐으니까. 개똥 같은 필리핀 정킷방. 최소한의 상도의도 없는 짐승 같은 놈들이었다. 마체테를 들이대며 팔다리를 자르겠다고 협박했을 때는 무서워서 똥까지 지렸다. 소문이 퍼지고 다른 재벌가 놈들이 수군댈 때마다 화가 치밀어 견딜 수가 없었다. 눈앞에 허옇게 날이 선 칼이 왔다갔다하는데 자기들이라고 다를까? 설사까지 지렸을 놈들이다. 그 사실을 알려주기 위해, 무영은 개소리하는 놈들이 있으면 똥오줌을 지릴 때까지 겁주고 때렸다.

"유진혁을 왜 그렇게 싫어해? 진작 잘 달래놨으면 이럴 때 우리한테 먼저 연락했을 거 아냐."

"재민아. 내가 하는 말 잘 들어. 사람이 말이야, 남이 어떤 말을 했는지, 어떤 행동을 했는지는 잊어버릴 수 있는데 어떤 기분을 느끼게 했는지는 절대 못 잊어. 딴 건 다 잊어도 그 새끼 때문에 내가 병신 된 건 절대 잊을 수 없지."

"누가 한 말이야? 네가 만든 말이야?"

"그게 지금 중요하냐? 그리고 그 새끼 어딘가 이상해. 뭔가 꿍꿍이가 있어. 처음부터 우리집에 들어온 데도 뭔가 이유가 있을 거라고."

"비서실장까지 시켜줬는데 설마. 꿍꿍이가 있다가도 없어졌겠다."

"니가 그 새낄 몰라서 그래. 아버지 상태가 어떤지는 알아냈어?"

"아예 의식이 없으시다는데. 자다가 혈관 어디가 터진 거 같대."

"맨날 기름진 거만 처먹으니까 그렇지. 그럼 곧 죽나?"

"그건 아닐걸. 현대 의학이란 게, 사람 살리진 못해도 죽지 않게 하는 건 잘하거든. 우리 할머니도 중환자실에만 가면 살아와, 씨발."

"야, 넌 할머니한테 씨발이 뭐냐."

무영은 문득 말을 멈췄다. 아버지가 죽지 않으면 승계는 어떻게 되는 거지? 지금 상태로 시간만 질질 끌게 될까? 아니면 삼 남매가 아버지 없는 틈을 타서 서로 지분을 차지하려고 싸우게 될까? 생각해보니, 당분간 아버지가 죽을 걱정은 안 해도 된다. 여옥이 자기 지분을 늘릴 때까지 어떻게든 살려둘 테니까.

"여옥이 쌍년이 아버지 꼭 끌어안고 버티겠네."

"너네 누나 이쁘고 괜찮은데."

무영은 재민에게 플라스틱 포크를 던졌다.

"걔한테 집적댈 생각 마. 너한테 매형이라고는 절대 못 부르니까. 씨발, 니가 지금 여자 생각할 때야?"

"알았어, 처남. 농담이야 농담."

"유언장은?"

"공증은 구창환 대표가 직접 와서 받아 갔어. 유언장은 봉인돼서 창고 들어갔고. 공증인이 두 명 더 있을 텐데, 누군지는 못 알아냈어."

내용을 알면 좋은데. 무영은 습관처럼 입술을 물어뜯었다.

유언장을 확인해보고 만족스러우면, 그때 아버지를 처리하면 된다. 아니면 내용을 바꾸든가. 그러려면 다른 형제와 손을 잡든가 해야 할 것이고. 무영은 굳이 이런 말까지 재민에게 하지 않았다. 그건 재벌로 태어난 인간의 본능과도 같은 것이다. 아무리 가까운 사이더라도 부하와 모든 걸 나눌 순 없는 법이니까.

"구 대표한테 물어보면 안 되나?"

"내가 말하면 듣겠냐? 그런 양반은 나 같은 놈 만나주지도 않아."

"로펌 애들하고 상의해서 나 여기서 나가게 해줘. 아버지 위독하면 잠깐 나갔다 오는 거. 영화 보면 그런 거 있던데."

"귀휴."

"그래, 그거. 아예 나가게 해주면 더 좋고. 구 대표는 내가 만나볼 테니까."

"만나줄까?"

"혼자 나간다고 하면 안 받아줄 거고, 김무준이나 김여옥도 데려가야지. 이럴 때 구 대표 약점 같은 거 하나만 알면 딱 좋은데."

"회장님이 뭔가 아실 텐데."

무영은 무슨 뜻이냐는 표정으로 재민을 쳐다보았다.

"구 대표, 대법관 때부터 회장님이 시키는 거라면 뭐든 다 했잖아. 뭔가 있지 않겠어?"

무영은 재민이 한 말을 곰곰이 곱씹으며 남은 케이크를 손가락으로 집어 입에 넣었다. 만일 구창환 대표에게 약점이 있다면, 형도 알고 있을까?

"무준이 형 지금 어딨어?"

"전세기 타고 들어오고 있을 거야."

*

서현아는 홍보실에 지시해 무준이 들어오는 비행기 시간표를 속이고 입국장에 대기하고 있던 기자들을 따돌렸다. 비서실에서 만든 가짜 무준이 피리 부는 사나이처럼 기자들을 끌어내는 사이, 진짜는 입국장 지하에 대기하고 있던 리무진에 올랐다.

김 회장이 쓰러지고 하루가 지났다. 무준이 한국에 도착한 그 시각 언론은 김 회장 상태를 대서특필하며 각종 음모론과 가짜 뉴스를 양산해내고 있었다. 병원 주위에 기자들이며 유튜버들이 쫙 깔려 있었고 병원 관계자들에게 온갖 루트로 회장의 상태가 어떤지에 관한 문의가 들어갔다. 김 회장이 이미 죽었다는 소문이 돌아 무일그룹 전체 주가가 5프로 이상 빠지기도 했다. 언론 채널이며 경제 유튜버들은 삼 남매가 상속 문제를 어떻게 처리할지 전망하며 승계 구도 분석에 들어갔다. 마치 전제 국가에서 차기 왕권을 누가 차지할지 점쳐보는 백성들 같은 모양새였다. 그도 그럴 것이, 재벌은 옛날로 치면 왕조와 같고 거기에 현대 연예인이 갖는 존재감까지 합쳐진 존재다. 무일그룹 가족사는 국가의 정치·경제적으로 중요한 이슈이자, 사람들의 입에 한마디씩은 꼭 오르내리는 가십으로 소모됐다.

무준 부부는 공항에서 바로 병원으로 향했다. VIP 병동은 주차장이 별도로 있어서 다른 사람들과 마주칠 일이 없다. 같은 VIP가 아니라면.

"형, 좀 늦었네. 한참 기다렸어."

병동 지하에 먼저 와 있던 무영이 무준을 맞았다. 정장 차림으로 엘리베이터 옆 소파에 느긋하게 앉아서 핸드폰 게임 중인 무영의 옆에 재민이 서 있었다. 가볍게 손을 흔드는 무영과 달리 재민은 무준과 현아에게 정중히 허리를 굽혔다.

"형수님도 잘 지내셨죠? 시차 때문에 힘드실 텐데 괜찮으세요?"

"네, 도련님."

현아는 짧게 말했다. 그녀가 시동생을 혐오한다는 사실을 아는 무준이 앞을 막아서며 무영을 향해 걸어갔다.

"네가 좀 해봐."

무영은 공성전중이던 리니지를 재민에게 건네고 무준 앞에 섰다.

"너 감옥 가 있던 거 아니었냐?"

"우리나라가 옛날부터 효자 좋아하잖아. 아버지 아프다니까 나가라고 하더라고. 재민이가 중간에서 고생했지."

재민이 살짝 고개를 숙였지만 무준은 쳐다보지도 않았다. 대신 동생의 삐뚤어진 넥타이를 바로잡아주며 말했다.

"효자답게, 넥타이 잘 매야지. 아버지 뵈러 왔는데."

"고마워 형. 갑자기 나오느라 정신이 없어서. 내가 감옥이 두번째잖아. 그런데도 도무지 적응이 안 돼. 아침에 일어날 때마다 기분이 거지 같거든, 꼭 군대 온 것처럼."

"너 군대 안 갔잖아. 내가 최전방 수색대 갔고."

"형도 가고 싶어서 간 거 아니잖아, 아버지가 시키는 대로 한 거지. 난 거절한 거고. 엘제이 영목이 형 기억나지? 내가 하다못해 그 형한테 교도소는 몇 번을 가야 익숙해지는지 물어봤거든. 씨발, 그 형 별명이 그랜드슬램인 거 알지? 음주 운전에 폭행에 마약에 배임, 횡령까지. 다섯 번이나 갔다 왔잖아."

무준은 동생의 말을 끊었다.

"감옥에 안 갈 생각을 해야지. 적응할 생각 말고."

"그럼. 다신 안 갈 거야. 더는 눈치 보면서 살지 않겠다고 다짐했거든. 앞으로는 누구 대신 감옥 가는 일도 없이, 내 몫 챙겨서 조용히 살려고. 대신 방해하는 놈은 가만 안 둘 거야. 요새 나 구치소에서 시도 읽거든. 연탄재 함부로 차지 마라. 너는 누구에게 한 번이라도 뜨거운 사람이었느냐."

무준은 별다른 반응 없이 엘리베이터 버튼을 누르며 말했다.

"올라가자. 아버지 기다리시겠다."

그러고는 문이 열린 엘리베이터 안으로 들어가며 뒤따라 타려던 재민을 향해 가볍게 손가락을 까딱였다.

"최 과장. 가족들만 가고 싶은데. 무슨 말인지 알지?"

무영이 천천히 뒤따르며 말했다.

"형, 오늘 위에 누구 와 있는지 알아? 건담머리라고, 무슨 과학자 같은 애들이라던데."

재민이 조그맣게 정정했다.

"건잠머립니다, 대표님."

"그래, 그거. 아버지가 그런 회사에 투자한 거 알고 있었어?"

무영은 형의 표정이 굳는 걸 보고 피식 웃었다.

"몰랐나보네. 여옥이 누나한테 무슨 꿍꿍이가 있나봐. 재민이가 이것저것 알아왔어. 유진혁 실장 감시중이었거든. 그치, 재민아?"

"네. 서면으로 보고드리겠습니다."

잠시 생각하던 무준이 재민을 향해 손을 까딱였다. 재민까지 태운 엘리베이터가 병실을 향해 출발했다.

"서면은 됐고. 지금 해."

무준의 말에 재민은 핸드폰을 무영에게 돌려주며 입을 열었다.

"한국계 미국인 두 명이 차린 생명공학 스타트업입니다. 둘 다 한국에서 고등학교까지 나온 뒤 미국으로 건너간 케이스고요. 한 명은 홍콩 바클레이스은행 투자팀에서 수석 분석가로 활동했던 조나단 황, 다른 한 명은 캘텍Caltech 출신인 맥스 한. 특히 맥스는 CERN(유럽 입자 물리 연구소)의 데이터 선택 알고리즘을 개발한 친굽니다. 최근에 뇌공학에 흥미가 생겨서 조나단 황을 섭외, 함께 회사를 차렸다고 하고요."

"사기꾼은 아니고?"

재민은 옆구리에 끼고 있던 태블릿을 무준에게 내밀었다. 화면에 조나단과 맥스의 사진이 떠 있었다.

"다음 페이지 넘겨보시면 투자자들 명단이 있습니다."

화면을 넘겨본 무준이 멈칫했다. 세계적 부호들, 거대 기업 총수급들의 이름이 여럿 보였다. 대부분 70대 이상의 고령이었다. 무준은 태블릿을 현아에게 넘겼다.

"영생을 추구하는 스타트업입니다. 특히 뇌 영역에 강점이 있다고 하고요."

현아가 물었다.

"건잠머리는 무슨 뜻이에요?"

"순우리말인데, 일을 시킬 때 방법을 알려주고 필요한 도구들을 챙겨준다는 뜻이랍니다. 현대의 프로메테우스가 되겠다고 그런 이름을 지었다는데……"

게임을 하던 무영이 끼어들었다.

"개들이 유명해진 게 식물인간하고 가족들 대화시켜줘서래. 혼수상태인 사람이 무슨 생각을 하는지 들려주는 거지. 사기꾼인진 몰라도, 실력은 있나봐."

"이런 건 왜 알려주는 거냐?"

"형제잖아, 우리. 들어가서 놀라지 말자고."

장기적으로 보면 한 편이 될 수도 있고. 무영은 뒷말을 삼

켰다. 지금은 형과 누나 중 누가 더 나은 파트너인지 알아봐야 할 때다. 그리고 무엇보다, 유언장 내용을 알아내야 한다.

VIP 대기실로 들어서는 그들을 여옥과 진혁이 기다리고 있었다. 푹신한 소파에 앉아 있던 여옥이 천천히 몸을 일으켰고 옆에 서 있던 진혁이 90도로 인사했다. 무준이 여옥의 손을 잡으며 맏이답게 말했다.

"여옥이 니가 고생 많았다."

"고생은 뭘. 우리 중 병원 가진 사람이 나니까 내가 나선 거지."

진혁이 말했다.

"죄송합니다. 부회장님. 제가 회장님을 잘 모시지 못했습니다."

무준은 아버지가 키우는 개에게 별 관심이 없었다.

"네가 의사냐. 사람 쓰러지는 걸 어떻게 미리 알아. 나가봐."

다시 인사하고 나가려는 진혁을 무영이 막아서더니, 인정사정 보지 않고 진혁의 다리를 몇 번이고 걷어찼다.

"나한텐 인사 안 하냐, 이 새끼야."

누구도 말리려는 시늉조차 하지 않았다. 모두 무표정한 얼굴을 한 채 두 사람을, 아니 인간 하나와 개 한 마리를 쳐다보고 있을 뿐이었다. 여옥조차 무영을 제지하지 않았다. 병석에 누워 있는 회장이 느리게 눈을 끔뻑거린 것이 제일 큰 움직임이었다. 진혁은 아픈 기색 없이 정중하게 말했다.

"죄송합니다. 인사가 늦었습니다, 사장님."

무영은 무표정한 진혁의 얼굴을 한 대 갈길 듯이 손을 쳐들었다가, 이내 여옥과 현아를 번갈아 쳐다보곤 씩 웃었다.

"여자들 있어서 봐준 거야. 고마운 줄 알아."

"감사합니다."

진혁은 여전히 무표정한 얼굴로 여옥과 현아에게 인사한 후 밖으로 나갔다. 널따란 병실 안에 재벌가 사람들만 남았다. 문이 닫히자 여옥이 피식 웃었다.

"무영이 넌 안 그래도 황제 구치소라고 말 많던데, 이러면 되겠어? 유진혁 실장이 미친 척하고 너한테 맞았다고 신고하면 어쩌려고?"

"주제에 무슨 신고야. 저 새끼가 잡혀갈 일이 더 많아. 그리고 말이 되는 소릴 해. 황제가 구치소를 왜 가?"

무영은 제일 큰 소파에 거의 눕듯이 주저앉았다. 그러면서도 핸드폰을 손에서 놓지 않았다.

"왜 화를 내고 그래. 너 구치소에 필라테스 강사 불렀다고 소문 돌던데. 인스타에서도 유명한 애라며. 걔가 사진 찍어 올렸어."

"변호사 자격증 있는 애야. 한국 말고, 어디 외국 변호사. 외국에선 이럴 때 어떻게 하나 자문 구하려고 불렀어. 씨발, 드디어 이겼네."

무영은 게임에서 승리하자 주저 없이 화면을 끄고 여옥에게 시선을 돌렸다.

"누나야말로 무슨 사고 터진 거 아냐? 제약사 주식 실신중 이던데. 이러다 뒷돈 댄 사모펀드부터 손떼겠어. 거기가 어디더라, 고웨스트 파트너스? 거기 대표랑 사건다며?"

"걔 유부남이야."

"문제가 더 커지겠네."

무준이 점잖게 말했다.

"자, 그만들 해. 아버지께 인사부터 드려야지."

"역시 큰아들이 그래도 효자야. 그렇지, 누나?"

무영이 조그맣게 비아냥거리며 무준을 따라 병실로 들어 갔다.

김 회장은 멍하니 눈만 뜬 채 여전히 바보처럼 굳어 있었 다. 산소호흡기는 없지만 코에 음식을 공급받는 L튜브를 달 았다. 무영이 얼굴 가까이 손을 가져가 딱 소리를 내는데도,

회장은 미동도 하지 않았다. 뒤늦게 천천히 눈을 감았다가 다시 떴을 뿐이었다.

"아버지가 이렇게 되실 거라곤 생각도 못했네. 우리 쳐다보는 거야?"

무영의 말에 여옥이 답했다.

"의식은 없으셔. 신기하지? 낮에는 눈 뜨고 밤에는 감고. 사람하고 똑같아."

"그럼, 사람 맞지. 아버지가 무슨 시체야? 밥은? 뭐 드리곤 있지?"

"코의 저 튜브로."

무준이 여옥을 돌아보며 말했다.

"어쩌다 이렇게 되신 거냐?"

"내가 말해봐야 안 믿을 거고, 의사 불렀으니까 기다려."

무준이 말했다.

"밖에서 얘기하지."

"왜?"

"아버지도 들으시잖아."

무준은 병실을 나서기 전 아버지를 다시 돌아보았다. 여전히 눈을 깜빡거리며 허공을 쳐다보고 있었다.

대기실에 신경외과 과장이 와 있었다. 그는 인간적인 면모를 지닌 의학 전문가처럼 보이려고 애쓰면서 재벌가 네 사람에게 친절히 상황을 설명했다.

"밤사이 뇌혈관 일부가 터진 것 같습니다. 뇌졸중으로 진행됐다가, 운좋게 혈관이 뚫리면서 위기는 넘기셨고 지금은 어느 정도 회복되신 상탭니다. 혈압 체온 모두 정상이고 자가 호흡도 가능하시고요. 다만…… MRI를 찍어보니 뇌가 정상인보다 많이 위축되어 계십니다."

무준이 말했다.

"회복 가능성은 어느 정도로 봅니까?"

"지금으로선 가능성이 높지 않습니다. 연세가 있으신데다 터진 혈관 부위도 썩 좋질 않아서요. 간혹 회장님 같은 상태에서 깨어난 분들의 사례가 있다곤 합니다만 흔한 일은 아닙니다. 지금 같은 상태에서 3개월 안에 회복하지 못하면…… 어렵다고 봅니다."

"일단 3개월은 두고 봐야겠네요."

무영은 형에게 시선을 주었다. 3개월 뒤에는 어떻게 할 생각인 걸까? 유언장 내용에 대해서 뭔가 아는 게 있나? 무영은 조바심을 감추고 의사에게 시선을 돌리며 물었다.

"깨면 멀쩡해져요? 그러니까, 원래처럼 못되고 의심 많은 노인네로 돌아오는 건지."

무영이 피식 웃더니 다시 자신의 말을 정정했다.

"그게 아니라, 인정 많고 똑똑한 아버지로 돌아오실 수 있을까요?"

"적절한 치료와 재활을 받으신다면 의사소통이 가능한 정도로 회복되실 수도 있습니다."

무준은 아내와 시선을 주고받았다. 에둘러 표현하긴 했지만 원래대로 돌아오지 못한다는 뜻이다. 의사가 나가자 무영이 총대를 메고 모두가 생각한 그 말을 내뱉었다.

"바보 됐다는 거네. 목에 손수건 받치고 누가 밥 먹여줘야 된다는 거 아냐."

무준이 경고했다.

"김무영."

"내가 뭐 틀린 말 했나."

"그래서 말인데 제안하고 싶은 게 있어."

여옥은 두 사람의 시선을 즐기며 천천히 말을 이었다.

"저 꼴로 누워서 시간만 보내시는 거, 다들 별로일 거 아냐. 아버지가 예전에 투자한 회사가 있는데."

무준이 부드럽게 말했다.

"알아, 건잠머리. 요새 그 회사 사람들 만났다면서."

여옥의 표정이 굳었다. 무영은 내심 감탄했다. 무준은 방금 들은 말도 자기 생각처럼 소화하는 재주가 있었다. 그래서 수많은 바보들이 무준을 준비된 후계자라고 생각했다. 하지만 무영이 보기에 무준은 앵무새일 뿐이었다. 남이 한 말을 그럴싸하게 포장해서 다시 말하는 것이 전부인. 그러나 나는 다르다. 무영은 생각했다. 나는 스스로 판단하고 행동한다.

여옥이 억지로 웃으며 말했다.

"오빠도 안다니 다행이야. 뭐라고 설명해야 하나 걱정했는데."

"할 말 있음 해봐. 무슨 말을 할지 궁금하네."

*

진혁은 조나단과 맥스에게 재벌가 자식들을 상대로 주의해야 할 점을 알려주었다.

"두 분, 애틋한 가족 상대하는 거 아닙니다. 어마어마한 돈을 물려받을 후계자들을 상대하는 거죠. 그들이 듣고 싶은 말이 뭔지 생각하지 말고 필요한 정보만 알려주면 됩니다."

"제가 제일 잘하는 겁니다."

맥스가 자신 있게 대답했다. 목소리며 태도에 힘이 넘쳐흘렀다. 그러면서 라텍스 장갑을 끼는데, 장갑은 왜 끼는 건지 이유를 알 수 없었다. 진혁은 그런 맥스가 신경쓰였다. 웅얼대던 지난번과는 전혀 다른 사람처럼 느껴졌기 때문이다.

진혁은 조나단을 돌아보며 다시 확인했다.

"준비된 거죠?"

"그럼요. 다들 깜짝 놀라실 겁니다."

"들어가기 전에 한 가지만 묻죠. 회장님 몸에 이상한 점은 없었나요? 뇌졸중 관련해서."

"어떤 이상한 점이요?"

그때 진혁의 핸드폰이 울렸다. 그는 여옥이 보낸 문자를 확인하고 VIP 병실을 가리키며 말했다.

"없었으면 됐습니다. 그럼 가보세요."

"같이 안 가세요?"

"저 안은 가족 행사라서요."

병실로 향하며 조나단이 맥스에게 속삭였다.

"내가 시작할 테니까 넌 내가 토스하면 그때 설명해."

"걱정 말고 나만 믿어. 나 지금 완전히 각성 상태야."

그 말을 듣자 조나단은 정말로 걱정이 됐다. 못 믿어서가 아니라, 맥스가 진짜로 각성 상태였기 때문이다. 맥스는 김 회장의 뇌파검사를 시작한 때부터 지금까지 밥도 먹지 않고 잠도 자지 않았다. 카페인 음료 몇 캔 마신 게 전부인데, 눈빛이 점점 형형해지는 걸 보면 조나단이 안 볼 때 약을 한 것이 틀림없었다.

맥스는 미국에서도 여러 번 약 문제를 일으켰다. 케타민을 비타민 먹듯 먹어대서 실험 도중 응급실로 실려간 적도 여러 번이었다. 미국에서야 흔한 일이고 잘하면 천재의 기행으로 비칠 수도 있지만, 한국에서는 용서받기 힘든 범죄행위다. 조나단은 일단 오늘 일을 넘긴 다음 맥스가 어디서 무슨 약을 구하는지 알아내서 딜러들부터 때려잡아야겠다고 다짐했다.

우려했던 대로 맥스는 대기실로 들어가자마자 크게 소리쳤다.

"뇌 이상 유무를 알아볼 때 바빈스키반사를 확인합니다."

조나단이 말릴 틈도 없었다. 재벌가의 네 사람이 흥미롭다는 표정으로 바라보는 가운데, 맥스는 그들을 지나쳐 병실문을 활짝 열고 김 회장의 침대로 다가갔다. 이불을 들추고 회장의 발바닥을 내보이며 맥스가 말했다.

"발바닥의 움푹 파인 부위를 엄지발가락 방향으로 긁었을 때 발가락들이 부챗살처럼 쫙 펴지는 반사가 나타나면 뇌손상을 의심할 수 있습니다."

재벌가 네 사람도 병실로 따라 들어와 맥스와 회장을 번 갈아 쳐다보았다. 맥스가 장갑 낀 손가락으로 회장의 발바 닥을 긁었다. 애초에 장갑을 끼고 온 것부터가 이럴 계획이 었던 게 틀림없었다. 모두의 시선을 끄는 일종의 퍼포먼스였 다. 발가락은 펴지지 않고 살짝 위로 움직였다. 맥스는 이번 엔 회장의 엄지발가락을 사정없이 꼬집었다. 회장이 흠칫 몸 을 떨었다.

"보셨죠? 통증을 느끼는 겁니다."

"진짜 인정사정없으시네. 나도 한번 해봐도 돼요?"

폭력에 일가견이 있는 무영조차 감탄했다. 맥스가 아랑곳 않고 말을 이어갔다.

"손상이 있긴 하지만 아직 뇌 일부가 살아 있단 뜻입니다. 지금 겉보기엔 혼수상태처럼 보여도 실제론 생각도 하고 여 러분이 하는 말도 듣고 있다는 거죠. 저희는 이미 뇌-컴퓨터 인터페이스를 통해서 회장님의 뇌파 분석을 끝냈고 대화를 시작할 준비도 마쳤습니다."

"근데 왜 그래야 하지?"

무준의 냉담한 말에 열렬했던 분위기가 무너지고 잠시 침 묵이 흘렀다. 맥스조차 바로 대답하지 못했다.

"아버지가 깨어나실 때까지 기다리면 되는데, 왜 당신들 말을 들어야 하느냐는 거야. 컴퓨터가 하는 말을 아버지 말이라고 믿으면서."

조나단은 자기가 나설 차례라는 걸 깨달았다. 맥스가 기술을 담당한다면, 그는 진정성을 담당하는 사람이니까.

"진짜 아버지가 하시는 말씀이니까요."

"확실해?"

"원 헌드레드 퍼센트 확실합니다. 대화 나눠보면 아실 겁니다. 김백식 회장님, 지금처럼 머릿속에 갇힌 채 가만히 두면 뇌가 더 쪼그라들 겁니다. 아무것도 못 하시니까요. 의지를 잃는 거죠. 여러분과 대화를 나누게 함으로써 다양한 감정을 끌어내야 뇌세포들이 새로운 시냅스 연결을 만들 가능성이 높아집니다. 회장님 회복을 위해서라도 여러분이 도와주셔야 합니다."

여옥이 말했다.

"난 찬성. 아버지랑 인사도 못했잖아."

무영도 고개를 끄떡였다.

"무슨 소릴 할지 궁금하긴 하네."

무준은 아내에게 시선을 주었다. 현아가 살짝 고개를 끄떡였다.

"그럼 한 명씩 따로 보지. 각자 아버지랑 얘기하고 싶은
것들이 있을 테니까."

*

　진혁은 병실에 설치한 카메라를 통해 이 모든 광경을 엿보
고 있었다. 재벌가 가족 간의 훈훈한 대화도 흥미로웠고, 현
대의 심령회가 어떤 식으로 진행될지도 궁금했지만 당장은
만나야 할 사람이 있었다. 그는 시간을 확인하고 비상구로
나갔다. 무영에게 맞은 다리가 아직도 욱신거렸다. 격투기를
배웠다더니 오블리크 킥으로 교묘하게 무릎을 찼다. 언제고
기회가 되면 무영에게 스파링을 제안해봐야겠다고 진혁은
생각했다. 함부로 주먹질하면 안 된다는 걸 알려줘야지.

　VIP 병동 비상계단에서 니코가 그를 기다리고 있었다. 니
코는 난간에 몸을 기대고 서서 계단 위쪽과 아래쪽에 사람이
없는지 확인하는 중이었다. 니코는 의심이 많아 사람이 아주
많거나 아니면 아예 없는 곳에서만 대화하려고 했다.

　진혁이 다가가며 말했다.

　"정규용 이사는?"

　"니 말대로 김무준한테 줄 서려는 거 같아. 김무준이랑 내

142

일 저녁에 만나기로 했어."

그럴 줄 알았다. 정규용이 필요 없는 인간인 건 맞지만 그렇다고 없애버릴 순 없었다. 여긴 법치국가인 대한민국이니까. 그래서 한국적인 방식으로 처리했다.

표적 감사.

정규용의 법인카드 사용 내역을 털고 계좌와 사생활 전반에 대한 조사에 들어갔다. 예상대로 규용은 많이도 해먹었다. 심지어 내연녀를 직원으로 고용하고 자회사를 통해 돈까지 빼돌려, 고발 즉시 감옥행이 확실해졌다. 규용도 뭔가 눈치를 챘는지 어떻게든 살아남기 위해 움직이고 있었다. 결국엔 무준이나 무영 중 하나를 택해야 하는데, 둘 중 유리한 쪽으로 마음을 정한 모양이었다.

"잘 정리해."

"그럼. 깨끗하게 포장해놓을게."

니코 츄이Nico Chui는 필리핀 기업 경찰 출신으로, 진혁이 무일그룹 파견직원으로 일할 때 알게 된 사이였다. 필리핀은 경비원법Republic Act 5487에 의거, 민간 영역의 보안과 질서 유지를 위한 기업경찰제도를 운영한다. 민간 기업 소속으로 월급도 받지만, 필리핀 국립경찰PNP에서 관리 감독하기 때문에 어떻게 보면 무장경비원이고 어떻게 보면 경찰인 특이한

존재다. 쇼핑몰이나 은행과 계약한 사설 보안회사 소속이 대부분이지만, 필요하다면 검문검색은 물론 총기 사용도 가능하다.

니코는 필리핀에서 두번째로 큰 은행인 랜드뱅크Landbank 보안경비원으로 일하다가 날치기를 두들겨패서 심장마비로 죽게 만드는 바람에 해고됐고, 이후 카지노에 재취업했다. 진혁과는 같은 아파트에 살며 마주치다가 친분이 생겨 가끔 술 한잔하는 사이가 되었는데, 어느 날 니코가 무영이 정킷방에 잡혀 있다는 사실을 귀띔해줬다. 진혁은 가끔 니코가 왜 그때 자신을 도와줬는지 궁금했지만 묻진 않았다.

무영을 구출한 뒤 회장의 신임을 얻은 진혁은 니코를 한국으로 불렀다. 고마움도 있었지만 그보단 한국 경호원들의 수준이 성에 차지 않아서였다. 이곳의 고릴라들은 덩치 크고 목소리만 시끄러울 뿐 진짜 일을 할 줄 모른다. 그렇다고 조폭을 고용하고 싶진 않았다. 그놈들은 자기편에게도 위협적이고, 무엇보다 비쌌다.

필리핀에는 전문가들이 있었다. 사람을 겁주고 고문하고, 필요하다면 조용히 죽여 없앨 수도 있는 전문가들. 불필요한 말을 나누지 않아도 되고 비용도 싸다. 그들이 알고 싶어하는 건 딱 세 가지다. 언제, 어디서, 얼마. 진혁은 니코를 통해 그런 자들을 섭외해 지저분한 일들을 처리했다.

니코는 한국에서 보안회사 겸 청소회사, 이삿짐센터, 동물 화장장 등 다양한 회사들을 차렸다. 김백식 회장이 돈이 되는 것만 중요하게 여기지 다른 건 신경쓰지 않았기에 가능한 일이었다.

"김무영 쪽에서 애들을 고용하고 있어. 거기 누구더라, 아. 최재민 과장. 스트라이크 포스라는 경호업체 대표를 만났어."

니코는 코피노로 한국말에 능숙했다. 겉보기에 혼혈 느낌이 없어서 대부분 니코를 외국에서 자란 한국인으로 알았다. 그럼에도 니코는 자신이 코피노란 사실을 감추지 않고 먼저 알려주었다. 그래서일까, 니코에겐 말할 때나 행동할 때 모두 어딘가 초연한 느낌이 있었다.

진혁이 말했다.

"어딘지 알아. 사장이 MMA 선수 출신이야. 본래 유도 선수였을걸? 전국체전 우승까지 했다가 물주 하나 물어서 차린 사설 업체인데, 온갖 수상한 짓은 다 하는 곳이지. 아랍이나 중남미 같은 데 요인 경호한다고 가서 죽이기도 한다던데."

니코는 씩 웃었다.

"우리랑 비슷한데 더 글로벌하네."

진혁은 목소리를 낮춰 제일 중요한 걸 물었다.

"집은 조사해봤어?"

"니 말대로야. CCTV가 잠깐 꺼졌을 때가 있었어."

"언제?"

니코는 핸드폰을 확인했다.

"새벽 5시 23분부터 26분, 3분간. 동네 전체에 전기가 나갔어. 변압기 문제였다는데 늦은 밤이라 대부분 몰랐고."

"저택에 예비 전원이 있을 텐데?"

"예비 전원 가동까지 딜레이가 있었어. 담당자가 체크하려고 했는데 다시 불이 들어와서 나중으로 미뤘다고 하고. 낮에 확인하면 된다고 생각했다는데, 그다음엔 알다시피 난리가 났으니까."

"3분이라. 그사이에 누가 들어왔다면?"

"들어와서 뭐 한다고? 훔칠 거야 많겠지만 굳이 무일그룹 회장 집을? 한국에서 재벌가에 손대면 무조건 잡혀 들어가는데."

진혁은 대답하지 않고 잠시 생각에 잠겼다.

"회장이 갑자기 쓰러진 게 이상해서 그래."

"뇌졸중이라며. 노인네들 사이에서 흔한 일이야."

"그건 그런데……"

회장의 최측근인 저택 경호 책임자와 운전기사가 비슷한 시간에 집을 비웠다는 게 신경쓰였다. 둘 다 진혁의 손이 닿지 않는 옛날 인력이었다. 만약 그게 다 누군가의 계획이라면?

회장 몸에 부착된 칩에 따르면 처음 이상 증세를 보인 시각이 새벽 5시 40분이었다. 정전을 틈타 누군가 집안에 잠입한 거라면, 시간이 맞다. 5시 40분에 회장은 혈관이 막히면서 고비를 겪었고 간신히 살아났다. 그때 누가 회장에게 손댄 거라면? 자연사로 위장하려고 수를 썼는데 회장이 살아난 거라면? 진혁은 니코에게 칩 이야기를 하려다 그만두었다. 어쨌든 회장은 살아났고, 니코에게 할 만한 얘기는 아니었다.

"가져왔지?"

니코는 대답 대신 버버리 쇼핑백을 건넸다. 안에는 기름때 묻은 수건으로 둘둘 말린 권총이 들어 있었다. 진혁은 재빠르게 수건을 풀고 권총을 이리저리 돌려보았다. 니코가 부산항을 통해 들여온 글락19다. 가볍고 튼튼한데다 총알도 15발이나 들어가서, 진혁이 군인 시절에 즐겨 쓰던 물건이었다. 진혁은 능숙한 동작으로 탄창을 뺀 다음 노리쇠를 후퇴 고정하고 내부를 살폈다.

"오스트리아 진품은 아냐. 중국산 복제품."

"그거면 감지덕지하지."

"……을 베트남에서 흉내낸 모조품이야."

"총알은 나가지?"

"쏘면 나가지. 근데 이런 것까지 필요해?"

그럼 필요하지. 동안 태식이 직접 집까지 찾아와서 협박을 하고 갔는데. 그 새끼는 이후로도 뻔질나게 전화를 해오는 중이었다. 진혁은 전화를 받지 않고 바쁘다는 문자만 보내면서, 곧 상황이 정리되면 연락하겠다고 약속했다. 그러나 오태식은 성질이 급하기로 소문난 놈이니 며칠 내에 직접 찾아오든가, 아버지를 찾아가든가 할 것이었다.

총을 쥐니 한결 마음이 든든해졌다. 진혁은 총을 도로 수건에 둘둘 말아 쇼핑백에 넣었다.

"걱정 마. CCTV 있는 데선 안 쏠 테니까. 요양원에 애들 배치했지?"

"어. 근데 무슨 일 있어? 걔들 비싼데."

"꿈자리가 뒤숭숭해서."

"총알 30개 더 넣었어. 아껴 쓰고, 다 쓰면 말해."

"오케이."

니코가 비상계단으로 내려가고, 진혁은 다시 복도 쪽으로 나왔다. 심령회는 어떻게 되어가고 있는지 알아봐야 했다. 핸드폰을 확인하니 태식에게 텔레그램이 와 있었다.

　　—시간 없어. 빨리 처리해. 내가 준 거 쓰면 10초면 끝나.

　대체 뭐길래 10초면 끝난다는 거지? 진혁은 태식에게 받은 파우치 안에 뭐가 들었는지 아직 확인해보지도 않았다.

　　—그거 썼다가 내가 걸리면?
　　—누가 봐도 사고야.

　퍽이나. 내가 죽였다고 뒤집어씌우겠지. 진혁은 그러다 생각을 고쳐먹었다. 태식 뒤에 있는 자들도 일이 커지는 걸 바라진 않을 거다. 조선시대 때 왕들조차 사실은 독살된 거라는 음모론이 아직까지 떠도는데, 재벌이 병원에서 살해당하면 최소 한 달간은 톱뉴스감이다.

　어쨌든 회장을 죽일 생각은 없었다. 병실에 항상 사람들이 득실대서 당장 실행하긴 어렵다는 답문을 보내려다, 진혁은 문득 한 가지 사실을 깨달았다. 저택에 살인자가 들어왔다면, 언제 빠져나간 거지? 정전이 두 번 있진 않았다. 회장의 죽음이 밝혀지고 저택이 혼란스러운 틈을 타 빠져나갈 계획이었겠지. 그러나 회장이 죽지 않았고, 진혁이 개입하면서 상황이 달라졌다. 119를 바로 부르지 않고 보안 인력을 저택 주변에 쫙 배치한 후에 사설 구급대를 불렀으니까. 게다가 박상연. 그녀를 가둬두기 위해 보안 인력 일부를 저택에 남겨두기까지 했다.

진혁은 그대로 엘리베이터를 향해 뛰면서 저택에 대기시켜둔 후배에게 전화를 걸었다.

"대광아, 지금 집이지? 거기 몇 명 있어?"

"네 명 있슴다."

"문 다 잠가. 한 명은 출입구 감시하고, 나머진 집안 뒤져봐. 나도 한 시간 내로 도착할 거야."

"뭘 찾는 검까?"

"침입자. 위험한 놈일지 모르니까 조심해."

*

현대적 심령회의 첫번째 참석자는 큰아들인 무준이었다. 현아도 함께 있고 싶어했지만, 무준이 아버지와 둘이서만 얘기하고 싶다고 설득해 혼자 들어왔다. 조나단이 빨간색 버튼이 달린 작은 스피커 하나와 인터폰을 테이블에 내려놓으며 말했다.

"뭐든 하고 싶은 말씀을 하시면 됩니다. 그런 다음 버튼을 누르면 스피커를 통해 회장님 말씀이 들릴 겁니다."

"왜 버튼을 눌러야 하지? 다 들리신다면서? 그냥 대화하면 되는 거 아닌가?"

"회장님이 하는 생각들이 하나로 연결되어 있지 않거든요. 우리 머릿속에서도 온갖 생각이 떠올랐다가 사라지는 것처럼요. 말로 표현할 때 비로소 하나로 모이고 맥락이 생기는 거죠. 회장님 생각을 있는 그대로 듣게 되면 내용이 이어지지 않고 오락가락할 겁니다. 이걸 신호signal와 소음noise이라고 합니다. 저희가 하는 일은 뇌파의 다양한 흐름 속에서 신호만을 남기고 소음을 지우는 거죠. 질문을 한 다음 대답을 듣는 과정을 통해야만 소음을 지우는 데 도움이 됩니다."

"거짓말도 할 수 있어?"

"네?"

"거짓말도 할 수 있냐고, 아버지가. 당신들 말대로 뇌파를 선별하는 거면, 아버지가 거짓말을 할 경우 걸러낼 수 있는 건가?"

옆에서 지켜보던 맥스의 얼굴이 진지해졌다.

"흥미로운 지적이네요. 지금 상태에서 거짓말이 쉽진 않을 겁니다. 거짓말을 하려면 의식적으로 집중해야 하거든요. 회장님께서 거짓을 진실로 굳게 믿고 계시지 않는 한, 쉽지 않을 겁니다."

맥스가 거짓말 탐지의 영역으로 넘어가기 전에 조나단이 끼어들었다.

"저흰 밖에 있겠습니다. 뭐든 궁금하거나 확인하고 싶은 게 있다면 인터폰을 드세요. 저희하고 바로 연결됩니다."

"당신들은 밖에서 내가 하는 말을 듣는 건가? 연구 목적이라든가, 그런 핑계로."

"아뇨, 저흰 듣지 않습니다. 회장님과의 계약에 비밀 엄수에 대한 특약이 있어서요. 회장님께서 과도하게 흥분하시는 일을 막기 위해 밖에서 뇌파를 비롯한 신체 상태만 관찰할 겁니다. 혹시 그런 과정에서 뭔가 알게 된다고 해도 비밀 엄수 조항에 따라 외부에 유출할 수 없습니다. 그렇게 되면 민형사상 책임을 진다는 내용이 있거든요."

조나단은 그렇게 대꾸하면서 조마조마한 눈으로 맥스를 힐끔거렸다. 맥스가 늘 환자와 고객 간의 대화 내용을 알고 싶어했기 때문이다. 환자가 슬픔이든 기쁨이든 분노든 어떤 특정한 감정을 느낄 때, 뇌내 신경망의 연결 강도가 변화한다는 이유 때문이었다. 특히 어떤 단어와 표현이 환자의 감정을 촉발하는지 맥스는 몹시 알고 싶어했다.

"민형사상 책임이 아주 클 거란 점은 말해둘게. 나가봐."

병실에 무준과 회장 두 사람만 남았다. 무준은 잠시 회장을 바라보다가 말했다.

"아버지, 제 말 들리세요?"

무준이 버튼을 누르고 잠시 침묵이 흘렀다. 사기당한 건가, 의심이 될 때쯤 스피커를 통해 김백식 회장의 목소리가 들렸다.

"내가 쓰러졌단 얘긴 들었다."

아버지 목소리다. 부산 사투리가 섞인 퉁명스러운 말투며, 남의 얘기 하는 듯한 화법까지 평상시 아버지와 똑같다. 무준은 짜증이 치밀었다. 이 대화에 큰 기대를 걸었던 건 아니지만, 컴퓨터가 아버질 흉내내는 꼴을 보니 화가 났다. 무준은 인터폰을 집어들었다.

"아버지 목소리네?"

조나단이 말했다.

"언론에 공개된 회장님 목소리를 AI로 학습시킨 음성입니다. 마음에 걸리신다면 다른 목소리로 바꿔드릴 수 있습

니다. 지금 저희 라이브러리에 있는 목소리는 배우 최민식
과……"

"됐어."

무준은 인터폰을 내려놓고 호흡을 가다듬었다. 전자 회사
의 부회장으로 있으면 기술 발전을 온몸으로 느끼게 된다.
사람 마음을 고려하지 않고, 편의와 효율만을 따지는 무자비
한 기술들. 항상 남의 일이라고 생각했는데 직접 겪으니 잠
시 화가 치밀었던 것이다. 기술은 기술일 뿐인데.

"네, 아버지 쓰러지셨어요. 지금 병원이고요. 뭐가 제일
궁금하세요?"

버튼을 누르자 아버지의 목소리가 들렸다.

"회사 주가. 회사는 괜찮냐?"

"그룹 전체는 5프로, 전자는 3프로 떨어졌다가 회복중입
니다. 국민연금에서 저가 매수했고요. 아버지 일어나실 때까
지 제가 잘해볼게요. 아무 생각 말고 회복에만 집중하세요.
뭐든 원하는 게 있으면 말씀하시고요."

"난 언제쯤 일어나냐?"

"의사들은 잘 모르겠다고 하네요. 그 사람들, 책임질 말
안 하잖아요. 걱정 마세요. 아버지가 고용한 건잠머리 애들
도 똑똑해 보이고. 뭐든 중요한 건 아버지하고 의논할게요."

"여기 내가 있는데, 머리도 생생하게 돌아가고 너희들도 다 보이는데 움직이질 못하니 미치겠다. 무준아, 너만 믿는다. 다른 애들은 다 바보들이야. 여옥인 시집갈 거고 무영인 애초에 잘못 태어난 놈이야. 오직 네가 내 진짜 후계자다. 전부 널 위해 만들어둔 거야."

무준을 달랠 때 아버지가 늘 하던 소리였다. 네가 진짜 후계자라는 말. 평생 그 말만 믿고 기대하며 살았다. 무준은 더 참지 못하고 버튼을 집어든 채 벌떡 일어나 침대에 누운 아버지 앞에 섰다. 그런데 나한테 왜 그랬어요? 따지고 싶은 걸 꾹 참았다. 늙은 회장은 여전히 느릿하게 눈을 깜빡이고 있었다. 무준은 대신 다른 걸 물었다.

"아버지, 저 보여요?"

"보인다."

표정은 여전히 멍했고 코에 튜브까지 달려 있어 진짜 아버지가 깨어 있는 게 맞는지 알 수 없었다. 지금 들리는 목소리가 진짜 아버지 것인지도 모르겠다. 하지만 모두 아버지가 할 법한 이야기였고, 그렇다면 꼭 하나 확인하고 싶은 게 있다. 무준이 차분히 입을 열었다.

"저 어릴 때 기억나요? 제가 강아지를 한 마리 주워 왔잖아요. 진돗개하고 웰시코기 믹스견이었는데, 다리가 희한하게 짧아서 제가 엄청 귀여워했던. 이름도 지어줬잖아요, 몽이라고. 근데 몽이가 없어졌어요. 어디 갔는지 아세요?"

"그런 쓸데없는 소리는 왜 하냐?"

"아버지가 진짠지 궁금해서 물어보는 거예요. 혹시 저 사람들이 만든 AI일 수도 있잖아요. 그냥 저랑 대화 나누라고 만든. 그런 거면 꺼버려야 하니까, 이딴 거 없애버리고 아버지 회복하실 때까지 기다릴 거니까. 그러니까 솔직하게 말해보세요."

"내가 치웠다."

무준은 아버지를 가만히 쳐다보았다.

"왜요?"

"그깟 똥개한테 집착하는 꼬라지가 보기 싫었으니까. 아무데나 똥싸는 더러운 잡종 개였어. 대신 품종견으로 사다줬잖냐."

"네. 킹 찰스 스패니얼. 왕실 품종견이라고 자랑하셨죠. 근데 그건 제가 원하는 개가 아니었어요. 아버지가 남들한테 자랑하고 싶은 개였지. 내가 원하는 건……"

무준은 잠시 침묵하다 말했다.

"몽이, 아버지가 죽였죠?"

무준은 버튼을 눌렀지만 아버진 대답하지 않았다.

156

"아버지?"

재차 버튼을 누르자 아버지가 마지못해 대답했다.

"그래. 내가 죽였다. 그 병신 같은 게 내 구두에 똥을 쌌어. 그게 얼마짜린지 알아?"

컴퓨터가 재현한 아버지 목소리는 담담했다. 평소 아버지라면 버럭버럭 화를 내며 소리질렀을 텐데. 그랬다면 무준도 함께 화를 냈을 것이다. 하지만 지금은 그럴 필요가 없다. 아버진 끝장났고 이건 아버지의 소음 속 신호에 불과하니까.

"집어던지고 발로 밟았죠."

무준은 아버지의 귓가에 속삭였다.

"CCTV 봤어요."

무준은 천천히 뒤로 물러나며 아버지 얼굴을 가만히 쳐다보았다. 몽이를 한참이나 찾아다녔다. 그러다 저택 곳곳에 CCTV가 있음을 생각해냈고, 자신을 담당하던 경호원을 설득해 아버지가 몽이를 죽이던 모습을 봤다. 피범벅이 된 몽이의 사체는 쓰레기봉투에 담겼다. 피가 번진 봉투 매듭 밖으로 몽이의 발이 튀어나와 있었다. 어린 무준은 몽이가 살해된 곳으로 찾아가 바닥에 옅게 남은 핏자국을 보았다.

잠시 침묵하던 무준이 버튼을 눌렀다. 아버지가 말했다.

"널 위해서였다."

"언제나 절 위해서였다고 하셨죠. 근데, 내가 바란 건 하나도 없었어요. 다 아버지가 바라는 거였지. 솔직히 말씀드릴게요. 아버지. 아버지가 이렇게 돼서 좋네요."

무준은 도로 자리로 가서 앉았다. 할말을 하고 나니 한결 기분이 좋아졌다. 이제 원래 해야 할 이야기로 돌아갈 차례다. 그는 후계자다운 질문을 던졌다.

"그래서, 아버지. 지난주에 유언장 바꾸셨다면서요. 거기 뭐라고 쓰셨어요? 제가 뭘 물려받습니까?"

*

대기실에는 무영과 여옥, 현아가 있었다. 평소 살가운 사이도 아니었던지라 아무도 입을 열지 않았다. 무영은 졸음을 참으려고 팔뚝을 꼬집었다. 가족들과 대화하라며 재민이 핸드폰을 가져가버려 게임을 할 수도 없다. 이럴 때 인스타라도 보면 덜 지루할 텐데. 그는 태생적으로 지루함을 참지 못했다.

무영이 더 견디지 못하고 말했다.

"아버지랑 할말이 많나봐. 꽤 오래 걸리네?"

여전히 대답은 없었다. 무영은 두 사람을 번갈아 쳐다보다

현아를 건드리기로 했다.

"형수님, 너무 맘 상하지 마세요. 형이 형수 안 데리고 들어간 데는 다 이유가 있을 테니까. 워낙 맘이 약한 사람이라 혼자 울고 있을지도 모르잖아요."

"맘 안 상했어요."

"걱정하는 건 아니고요. 형수야 내가 늘 감탄하죠. 형하고 입사 동기로 들어올 때부터 이 집 차지하려고 계획하신 분이 잖아요. 형이 재벌 아들인 거 귀신처럼 눈치채고 옆에 붙어서 모르는 척하다가 콱 낚아챘죠? 결단력 하나는 끝내준다 니까."

현아는 대답하지 않았다. 무영이 싫었다. 무영의 외모도 성격도 말투도 하나같이 짜증났다. 거만하고 무식하고 무능한 놈. 무영은 그녀를 한몫 잡자고 재벌가에 들어온 천민 정도로 알았다.

"아버지가 애 안 생긴다고 용봉탕도 보내고 그랬다면서요?"

"네, 열심히 먹고 있어요. 도련님도 슬슬 결혼하셔야죠. 주변에 좋은 여자분들 너무 많던데."

"형수 같은 여자가 어디 있어야죠. 유능하고 야심 많고."

무영은 그녀에게도 여러 번 집적거렸다. 무영 같은 사이코패스에겐 그냥 장난이었겠지만, 현아 입장에선 몸서리치게 기분 나쁜 일이었다. 그가 악수하는 척 손바닥을 간질였을 땐 단매에 때려죽이고 싶었다. 그날 그녀는 한참 동안 손을 씻으면서 무영을 무일푼으로 만든 후 쫓아내겠다고 결심했다.

문이 열리고 무준이 나왔다. 무영이 기대에 찬 눈으로 형을 쳐다보았다.

"어때?"

"아버지 맞는 거 같다. 너희들도 얘기 잘 나눠."

무준이 현아의 손을 잡고 밖으로 나간 후, 널따란 대기실에는 무영과 여옥만 남았다. 무영은 닫힌 문을 쳐다보며 말했다.

"형 기분이 좋아 보이지? 아버지랑 얘기가 잘됐나봐."

"아버지야 늘 재밌는 분이잖니. 항상 생각도 못한 얘길 하시니까. 너 먼저 들어갈래?"

"누나는? 아버지랑 얘기해봤어?"

"아직. 너도 알다시피 아버지가 최근에 나랑 별로였잖아. 먼저 하긴 부담돼서. 얘기하시다 흥분해서 또 쓰러지시면 어떡해?"

무준이 가버렸으니 남은 건 여옥뿐이다. 무영은 여옥과 손을 잡으면 어떨지를 가늠해봤다. 하긴, 차갑기만한 형보다 불같은 누나가 나을 수 있지. 무영은 은근하게 말했다.

"그럼 같이 들어가는 건 어때? 누나랑 나랑 같이. 그럼 아버지도 덜 흥분하시겠지. 누구한테 화낼지 헷갈릴 거 아냐."

저택의 문제

상연은 추리닝에 슬리퍼 차림으로 주방에 나와 있었다. 추리닝을 입은 건 편해서였고, 주방에 있는 이유는 요리 때문이었다. 저택 생활이 힘들진 않았다. 바깥출입은 여전히 통제됐지만 그 외에는 최대한 편의를 봐줬다. 책도 없고 인터넷도 안 돼 심심하다니까 방에 TV 겸용 모니터도 하나 가져다줬다. 덕분에 10년 만에 공중파 예능도 보게 됐고, 회장님이 어떤 상태인지도 뉴스를 보고 알 수 있었다.

　저택을 지키는 보안 요원은 모두 네 명이었다. 그중 리더는 최대광 팀장으로, 보안업계에서만 10년 넘게 일한 베테랑이라고 들었다. 대광을 살살 꼬드겨 물어보니 다른 직원들은 대부분 유급휴가를 받고 쉬는 중이라며, 상연 역시 유급휴가로 처리될 것이라고 했다.

가끔 부모님에게서 전화가 올 때도 있었다. 부모님은 그녀가 잡혀 있을 거라곤 상상도 못하고 그저 저택에서 일하는 줄로만 알았다. 상연을 걱정해서가 아니라 회장님이 진짜 쓰러진 건지, 돌아가신 게 아닌지 궁금해서 전화하는 거였다. 아버지는 그룹 주식을 사도 될지를 대놓고 물었다. 그 모든 대화를 최대광 팀장이 옆에서 엿들었기 때문에, 상연은 조금 창피했다.

회장이 쓰러지고 하루가 지났다. 그동안 식사는 냉동식품 아니면 배달 음식으로 해결했다. 저택으로 배달을 시킬 수 없어 보안 요원이 밖에 나가 받아왔는데, 한두 끼면 모를까 계속 먹기는 힘든 맛이었다.

파티시에를 꿈꾸던 상연이다. 저택 주방에는 각종 고기며 생선은 물론이고 프랑스산 샤퀴테리부터 새벽 비행기로 일본과 홍콩에서 공수해온 빵까지 없는 게 없었다. 끝내주는 식재료들을 썩어가게 두면서 차게 식은 배달 음식으로 끼니를 때우는 건 상연으로서는 견딜 수 없는 일이었다. 상연이 식사를 만들어주겠다고 제안하자 보안 요원들은 의논 끝에 받아들였다.

오늘 요리는 샌드 캉파뉴, 말 그대로 간단한 콜드 샌드위치다. 겉은 단단하고 속은 몰랑한 담백한 캉파뉴 빵에 버터와 디종 머스터드를 바르고 야채와 얇게 썬 장봉 햄을 듬뿍 올리는 게 전부지만, 단순한 대신 재료의 질이 중요하다. 상연은 대리석 조리대에 빵을 늘어놓고 크리스토플Christofle의 실버 나이프로 버터를 바른 뒤 그 위에 각종 재료들을 보기 좋게 쌓았다. 그리고 디종 머스터드를 바른 빵을 덮은 뒤 꾹 누르고 샌드위치 픽을 두 개 꽂아 가운데를 컷코Cutco 빵칼로 슥삭 잘랐다. 내친김에 같이 올릴 과일과 올리브까지 꺼내다가 옆에 선 대광에게 말을 걸었다.

"가서 볼일 보시라니까요."

"이게 제 볼일임다."

그럭저럭 친해졌다고 생각했는데, 그럼에도 상연을 혼자 두진 않았다. 빈틈을 보이면 상연이 YTN에 제보라도 할지 모른다고 생각하는 모양이었다. 상연은 완성된 샌드위치를 접시에 담아 대광에게 내밀었다.

"다른 분들은요?"

"저택 안을 살피는 중임다."

다음 말을 기다렸지만, 대광은 샌드위치를 열심히 먹기만 할 뿐 정확히 뭘 살피고 있는 건지 알려주지 않았다. 상연은 포기하지 않고 다시 물었다.

"아까 누구 온 거 같던데요?"

"인터넷 선에 문제가 있답다. 통신사 사람들인데."

대광은 말하다 말고 귀에 꽂은 인이어에 손가락을 댔다. 샌드위치를 오물거리며 잠시 이야기를 듣던 대광이 상연에게 손짓했다.

"일어나십쇼. 방으로 감다."

빵칼로 자기 몫의 샌드위치를 자르던 상연은 멈칫했다.

"무슨 일인데요?"

"빨리요. 시간 없슴다."

대광은 남은 샌드위치를 입안에 털어넣었다.

"잠깐만요. 내 것 좀 가져갈게요."

마저 샌드위치를 자르려는데 대광이 상연의 팔을 잡아당겼다. 상연은 뭐라고 항의하려다 대광이 총을 꺼내드는 걸 보고 입을 다물었다.

"제가 나중에 가져다드리겠슴다."

상연은 대광에게 끌려가면서 총을 힐끔거리다, 결국 참지 못하고 물었다.

"근데 그 총 진짜 총이에요?"

대광은 대답 없이 상연을 데리고 방으로 갔다. 그리고 상연에게는 불행한 일이지만, 총이 진짜인지 아닌지는 금방 알게 되었다.

*

　김백식 회장의 저택은 한강이 훤히 내려다보이는 산중턱
에 있다. 산 전체가 회장의 소유로, 외부인은 출입 금지인데
도 참나물이며 취나물, 두릅 같은 나물류가 잘 자라 동네 주
민들이며 약초꾼들이 몰래 드나들었다. 결국 김 회장은 산
외곽에 철조망을 두르고 하나뿐인 입구는 두꺼운 철문으로
막았다. 철조망에 만 볼트짜리 고압 전류까지 흐르게 하려
했지만, 법률 자문을 맡은 로펌에서 결사반대한 덕분에 끔찍
한 일은 일어나지 않았다. 정문을 통과해 오른쪽으로 휘어지
는 진입로를 따라 산중턱까지 올라오면 거대한 저택이 위용
을 드러낸다. 저택 역시 6미터 높이의 담장으로 둘러싸여 있
어 밖에서는 안이 보이지 않았다.

　진입로 초입에 차 한 대가 세워져 있었다. 'kt service' 로
고가 랩핑되어 있는 검은색 카니발이었다. 차 뒷문이 활짝
열려 있는데 사람은 보이지 않았다. 근처에서 작업중인지 바
닥 여기저기에 '공사중'이라고 적힌 팻말이며 전선줄 같은
것이 널브러져 있었다. 진혁은 카니발을 힐끔 쳐다본 후 진

입로를 따라 빠르지도 느리지도 않은 속도로 차를 몰았다.

출입구 앞에는 카메라 여러 대가 설치되어 있다. 저택 내 보안 요원이 카메라를 통해 차량과 사람을 확인하고 문을 열어준다. 진혁이 입구에 차를 세우고 카메라를 향해 수신호를 보냈지만, 문은 열리지 않았다. 느낌이 좋지 않았다. kt 서비스 차량도 그렇고 문이 열리지 않는 것도 이상했다. 진혁은 망설이지 않고 쇼핑백을 든 채 차에서 뛰어내렸다. 담벼락을 따라 돌면서 대광에게 전화했지만 받지 않았다.

모퉁이 끝에 높게 자란 메타세쿼이아 나무가 보였다. 누군가 저택에 잠입하려고 든다면 저 나무를 이용할 거란 생각을 했었다. 경험 많은 사냥꾼이 함정을 파놓듯, 나무를 베지 않은 대신 그 주위로 동작 감지기를 깔았다. 그때의 판단이 지금 집안으로 잠입하는 데 도움이 됐다.

진혁은 날렵하게 나무를 기어올라 담장을 넘어 안쪽으로 뛰어내렸다. 동작 감지기가 작동했겠지만 상관없었다. 들어가서 끄면 되니까. 그는 정원을 가로질러 저택을 향해 달려갔다. 진혁 옆으로 값비싼 소나무며 김 회장이 공들여 조성한 풀숲이 획획 지나갔다.

진혁은 직계가족이 쓰는 현관이 아니라 직원용 출입구로 향했다. 굳게 잠긴 문에 ID 카드를 갖다대자 삐삑 자물쇠가 풀렸다. 문을 어깨로 밀치고 안으로 들어가자마자 피비린내가 코를 찔렀다. 바닥에 누군가 머리를 처박은 채 쓰러져 있었다. 옷차림을 보니 보안 요원 중 하나였다. 어딜 어떻게 당한 건지, 목 주위에 고인 앞접시 크기의 피 웅덩이가 점점 커지고 있었다.

진혁은 복도 끝까지 달려가 오른쪽으로 돌았다. 바닥에 양탄자가 깔려 있어 발소리는 나지 않았다. 보안실 앞에 칼잡이가 서 있었다. kt라고 쓰여 있는 안전모에 회색 작업복 차림을 한 젊은 남자였다. 그는 한 손에 사시미 칼을 든 채 벽에 주저앉은 보안 요원을 확인 사살하는 중이었다. 쇄골에 꽂아 넣은 칼을 뽑던 그와 진혁의 시선이 마주쳤다. 얼굴 여기저기에 피가 튀어 있었는데, 살인의 흥분이 가시지 않았는지 환하게 웃고 있었다.

"한 놈 더 있었네?"

작업복이 칼을 빙글빙글 돌리며 걸어왔다. 팔 전체를 뒤덮은 이레즈미 문신이 보였다. 잉어의 벌어진 입에 피가 묻어 있었다. 진혁 역시 쇼핑백을 쳐든 채 작업복을 향해 마주 걸어갔다. 순식간에 두 사람의 거리가 가까워졌다. 쇼핑백에 찍힌 버버리 로고를 보고 작업복이 고개를 갸웃거렸다.

"뭐야? 뇌물이야?"

작업복이 칼끝을 쇼핑백에 댈 때 진혁은 방아쇠를 당겼다. 쇼핑백이 찢어지며 총알이 날아갔다. 진혁은 두 방을 쐈다. 한 방은 작업복의 얼굴에, 한 방은 가슴에. 사시미 칼이 바닥에 떨어졌다.

진혁은 작업복이 무너지는 걸 지켜보지 않고 바로 움직였다. 보안실 문을 박차고 들어갔을 때 두번째 칼잡이와 마주쳤다. 놈은 문 뒤에 숨어 있다가 진혁이 반쯤 들어왔을 때 있는 힘껏 문을 걷어찼다. 순간 아찔해져 총을 떨어뜨릴 뻔했다. 문틈에 끼어 비틀거리는 진혁의 코앞으로 두번째 남자의 얼굴이 다가왔다. 남자가 문을 밀면서 칼로 진혁의 목을 그으려고 했지만, 진혁에겐 총이 있었다. 손이 문밖에 있지만 상관없다. 총알은 뭐든 뚫고 나가니까. 진혁은 한쪽 손으로 남자의 손목을 잡고 버티면서 위치를 어림해 방아쇠를 당겼다. 문짝에 연달아 구멍이 뚫렸다. 처음 두 방은 비껴갔지만 세번째는 적중했다. 놈의 몸이 부르르 떨리더니 문을 밀던 힘이 약해졌다. 진혁은 문을 밀쳤다. 비틀거리면서도 칼을 휘두르는 상대의 팔을 잡아채 안전모에 대고 총을 쐈다. 시끄러운 총소리의 잔향이 그치자 저택 전체가 조용해졌다.

보안실 내부는 온통 붉은색이었다. 칼잡이의 피 때문이 아니라, 천장의 경고등이 빨갛게 빛나서였다. 다행히 경보 장치는 보안회사나 경찰서와 연결되어 있지 않았다. 회장이 쓰러졌을 때 귀찮은 일을 피하려고 외부 연결을 끊어둔 덕분이었다.

보안 요원 한 명이 책상 위에 머리를 처박고 쓰러져 있었다. 들춰보니 목에 칼을 맞았다. 모니터며 키보드가 온통 피바다였지만 붉은 조명 때문에 녹아 흘러내린 끈적한 아이스크림처럼 보였다. 진혁은 요원의 시체를 옆으로 밀치고 모니터 화면으로 집안을 살폈다. 1층 현관과 지하 2층 복도에 요원이 한 명씩 쓰러져 있었고, 다른 침입자는 보이지 않았다. 현관은 문을 열어주다 당했을 거고…… 지하 2층에는 왜 사람이 있었지? 진혁은 탄창에 총알을 채워넣으며 아래층으로 달려갔다. 지하 2층은 고요했다. 직원들을 전부 내보내고 지금은 아무도 없는 곳이다.

아니, 한 명. 박상연이 남았구나.

기다란 복도 양옆으로 굳게 닫힌 문들이 이어지는 가운데 상연의 방문만 활짝 열려 있었다. 복도에 쓰러져 있던 보안 요원은 대광이었다. 격렬한 싸움이 있었는지 벽이며 바닥이 온통 피투성이였다. 대광의 테이저건에서 발사된 전선이 바닥에 널브러져 있었다. 대광은 텅 빈 눈으로 손에는 총을 쥔 채 하늘을 보고 누워 있었다. 볼이며 목, 가슴에 뚫린 동그란 구멍에서 쉴새없이 피가 새어 나왔다.

진혁은 상연의 방 가까이 다가갔다. 열려 있는 문 너머로 당황한 상연의 얼굴이 보였다. 추리닝과 앞치마 전체에 피가 묻어 있었다. 진혁을 본 상연의 눈이 커다래졌다. 지옥에서 부처를 만난 것처럼 밝아지는 표정으로 보아, 상연의 피는 아니었다.

"실장님! 저 좀 살려주세요. 이 사람이, 갑자기 튀어나와서 칼로 막 찔렀어요."

상연의 등뒤에 반쯤 몸을 감춘 중년 남자가 보였다. 길거리에서 보면 바로 존재를 잊어버릴 만큼 희미한 인상의 소유자로, 머리엔 반쯤 복면을 걸쳤다. 턱에는 지저분하게 수염이 자라 있었다. 복면이나 옷차림으로 봐선 오늘 kt 서비스 직원을 가장해서 온 자는 아니다. 남자가 상연의 목에 송곳을 들이댔다. 끝에 대광의 것인 듯한 피가 묻어 있었다.

진혁은 권총을 남자의 머리에 겨눴다.

"진정하고 그거 내려놔. 여자는 이쪽으로 보내고."

"비켜. 조용히 나가게만 해주면 아무도 다치지 않아."

목소리는 가래 끓는 것처럼 거칠었고, 말투는 날씨 얘길 하는 것처럼 담담했다. 사람 목에 송곳을 들이대면서 하는 말이라곤 믿어지지 않을 정도였다.

진혁이 말했다.

"이미 여럿 죽었어. 네 부하들도 죽었고."

"내 부하들 아냐."

"김백식 회장, 네 짓이지?"

남자는 대답하지 않았다. 진혁은 다시 물었다.

"정전 일으키고 들어와서 회장한테 손댔지? 집이 발칵 뒤집히질 않아서 도주 타이밍을 못 잡은 거고. 재벌 회장 암살을 시도한 것도 놀라운데 실패까지 했네? 거기다 집에서 나오질 않으니…… 너한테 일 맡긴 놈들도 안달이 났겠지. 네가 혹시 잡히거나 입을 열게 될까봐 정리하려고 애들 보낸 거고. 그놈들, 너 구하러 들어온 건 아닌 거 알지?"

남자가 상연의 목에 송곳을 가볍게 찔렀다 뽑았다. 상연은 처음엔 무슨 일이 일어났는지 모르고 눈을 크게 떴다가 이내 비명을 질렀다. 목을 타고 피가 흘러내렸다.

"이 여자 죽어."

"그래서 뭐? 사람은 다 죽어."

상연의 눈이 커다래졌다.

"진혁씨! 실장님! 저 좀 살려주세요. 피 나요, 피! 저 이러다 진짜 죽어요!"

"박상연씨, 걱정 말아요. 목은 원래 살짝만 긁혀도 피가 납니다."

진혁은 남자의 머리에 총을 겨눈 채 호흡을 가다듬었다. 오랜만에 잡아서인지 숨을 쉴 때마다 총구가 흔들렸다. 권총은 조금만 흔들려도 조준이 맞지 않는다. 조금 전에야 코앞에 있는 놈들을 쐈으니 괜찮았지만 지금은 약간의 거리도 있고 상연이 표적을 가리고 있어 쉽지 않았다.

"그냥 항복해. 누가 시켰는지 얘기하고. 어차피 돈 때문이잖아. 네가 얼마를 받았든 우리가 더 줄 수 있어. 우리 돈 많아."

"개소리하……"

남자가 입을 열며 송곳 끝이 약간 떨어지는 순간, 진혁은 방아쇠를 당겼다. 남자의 머리가 휘청 뒤로 꺾였다. 진혁은 상연의 팔을 자기 쪽으로 잡아당기며 쓰러진 남자에게 두 방을 더 쐈다. 벽에 붙은 마크 로스코의 모작에 피가 튀었다.

*

"아버지, 어디 가려운 데 없으세요?"

무영의 말에 여옥은 얼굴을 찡그렸다. 정신 나간 놈인 건 알았지만 첫 질문부터 이런 식일 줄은 몰랐다.

"야."

여옥이 조그맣게 눈치를 줬지만 무영은 상관하지 않았다.

"누나, 못 움직이는데 말도 못하시니까 걱정돼서 그래. 어디 가려우실 수 있잖아. 나도 다리 부러졌을 때 엄청 가려웠거든. 그렇죠, 아버지?"

무영이 버튼을 누르자 스피커를 통해 김백식 회장의 목소리, 아니 컴퓨터가 만들어낸 목소리가 들렸다. 말투나 억양은 아버지 같았지만 감정이 실려 있지 않아 낯설었다.

"몸에 느낌이 없다. 그래서 이상해. 내가 내 몸에 있는 게 아니라 공중에 떠 있는 거 같다. 너희들도 위에서 내려다보이는 느낌이야."

무영은 여옥을 돌아보며 입 모양으로 말했다.

'혼이 나갔네.'

여옥이 그만하라고 고개를 흔들며 아버지에게 말했다.

"곧 괜찮아지실 거예요. 마음이 편해야 회복도 빠르다니까, 너무 걱정 마세요."

아버지와 대화를 할 수 있다는 건 좋았다. 아버진 늘 남의 말을 끊고 자기가 하고 싶은 말만 했으니까. 그래서 아버지와의 대화는 늘 일방적이었다. 여옥이 할말을 마치고 버튼을 누르자 아버지의 대답이 곧바로 튀어나왔다.

"너희 둘이 같이 올 줄 몰랐다."

진작 저 말을 하고 싶었겠지. 의심병에 걸린 노인네니까. 둘이 한패가 됐냐고 물어보고 싶었을 거고.

"그래도 가족이잖아요. 아버지 쓰러지시고 누나는 좀 울었어요. 그렇지, 누나?"

여옥이 효녀처럼 무영의 말을 받았다.

"그럼요. 저희가 서로 섭섭한 적은 있었어도, 아버지 아프실 땐 힘을 모아야죠. 좀 어떠세요? 아프거나 신경쓰이는 부위는 없으세요? 어디든 불편한 데 있으면 말씀하시고요. 그리고…… 아버지, 제 제약사 다음달에 주총 있는 거 아시죠?"

"내 제약사지. 무일제약."

"또 이름 헷갈리신다. 뉴스케일 바이오로직스예요. 대주주들 회유해서 신규 이사 선임안 넣은 거 알아요. 유진혁 실장한테든 누구한테든 얘기해서 취소하라고 하세요. 아버지, 지금 상태로 과반 확보하시려다간 사모펀드에 다 뺏길 수도 있어요. 남들 좋은 일만 시킬 수 있다고요. 아버지하고 저 둘 다 손해만 봐요. 아셨죠?"

"유 실장은 어딨냐?"

"잠깐 어디 갔어요. 일단 저랑 얘기하세요, 아버지."

"유 실장 부르고 여옥이 너는 제약 도로 가져다 놔. 그러면 용서해주마."

여옥은 화가 치미는 걸 참고 부드럽게 말했다.

"용서라뇨, 무슨 말씀이세요. 제 회사 제가 가지고 간 건데."

"아니. 내 거다. 넌 아무것도 한 게 없어. 애비 걸 훔쳐가려고 했나본데 내가 살아 있는 한 그렇겐 안 된다."

여옥은 더이상 참지 못했다.

"그래서 FBI까지 동원했어요? 아빠가 원하는 대로 독일 유학 다녀와서 제약, 바이오 돌면서 개처럼 일한 나한테! 지분 좀 쥐여주고 건물주나 하라고? 배당도 없는 지분, 상속세 내면 남는 것도 없어요. 병신같이 물러나는 일 없으니까 그렇게 아세요. 이놈의 그룹, 산산조각나든 말든 난 상관 안해. 내 거 다 챙길 거니까!"

여옥은 숨을 깊게 삼켰다. 좀더 쏟아내고 싶었지만 옆에 동생이 있다. 적당한 수준에서 끊어야 했다. 무영은 재밌다는 표정으로 그녀를 쳐다보고 있었다.

그들은 지금 게임중이었다. 서로를 파악하고 필요한 정보를 얻는 게임. 그래서 최종적으로 왕위를 계승하는 게임. 그렇기에 동생과 함께 들어온 것이다. 다음 단계를 준비하려면 아버지와 동생이 무슨 생각인지 파악해야 하니까.

여옥은 무영을 돌아보며 억지로 미소 지었다.

"무영이 너도 할말 있으면 해."

무영은 고개를 끄떡였다.

"아버지, 저번주에 유언장 고치셨다면서요?"

잠시 침묵이 흘렀다. 무영은 다시 버튼을 눌렀다.

"아버지? 제 말 들리시죠?"

"그래. 고쳤다."

무영이 여옥을 돌아보며 말했다.

"거짓말 못할 거라더니 진짜네. 진실만 말하는 아버지라, 매력적이지 않아?"

"내용이 뭐예요? 누구한테 얼마 준다고 했어요?"

"비밀이다."

무영은 턱을 긁으며 생각했다. 맥스는 아버지가 거짓말하기 힘들 거라고 했지, 감추지 못할 거란 말은 하지 않았다. 지금처럼 계속 비밀이라고 우기는 건 가능할 수도 있단 뜻이었다. 뭐라고 물어야 아버지가 진실을 말할까?

그때 여옥이 말했다.

"우리 중에 큰오빠가 제일 많이 가져가요?"

그래. 바로 저 질문이야. 무영은 얼른 버튼을 누르고 아버지의 대답을 기다렸다.

"⋯⋯그래."

그래서 무준이 형이 먼저 나갔구나. 자기가 제일 많이 가져간다는 걸 알고. 예상했던 일이지만 화가 치미는 건 어쩔 수 없었다. 그럼 무준과 손잡는 건 물 건너간 셈이다. 애써 짜증을 참아내는 무영의 옆에서 여옥이 벌떡 일어나며 말했다.

"알았어요, 아버지. 쉬세요. 무영이 넌 더 할말 있으면 해. 감옥 보낸 건 너무했다고 말씀드리고. 아버지도 무영이 얘기 좀 들어주세요. 어차피 어디 나가시지도 못하잖아요."

여옥은 말을 마치고 병실을 나섰다. 무영은 당황스러운 표정으로 뒤도 돌아보지 않고 멀어지는 여옥의 뒷모습을 바라보았다. 늘 그랬듯 고래고래 소리를 지르는 걸 조용히 지켜보면서 뭔가 더 알아낼 계획이었는데, 누나가 이렇게 쉽게 포기할 줄 몰랐다. 그럼 이제 어떡하지? 무영은 아버지를 돌아보았다.

"아버진 제가 싫죠? 이상하고 꺼려지고. 저도 그래요, 아버질 보면."

무영은 침대 옆에 앉아 뭘 물어보면 좋을지를 계속해서 생각했다. 단둘이 있을 때 아버지에게 확인할 것이 있긴 했다.

*

　여옥은 대기실을 나와 복도를 뚜벅뚜벅 가로질렀다. 복도 끝에 대기하고 있던 경호원들이 몸을 일으켰다. 슬슬 미끼를 물 때가 됐는데. 유언장 얘길 꺼내고 밖으로 나오는 것까지가 진혁과 미리 의논한 일이었다. 그다음에 무영이 가지고 있는 패를 알아낼 다양한 수단을 고려했는데, 따라나오지 않는 건 생각해본 적이 없었다.

　이 멍청하고 성질 급한 새끼가 왜 가만히 있지? 여옥은 속이 탔다. 다시 병실로 들어가야 하나 고민하는 찰나, 뒤에서 무영의 목소리가 들렸다.

　"더 안 들어도 되겠어? 아버지한테 할말 많아 보이던데."

　됐다. 여옥은 회심의 미소를 짓고는 경호원들에게 거기 있으라고 손짓한 뒤 동생을 보며 말했다.

　"들을 건 다 들었어. 무준 오빠가 다 차지할 거고 우린 찬밥 신세라는 거잖아."

　"그래서?"

　"오빠한테 가서 얘기해보려고. 하자는 대로 할 테니까 제약만 넘겨달라고. 아버지 돌아가실 거 대비해서 상속 전에 준비할 것도 많고, 오빠도 도와줄 사람이 필요할 거야."

무영은 입을 달싹였다. 그러면 안 된다고 말하고 싶은데 할말이 떠오르지 않았다. 제약만 가지고 나간다고 하면 무준도 여옥의 말을 들어줄 가능성이 있었다. 지분 범위 등 몇 가지 제한이야 걸어둔다고 해도 대체로 여옥의 권리를 인정해줄 것이다.

반면 무영이 뭔가를 받을 확률은 극히 적었다. 무준은 건설을 놓지 않을 것이다. 한국 재벌가의 핵심은 건설에 있으니까. 결정적으로, 무영은 건설만으로 만족할 생각이 없었다.

"무준이 형 믿어? 그 인간이 제약을 순순히 넘겨줄 거라고 생각해?"

"어쩌겠어. 오빠데 믿어야지. 설마 하나밖에 없는 여동생을 맨손으로 쫓아내기야 할까."

여옥은 한숨을 쉬고는 가만히 무영의 얼굴을 바라보았다. 무영이 미끼를 물까? 심장이 두근거렸다.

잠시 고민하는 척하다가 무영이 말했다.

"그보다 좋은 수가 있어."

"뭔데?"

"유언장을 우리가 확보해서 고치면 되잖아. 아버지는 누나가 데리고 있으니까, 유언장만 어떻게 처리하면 우리가 이길 수도 있어."

미끼를 물었다. 여옥은 짜릿한 속내를 감추고 아무것도 모르는 양 무영에게 물었다.

"방법 있어?"

"계획은 있지. 저녁에 만날 사람이 있거든."

"누굴 만나는데?"

"유언장 내용을 알 만한 사람. 누나도 관심 있지? 우리 둘이 나가면 만나줄 거야."

여옥은 고개를 끄떡였다.

"근데 누나, 와인에 대해 좀 알지?"

*

진혁이 피투성이가 된 상연을 부축해 엘리베이터에 오르자 맹렬하게 공기청정기가 돌아가더니 칙칙 소리와 함께 산타마리아노벨라 방향제가 뿜어져나왔다. 바로 앞에서 사람의 머리통이 부서진 걸 본 이후로, 상연은 반쯤 정신이 나갔다.

"상연씨, 괜찮아요. 심호흡하고 일 끝나면 받을 돈만 생각해요. 사과 박스 가득 들어갈 깨끗한 지폐, 그걸로 살 명품, 차, 집."

진혁은 생각나는 대로 말을 내뱉으며 상연을 2층 여옥의 방으로 데려갔다. 학창시절 여옥이 쓰던 방에 물품들이 깔끔하게 정리되어 있었다. 집을 나간 지 오래지만 김백식 회장은 딸의 방만큼은 예전처럼 유지하라고 지시했다. 언제고 집에 왔다가 며칠 자고 갈지 모른다는 게 이유였는데, 진혁이알기로 여옥은 1년에 두 번, 설과 추석 때만 본가를 찾았고 그마저도 아침 인사만 하고 바로 떠났다.

상연이 발을 내디딜 때마다 하얀 바닥에 붉은 발자국이 찍혔다. 여옥이 보지 못해서 다행이라고 진혁은 생각했다. 자기 방이 더럽혀지는 걸 보면 절대 참지 않았을 텐데.

다행히 상연은 넋이 나간 상태인데도 이끄는 대로 움직이고 있었다. 진혁은 그녀를 샤워실로 데려갔다.

"좀 씻어요. 그러면 정신이 들 겁니다."

상연을 샤워부스 안으로 밀어넣고 진혁은 찬장에서 수건을 찾았다. 로로피아나 마크가 새겨진 수건 옆에 앙증맞은 응급 키트가 보였다. 거기서 밴드와 약을 꺼내 수건과 함께 세면대 옆에 내려놓았다.

"갈아입을 옷은 문 앞에 갖다놓을 테니까 천천히 씻어요."

상연은 대답하지 않았다. 샤워기 옆에 선 채 미동도 하지 않고 고개를 숙이고 있는데, 저러다 쓰러지는 건 아닌지 겁이 났다.

"박상연씨?"

여전히 대답이 없다. 진혁은 더는 안 되겠다는 생각에 상연 가까이로 다가갔다. 발끝이 닿을 정도로 가까이. 흠칫 놀란 상연이 진혁을 쳐다봤다. 커다란 눈이 더욱 커다래졌다. 진혁은 상연을 자기 쪽으로 끌어당기며 물을 틀었다. 더운물이 쏟아지며 요란하게 김이 올라왔다. 적당한 수준으로 온도를 조절한 후 상연을 샤워기 밑으로 밀었다. 뜨거운 물방울이 상연의 온몸에 튀겼다. 진혁은 그를 때리고 할퀴며 도망치려고 애쓰는 상연을 꽉 잡고 버텼다.

"가만있어요!"

난폭하지만 효과는 있었다. 시간이 지나자 상연이 저항을 멈췄다. 어느 정도 정신을 차린 듯해 진혁이 물을 끄고 뒤로 물러섰다. 그녀는 벽에 기대선 채 길고양이 같은 눈빛으로 진혁을 쳐다보았다. 저러다 갑자기 말을 걸 수도, 덤빌 수도 있다. 거리를 둔 채 기다리자 마음을 정한 상연이 주먹질 대신 천천히 입을 열었다.

"좀 살살 할 수도 있었잖아요."

"목은 안 아파요?"

상연은 목덜미를 더듬더니 살짝 얼굴을 찡그렸다.

"쓰라리긴 한데 괜찮은 거 같아요."

그녀는 손에 피가 묻어나는지 살피며 물었다.

"그 사람들, 다 죽었어요?"

확실히 특이한 여자다. 경찰이나 의사를 불러달라는 말 대신 저런 소릴 하다니. 겁이 많은 것 같으면서도 은근히 강단 있고 생각보다 머리 회전도 빠르다.

"네, 지금 이 집에는 저희밖에 없습니다. 천천히 씻어요. 여기 약 있으니까 바르고."

진혁은 밖으로 나와 상연이 입을 옷을 찾았다. 옷장 안은 다양한 옷들로 꽉 차 있었지만 대부분 정장이었고, 그 외에는 파티에나 어울릴 듯한 난해한 것들뿐이었다. 까르띠에, 반클리프 아펠 같은 명품 귀금속이 보관되어 있는 서랍도 보였는데, 그건 더 소용없었다.

그래. 패션 위크 나갈 것도 아닌데.

진혁은 옷장 서랍에서 꽃무늬 잠옷을 꺼냈다. 가볍고 촉감이 좋고 무엇보다 귀엽다. 진혁은 화장실 앞에 잠옷을 내려놓은 뒤 밖으로 나왔다. 시체들이 쌓인 보안실로 내려가면서 니코에게 문자를 전송했다.

—저택에 다수의 시신 발생. 애들 데리고 와.

보안실 CCTV를 확인하자, 예상대로 칼잡이들은 kt 직원인 것처럼 위장해 저택에 침입했다. 보안 요원 넷이 모두 죽었다. 전부 가까운 거리에서 칼에 찔리고 베였다. 진혁은 암담해졌다. 가족들에게 뭐라고 해야 하나. 네 사람이나 실종 처리할 순 없었다. 입을 다무는 대가로 보상을 해야 할 텐데, 협상이 쉽지 않을 터였다. 무슨 일이든 저지르는 것보다 뒤처리하는 것이 어렵다. 그라고 할 줄 몰라서 사람을 죽이고 파묻지 않는 게 아니었다. 이번 일을 저지른 게 누군진 몰라도, 평생 뒷감당을 해본 경험이 없는 놈인 건 확실했다.

진혁은 상연의 방으로 들어섰다. 살인자는 여전히 복면으로 얼굴이 절반쯤 가려진 채 대자로 뻗어 있었다. 품속을 뒤져봤지만 신분증도 핸드폰도 나오지 않았다. 대신 상의 안주머니에 다 쓴 주사기가 들어 있었다.

바늘 없이 방아쇠를 당기는 형태로 되어 있는 최신식 무바늘 주사기.

안에는 탁한 색의 약물이 극소량 남아 있었다. 늙은 회장의 뇌졸중이 이것과 관련 있다는 데 전 재산을 걸 수 있다. 진혁은 복면을 벗겨 주사기를 둘둘 싸서 주머니에 넣은 후 범인의 얼굴 사진을 여러 장 찍었다.

애초부터 범인과 협상할 생각은 없었다. 재벌가 저택까지 숨어들어와 회장을 공격할 정도로 간덩이가 부어 있는 놈이다. 위험한 놈은 기회가 왔을 때 처리하는 편이 낫다. 그런데 왜 상연의 방으로 간 걸까? 바로 도주하는 게 낫지 않았을까? 궁금했지만 물어볼 사람이 없었다.

진혁은 방을 나서며 여옥에게 전화했다. 이윽고 여옥의 차가운 목소리가 들려왔다.

"왜? 나 지금 바쁜데."

"제가 하는 말만 들으세요. 집안에 침입자가 있었습니다. 보안 요원 넷이 당했고요. 회장님 혼수상태, 사고가 아닙니다. 누가 살해하려고 한 겁니다. 여옥님이 아니라면 김무준이나 김무영 둘 중 하나가 저지른 짓이겠죠. 회장님께도 한번 물어보세요. 직접 당한 양반이니 뭔가 아는 게 있을지도 모릅니다."

진혁은 전화를 끊고 저택 이곳저곳에 널린 침입자들의 시신을 차례로 확인했다. 역시 신분증은 없었지만, 한 명이 차 열쇠와 핸드폰을 가지고 있었다. 손목에 잉어 문신이 있는 놈이었다. 핸드폰이 잠겨 있지만 상관없었다. 주인이 여기 있으니까. 진혁은 시신의 손을 잡아당겨 엄지를 핸드폰에 갖다댔다. 그러나 지문이 일치하지 않는다는 문구가 떴다. 당황스러웠다. 최신 기종이라 사망 여부를 감지하는 센서라도 추가된 걸까? 디지털 포렌식을 맡기는 방법도 있지만 너무 오래 걸릴 텐데. 걱정도 잠시, 엄지가 아니라 검지 손가락을 대보니 잠금이 풀렸다.

텔레그램 메시지 하나가 와 있었다.

─찾았어?

잠시 화면을 쳐다보던 진혁이 찾는 중입니다. 하고 답장하자 바로 회신이 왔다.

─처치하고 시체 챙겨서 나와.

어디로 가야 하냐고 물어볼까. 진혁은 잠시 고민했지만 상대가 눈치챌 가능성이 높았기에 네, 라고 대답하고 텔레그램을 껐다. 온몸이 피와 땀으로 젖어 움직일 때마다 기분이 더러웠다. 대충이라도 씻고 옷을 갈아입어야겠다. 그는 욕실을 찾아 움직이며 침입자의 핸드폰에 자신의 지문도 등록했다. 당분간 가깝게 지내야 할 테니까.

*

　상연은 피부가 벗겨질 것처럼 뜨거운 물로 몸을 씻고 또 씻었다. 몸에서 계속 피 냄새가 나는 것 같았다. 등뒤에서 팔을 꽉 잡고 있던 남자의 손. 목덜미에 닿던 입김. 피부를 파고들던 송곳의 서늘함. 모든 순간들이 하나도 빠짐없이 전부 떠올랐다. 그리고 마지막에 남자는 머리가 부서지며 뒤로 넘어졌고 뜨거운 피가 상연에게로 쏟아졌다.

　정신 차려야 돼.

　최대광 팀장과 함께 방으로 갈 때만 해도 이런 일은 상상도 못했다. 총은 왜 꺼냈는지, 진짜 총인지가 궁금했고 샌드위치를 가져가지 못하는 게 아쉬웠을 뿐이다. 그때 어디선가 비명소리가 들렸고 복면을 쓴 남자가 튀어나와 대광을 찔렀다. 대광이 총을 쐈지만, 너무 늦었다.

　상연은 뚝뚝 물이 떨어지는 머리칼을 짜내면서 세면대 앞에 섰다. 거울에 창백한 모습이 비쳤다. 얼굴은 하얗게 질려 있고 목의 상처가 붉었다. 숨을 쉴 때마다 상처에서 피가 배어 나왔다. 수건으로 상처를 누르면서 상연은 진혁이 꺼내놓은 밴드와 약을 살폈다. 더 큰 게 있으면 좋겠는데. 상연은 반쯤 열린 찬장에서 약상자를 꺼냈다. 붕대를 찾으려고 꺼낸 건데 안에 그보다 더 필요한 물건이 있었다.

자낙스Xanax였다.

인터넷에서 자낙스를 검색하면 다음과 같은 설명이 뜬다. '진정 작용이 있어 공황 발작을 차단, 심리적 신체적 긴장감을 완화해주는 신경안정제'. 간호학과를 다니며 시간과 학비만 낭비했다고 생각해온 상연이지만, 가끔 도움이 될 때도 있다. 바로 지금 같은 때. 상연은 자낙스 두 알을 입에 털어넣었다.

수건을 두른 채 밖으로 나오자 문 앞에 곱게 개어져 있는 꽃무늬 잠옷이 보였다. 말문이 막혔지만 발가벗고 나갈 수도 없는 노릇이었다. 상연은 잠옷을 입으며 주위를 살폈다. 방에는 아무도 없었다. 진혁도 어딜 갔는지 보이지 않았다. 입구부터 화장실까지, 하얀 바닥에 피 묻은 발자국이 찍혀 있었는데 집주인이 아닌 상연이 보기에도 심란하기 짝이 없었다.

다시금 남자가 죽던 때가 생각나고 코안에 피 냄새가 맴돌았다. 뭐든 호신 무기가 될 만한 걸 들고 있어야겠다는 생각에 상연은 방안을 뒤졌다. 손에 쥐고 휘두를 수 있으면서 단단하고 날카로운 물건이면 좋겠는데. 그러는 동시에 상연은 피 묻은 바닥을 닦는 상상을 했다. 일단 종이 타월로 피를 흡

수시키는 게 좋겠다. 그다음엔 차가운 물에 중성세제를 섞어 얼룩에 대고 문지른다. 그래도 부족하면 베이킹소다를 준비해야 한다.

중요한 순간마다 왕도둑이 되는 상상을 했던 것처럼, 몸을 쓰는 상상은 긴장을 낮추는 데 도움이 된다. 몸과 마음이 함께 바빠져 쓸데없는 생각을 못하게 되니까. 자낙스 약효가 퍼지기 시작해서인지 상상 속 바닥이 깨끗해져서인지는 몰라도 상연은 기분이 점점 나아지는 걸 느꼈다.

옷장 뒤에 골프 가방이 있었다. 상연은 여러 자루의 골프 채 중에 헤드가 제일 큰 걸 꺼내 쥐고 문으로 다가갔다. 밖에서 무슨 소리가 나나, 귀를 대봤지만 조용했다. 상연은 여기서 기다리는 게 나을지 움직이는 게 나을지를 고민하다 문을 열었다.

*

진혁은 보안팀 숙직실에 들러 머리며 얼굴, 손에 묻은 피를 닦아내고 땀이 밴 겨드랑이를 비누로 문질렀다. 뜨거운 물로 목과 등을 지지고 싶었지만 그럴 여유가 없었다.

숙직실에 딸린 비품실을 뒤져 운동복도 찾았다. 보안팀 단합 대회 때 맞춘 옷으로, 등에 큼지막하게 '무일'이라고 적혀 있었다. 적당히 맞는 사이즈를 골라 입고 밖으로 나오니 허기가 밀려왔다.

흔히들 피비린내가 진동하는 살인 현장에서는 식욕을 느끼기 어려울 것이라고 생각하겠지만, 실제론 전혀 아니다. 피와 오물에 익숙해지면 배고픔과 갈증이 심해진다. 사람까지 죽인 후라 그런지 더 허기졌다. 이럴 때일수록 배를 채우지 않으면 잘못된 판단을 내리기 쉽다. 뭐든 먹어야겠다는 생각에 주방으로 가니 싱크대 위에 먹기 좋게 생긴 샌드위치가 놓여 있었다. 누가 만든 건지 모르겠지만 덕분에 냉장고를 뒤져서 먹을 걸 찾는 수고를 덜었다. 진혁은 샌드위치를 크게 한입 베어물었다. 우렁각시가 누구였든, 솜씨가 괜찮았다. 냉장고를 열고 마실 것을 찾는 진혁의 뒤에서 인기척이 들렸다. 진혁은 반사적으로 몸을 틀어 소리가 난 쪽에 총을 겨눴다. 거기 상연이 있었다. 꽃무늬 잠옷 차림으로 목에 수건을 둘둘 감은 채 한 손에 1번 아이언을 들고 있었다.

진혁은 총을 내리며 말했다.

"미안합니다. 나쁜 놈들인 줄 알았어요."

"그 사람들은…… 더 없어요?"

진혁은 뭐라고 말할까 고민하다가 솔직하게 대답했다.

"네. 다 죽었습니다."

진혁이 냉장고에서 맥주캔을 꺼내 내밀자 상연은 골프채를 내려놓고 맥주를 향해 손을 뻗었다. 진혁은 캔을 따서 상연에게 건네고 하나를 더 꺼내 단숨에 들이켰다. 시원한 탄산이 목을 넘어가자 정신이 났다. 처음 만난 남녀 같은 어색한 침묵이 흘렀다. 진혁은 무슨 말을 해야 할지 고민스러웠다. 살인을 목격한 일반인과 대화할 일이 잘 없는데다, 상연은 세종문화회관에서 피습을 당했던 주한 미국 대사 리퍼트만큼이나 의연해서 걱정을 해야 할지 격려를 해야 할지 감이 오지 않았다.

"골프채는 어디서 났어요?"

"방에 있었어요."

그립 아래 여옥, 이라고 소유주의 이름이 적혀 있는 게 보였다. 저거 막 꺼내 써도 되나. 하긴 허락 없이 방에 들어가서 씻고 잠옷도 꺼내 입었는데. 진혁은 더 할말을 고민하다가 상연의 시선이 샌드위치에 닿아 있음을 알아챘다. 그는 샌드위치 절반을 내밀며 말했다.

"이것도 좀 먹을래요? 누가 만든 건지 모르겠지만."

"내가 만든 거예요. 내가 먹으려고."

"맛있네요."

진혁은 상연이 지금 음식을 먹을 수 있을지 궁금했다. 시체를 처음 보고 난 후면 보통 입맛이 없어 한입 먹으려다 토하기 일쑤였다. 군 시절 동료, 자칭 사나이들도 마찬가지였다. 상연은 어떨지 진혁은 기대가 됐다. 샌드위치를 집어들고 잠시 쳐다보다가 도로 그릇에 내려놓는 상연을 보고 아쉬움을 느끼기가 무섭게, 상연이 빵칼을 집어 샌드위치를 잘게 잘라 입에 넣으며 물었다.

"그놈들 뭐예요? 도둑놈들이에요?"

진혁은 어디까지 얘기해야 할지 고민했다. 거짓말을 하는 방법도 있지만, 상연은 이미 이 일에 끼어 있다. 회장이 쓰러지는 것도 봤고 침입자들이 죽는 것까지 봤다. 그녀에게 남은 선택은 입을 다물든가, 죽든가. 둘 중 하나다. 그런 사람을 상대로 굳이 속일 이유가 없다고 판단한 진혁은 빠르게 요점을 설명했다.

"회장님 그렇게 만든 게 저자들 같습니다. 정확히 말하면, 박상연씨 목에 송곳을 들이댔던 자가 이틀 전 밤에 여기 잠입해서 일을 저지른 거죠. 회장님을 죽이는 데 실패하고 집에서 안 나오니까, 다른 놈들이 데리러 온 거고요."

그때 밖에서 차가 들어오는 소리가 들렸다. 창가로 다가가 밖을 살피니 청소업체 차량들이 보였다. 니코가 청소부들을 데리고 온 모양이었다. 진혁은 시간을 확인했다. 저녁 6시 30분. 오늘도 바쁜 하루가 될 모양이었다.

*

니코는 먼저 보안실 CCTV로 저택 내부를 확인했다. 청소 견적을 내기 위해서였다. 수십 개의 모니터를 통해 곳곳에 쓰러진 시체며 핏자국들이 보였다.

"왜 이렇게 흩어져서 죽었어?"

"넓잖아, 집이."

"문하고 벽에 총알구멍도 냈네? 피 닦고 구멍도 막아야겠어. 펜치로 총알 빼내고 실리콘 쏘고 색칠도 해야 돼. 카펫에서 핏물 빼는 건 또 얼마나 어려운지 모르지? 냄새는 어떡할 거야. 피 냄새 진짜 안 없어져."

진혁은 내심 저택의 내부 공조 시스템의 성능을 기대했다. 핵전쟁이 나도 방사능 걱정이 없다는 건물인데, 피 냄새 오물 냄새 정도는 깔끔하게 없애주지 않을까? 하지만 환풍기가 시끄럽게 돌기만 할 뿐, 냄새는 계속해서 올라왔다.

"저건 또 왜 저래? 정신 사납게."

"그래도 보일 건 다 보이잖아."

보안실 경고등이 여전히 사이키델릭하게 빛났다. 경보를 껐음에도 계속 저 상태인 걸로 보아 총알이 뚫고 들어가면서 전기 배선 어딘가를 건드린 모양이었다. 진혁은 관자놀이를 문질렀다. 온종일 날을 세운 채로 다녀서 그런지 두통이 심했다. 거지 같은 조명 때문에 눈까지 아팠다.

청소업체 용역들이 보안실로 들어와 시체를 끌어냈다. 그들은 파란색 전신 청소복 차림에 보호용 고글, 방독마스크로 완전 무장하고 있었다. 두 사람은 용역들을 따라 밖으로 나왔다. 진혁은 시체를 내려다보며 니코에게 물었다.

"얼굴 아는 놈 있어?"

"전문 칼잡인 건 알겠네. 문신 보니까 일본에서 배운 애들 같고."

용역들은 보디 백에 시체를 담고 바닥의 핏자국 위로 농약 분무기처럼 생긴 기계를 사용해 약을 뿌렸다. 누군가 바퀴가 달린 대형 쓰레기통을 밀면서 다가왔다. 전원이 특수 청소 전문가들로, 니코가 차린 청소 회사 '존엄지기' 소속이었다. 직원 대부분이 외국인이며 동남아뿐 아니라 유럽과 아프리카 사람들도 섞여 있는 다국적 기업이었다. 평소엔 병원과 사망 현장 등에서 일하지만 가끔 이런 불법적인 일로 알바를 뛰었다.

"총 주자마자 이렇게 쏴대냐. 대화로 해결할 생각을 해야지. 아니면 어디 폐공장 같은 데서 싸우든가."

"고독사 현장 처리보다 이쪽이 낫지 않아? 티비에서 보니까 그런 경우는 시체가 썩다못해 흘러내려서 바닥까지 무너진다면서."

"그런 데야 이미 끝장났으니까 인테리어 살릴 필요가 없잖아. 시체만 치우고 가면 된다고. 여기도 그래도 돼?"

진혁은 저택 안을 둘러보았다. 사람 좀 죽었다고 부수기엔 너무 비싼 집이긴 했다.

"그래서, 청소 못해?"

"아니. 불가능한 일은 없지. 다만 품이 많이 들 거란 얘기야."

진혁은 고개를 끄떡였다. 재벌가에 남아도는 게 돈이다. 그룹을 차지할 수 있다면 여옥도 지출을 인정할 것이다. 진혁은 살인자의 사진을 니코에게 전송했다.

"사진 보냈어. 누군지 알아봐줘. 전문가 같아."

"오케이."

그 남자가 회장님을 처리한 것 같다는 쓸데없는 소린 하지 않았다. 니코도 대충 짐작했을 텐데, 아무것도 묻지 않았다.

복도 한쪽에 스팀 청소기며 특수 청소용 장비들이 차곡차곡 모였다. 니코는 방독마스크를 얼굴에 쓰며 말했다.

"그럼 가봐. 여긴 내가 정리할 테니까."

"저택 CCTV 전부 켜놨으니까 청소하는 애들한테 허튼 짓하지 말라고 해. 뭐 하나만 없어져도 다 뒤져서 잡을 거니까."

"다들 프로야. 이런 일 하려면 정직하고 성실해야 한다고. 성실하지 않은 놈은 외국까지 나와서 시체 치울 생각 자체를 못해."

니코의 말은 개소리지만, 한 가지는 안심이었다. 시체들이 즐비한 지하층에는 귀중품이 많지 않았다. 특히 주머니에 들어갈 만한 귀중품은 아예 없다고 봐도 무방했다. 아무리 간이 배 밖으로 나온 놈들이라 해도 그림이나 조각상은 너무 커서 챙기지 못할 테니까. 여옥의 방이 문제였다. 거긴 귀금속이 잔뜩이다. 고심 끝에 진혁은 2층 전체를 청소에서 제외했다. 사람이 죽어 있는 것도 아니고, 바닥에 피 좀 묻은 건 나중에 닦으면 된다.

니코는 주방 앞에서 걸음을 멈추며 말했다.

"근데 저 여자는 어떻게 해?"

널따란 주방 한쪽에 상연이 의자 몇 개를 붙여놓고 잠들어 있었다. 옆에 반쯤 비운 글렌피딕 30년 위스키와 프랑스에서 전용기로 들어온 샤퀴테리 안주가 보였다. 술상을 앞에 두고 잠옷 차림으로 몸을 잔뜩 웅크린 채 잠든 상연의 모습은 누가 봐도 훌륭한 술꾼으로 보였다. 약간 주눅든 게 짠하기도 했고, 맥주를 술술 잘 마시기에 위스키도 한잔 권했는데 의외로 적성에 맞았는지 반병을 비웠다. 원래 술이 센 건지 겉보기엔 별로 취한 기색도 없었다. 그러다가 어느 틈에 잠들어버렸다.

니코가 제안했다.

"처치할까?"

"왜?"

"나무는 어디다 숨기냐, 숲에. 시체는 어디다 숨기냐, 전쟁터에."

"무슨 소리야."

"어차피 여럿 죽었는데 하나 더 죽는다고 문제될 거 없단 거지."

"안 돼."

니코는 진혁을 빤히 쳐다봤다. 진혁이 변명하듯 말했다.

"사람 죽이는 게 무슨 장난도 아니고, 불가피한 상황이 아니면 피해야지. 그리고 쟤 우리 편이야. 계속 나한테 협조적이었다고."

"알았어. 그럼 일 끝날 때까지 방에 가둘까?"

"어느 방? 저 여자 있던 방에서 사람이 죽었어."

"여기 방 많잖아. 다른 방에 가두면 되지."

다시 여옥의 방에 가 있으라고 할까? 심심하면 화장실하고 바닥 청소를 하라고 하고. 특수 청소하는 애들한테 장비도 빌리면…… 거기까지 생각하다 진혁은 고개를 흔들었다. 당분간 정신없이 바쁠 예정이다. 박상연을 혼자 둘 순 없었다. 여옥이 집을 나간 지 5년째였다. 그런데도 골프 가방이 남아 있을 정도면 방안 어딘가에 쓰다 만 태블릿이나 핸드폰도 굴러다닐 가능성이 높았다. 상연이 인터넷 게시판 같은데 이상한 소리라도 올리면 골치 아프다. 그렇다고 상연 하나 때문에 보안팀을 추가로 부르기도 곤란하고. 지하층 어딘가에 뒀다간 니코든 니코 주위의 특수 청소하는 놈들이든 엮일 수도 있다.

방법은 하나뿐이다. 영 마음에 들지 않는 결론이지만, 다른 방법이 떠오르지 않았다. 진혁은 마음을 정하고 뚜벅뚜벅 상연에게 걸어가 말했다.

"박상연씨?"

잠에서 깬 상연이 진혁을 쳐다보았다.

"일어나요. 같이 나갑시다."

외부자들

칼잡이들이 타고 온 서비스 센터 차량에선 시큼한 쇠 냄새가 났다. 선팅이 어찌나 진한지 마치 차량 전체를 검은색으로 래핑한 듯한 느낌이었다. 뒷좌석에는 톱이며 망치, 쇠파이프 등 온갖 험악한 도구들이 잔뜩 놓여 있었다. 바닥에 비닐도 깔려 있었는데, 시체를 가져갈 걸 대비해 미리 준비해 둔 모양이었다.

진혁은 운전석에 앉아 칼잡이로부터 빼앗은 핸드폰을 열고 내비게이션을 확인했다. 현대인은 모두 핸드폰의 노예다. 칼잡이가 서울 시내 지리에 통달한 놈이라 이곳 산중턱까지 한 번에 찾아왔을 가능성은 높지 않았다. 예상대로 내비에 목적지가 찍혀 있었다. 출발지는 신사동 쪽 골목이었다. 목적지를 설정하는 진혁에게 조수석에 앉은 상연이 불쑥 물었다.

"나도 꼭 같이 가야 돼요?"

그녀는 잠옷 위에 여분으로 남아 있던 특수 청소용 작업복을 걸쳐 입은 채였다. 목에 감은 붕대 위에는 여옥의 방에서 챙겨온 스카프를 둘렀다. 아직 술이 덜 깼는지 게슴츠레한 눈으로 계속 하품을 했다.

"말했잖습니까, 여기 위험하다고. 아까 봤죠? 특수 청소하는 사람들로 가득한 거. 시체 녹이는 황산도 가지고 다니는 사람들이에요."

"지금 어디 가는 건데요? 이 차 아까 그 무서운 사람들 차 맞죠?"

"잠깐 좀 다녀오려는 거니까, 그냥 차 안에서 기다리면 됩니다."

"그 사람들 배후를 지금 찾아가서 만나려고 하는 거죠? 그러면서 나보고 차 안에서 기다리라고요?"

상연은 말을 하다 말고 인상을 쓰더니 글러브박스를 열어 안을 뒤졌다.

"뭐 찾아요?"

"두통약 같은 거 있나 해서요. 껌이라든가."

글러브박스 안에는 주유소에서 주는 티슈며 영수증 외에

별게 없었다. LA다저스 모자 하나가 구겨져 있었는데, 어찌나 낡았던지 박찬호가 현역 시절에 쓰던 물건처럼 보였다. 진혁은 주머니에서 막대사탕을 꺼냈다. 태식이 준 추파춥스였다.

"누굴 만나는 건 아니고 그냥 확인만 하려는 겁니다. 잠깐만 차에 있으면 돼요."

상연은 막대사탕 껍질을 까면서 물었다.

"전 중간에 내려주고 혼자 가시면 안 돼요? 잠깐만 집에 갔다 올 테니까."

"안 됩니다."

"저 목 아픈데. 병원은요?"

"안 됩니다. 이따가 같이 가죠."

"그럼 핸드폰 빌려주시면 안 돼요? 혼자 있는 동안 잡생각 날 거 같아서 그래요. 웹툰 보던 게 많이 밀렸는데 그거 볼게요."

"안 된다니까요."

상연은 한숨을 쉬더니 안전벨트를 맸다. 이제 됐나 싶어 차를 출발시키는데 상연이 다시 물었다.

"얼마 줄 거예요?"

"안 됩…… 네?"

"얼마 줄 거냐고요. 처음에야 입 다무는 대가였지만, 저 죽을 뻔했잖아요. 지금도 또 어디 위험한 곳으로 데려가고. 다 꿈만 같아요. 그래서 말대꾸도 막 하는 거예요. 힘들고 지쳐서. 늘 참고 살았는데 이제 참을 이유도 없고……"

"최소한 로또 당첨금 이상은 드릴 겁니다."

잠시 침묵이 흘렀다.

"일 끝나고 그 돈 어디다 쓸지나 생각해요. 그러면 긴장이 풀릴 겁니다."

그러면서 진혁은 앞으로 할 일을 떠올렸다. 일단 현장 도착해서 여옥에게 연락을 하고……

"어느 정도 수준의 로또요? 로또도 당첨자 수에 따라서 금액이 다른데."

"제일 많이요. 이제 됐습니까?"

"그게 얼만지 알고 말씀하시는 거죠? 우리나라 로또 1등 최고 당첨 금액이 407억이거든요?"

"그런 건 다 어떻게 압니까?"

"저 매주 로또 사거든요."

"일반적인 경우로 하시죠. 흔히 이번주 로또 잘 나왔네 하는 금액 정도. 됐습니까?"

"일단은요. 또 생각나면 말씀드릴게요."

"생각을 깊게 하고 물어봐요."

"근데 실장님, 뭐 하는 사람이에요?"

"비서실장이잖아요. 힘들면 좀 주무세요."

"약간 취하긴 했죠. 신경안정제를 술이랑 같이 먹었거든요. 근데 이건 취해서가 아니라 진짜 궁금해서 물어보는 거예요. 아까 총 쐈잖아요. 진짜 총. 심지어 꽤 잘 쏘던데, 원래 뭐 하던 사람이에요?"

진혁은 망설였다. 이런 거까지 말해줘야 하나? 그래도 앞으로 일어날 일을 묻는 것보단 낫다. 과거는 설명하기도 쉽고 대답을 고민할 필요도 없으니까.

"원래 군인이었습니다."

"한국 남자 다 군대 가잖아요. 아니, 다는 아닌가?"

"한국 군대도 갔고, 프랑스 군대도 갔죠. 프랑스 외인부대요."

진혁은 상연의 표정을 보고 자신의 말을 이해하지 못했음을 알았다.

"프랑스인이 아닌 외국인으로만 구성된 부댑니다. 일종의 용병이죠. 프랑스 정부 통제를 받으면서 세계 분쟁 지역을 돌며 싸우는 겁니다."

"왜요?"

"월급이 많기도 하고, 3년 이상 버티면 프랑스 국적을 주거든요. 가끔 진짜 전쟁을 경험하고 싶은 전쟁광들이 오기도 하죠."

"그럼 프랑스 사람?"

"아뇨. 중간에 그만뒀습니다. 동남아 파견 나갔을 때요. 행군 도중 산에서 습격을 받았어요. 수풀 사이에 납작 엎드려 뭐든 움직이는 게 보이면 쏘면서 한참을 싸우는데, 몇 명이나 죽었는지도 모르겠고 적들은 얼마나 있는지도 모르겠고. 정신이 하나도 없는 와중에 갑자기 조용해지는 겁니다. 그런 순간 있잖아요, 다들 시끄럽게 떠들다가 갑자기 조용해지는. 딱 그런 때였어요. 잠깐 한숨 돌리면서 수통을 꺼내 물을 마시는데 이상한 겁니다. 하늘이 저렇게 예쁘고 바람은 시원하고, 물은 너무 맛있고 나무 냄새는 또 왜 이렇게 좋은지. 근데 난 여기서 뭐 하는 거지? 그때 그만두기로 결심했죠. 그런 다음 현지에 있는 한국 기업에 취직했는데 거기가 무일그룹이었어요."

차를 몰아가며 열심히 설명하는데, 코고는 소리가 들렸다. 옆을 보니 상연이 고개를 뒤로 젖힌 채 잠들어 있었다. 입에는 사탕을 문 채로. 진혁은 어이가 없어서 헛웃음을 지었다.

그래도 옛날 얘길 하니 좋았다. 누구도 그의 과거를 궁금해하지 않았다. 가끔 이력을 캐는 놈들이 있었지만 그건 약점을 잡기 위해서였지 다른 이유는 없었다. 사람들에게 그는 그저 지저분한 일을 해내는 해결사일 뿐이었다. 물론 진혁역시 누가 물어봐도 솔직하게 답하지 않았다. 외인부대 출신용병이면서 베일에 가려진 남자로 지내는 쪽이 더 그럴싸하니까.

지금도 여전히 외인부대에 있는 것과 다름없었다. 아름다운 세상을 즐기지 못하고 스스로를 괴롭히고 남을 괴롭히고 있으니.

하지만 이번 일만 잘되면 달라질 수 있다.

그에겐 계획이 있었다. 새로운 삶을 시작할 계획.

*

약속 장소는 일식 오마카세를 전문으로 하는 스시 집이었다. 연초에 1년 치 예약이 끝날 만큼 유명한 곳이지만 무영과 여옥에겐 상관없었다. 그룹 차원에서 비용을 내고 매일저녁 룸 한 곳을 맡아두기 때문이다. 이날은 원래 백화점 쪽임원이 해외 명품브랜드 담당자와 방문할 예정이었지만, 무영의 전화 한 통으로 모든 게 뒤집혔다.

스시 집은 북촌의 한옥을 개조한 곳이었다. 아래채로 통하는 널문을 지나 계단을 내려가면 고풍스러운 처마가 올려다보이는 사랑채가 나온다. 저녁이 되면서 비가 내리기 시작해, 활짝 열린 창호문 밖으로 운치 있게 빗방울이 떨어졌다. 그곳에서 무영과 여옥은 정휘正輝공증사무소의 구창환 대표를 만났다. 구창환 대표는 빈틈없는 인상의 60대 중반 남자로, 검은색 뿔테안경을 쓰고 길게 자란 흰머리를 올백으로 넘겨 안 그래도 차가운 인상이 더욱 싸늘해 보였다.

무영이 창환의 잔에 공손하게 화이트 와인을 따라주며 말했다.

"와주셔서 감사합니다."

와인은 도멘 도브네 슈발리에 몽라셰 2011년 빈티지로, 여옥이 프랑스 현지에서 어렵게 구한 물건이었다. 창환이 흡족한 목소리로 말했다.

"두 사람이 같이 기다린다는데 어떡해. 나와야지. 근사한 술을 딴다는 문자까지 받았고. 마담 르루아가 만든 슈발리에 몽라셰 11이면 못 참지."

구창환 대표는 와인 애호가로 유명했다. 방배동의 자택 지하에 와인 창고까지 만들었다고 했다. 주로 부르고뉴의 장기 숙성용 와인을 보관한다는데, 시음 적기인 20년 후에 맛을 즐기기 위해 철저하게 건강을 관리한다고 들었다.

구창환은 여옥과 무영도 함부로 하기 힘든 거물이었다. 공증인이라고 하면 보통 공식 문서 작성 때 옆에서 보증을 서주는 얼굴마담 정도로 생각하기 쉽지만, 실제로는 국가에서 임명하고 지위를 보장하는 최고 수준의 전문직이다. 대한민국에서 임명 공증인은 전국을 통틀어 370명 내외이며, 판사나 검사, 변호사로 10년 이상 재직한 사람만이 지원 가능하고 기존 공증인이 은퇴해야만 새롭게 충원된다.

구창환은 본래 판사 출신으로, 대법관직에서 물러난 후 공증인이 되었고 대기업 간의 합병, 분할, 정관 변경 공증 같은 큼지막한 일만 맡아 했다. 김백식 회장과는 호형호제하는 사이였다. 소문난 개차반인 무영도 이런 거물 앞에선 예의를 갖춰야 한다는 걸 알았다. 창환은 무영과 여옥에게도 차례로 술을 따라주며 말했다.

"회장님 상태는 어떠셔?"

"무사하십니다. 조금 전에도 얘기 나누다 왔고요."

창환은 의아하다는 표정으로 무영을 쳐다보았다. 어디선가 다른 정보를 들은 모양이었다. 하지만 더 캐묻진 않았다. 무영이 뭐라 말을 꺼내려 하자 창환은 가볍게 손을 들어 제지하더니 와인 향을 맡고는 한 모금 마셨다.

"기가 막히네. 두 사람도 먹어봐. 이런 건 처음부터 끝날 때까지 계속 맛을 확인해야 돼. 계속 바뀌거든."

"네네."

무영은 창환이 하는 말에 맞장구치며 적당히 한 모금 마시는 척만 했다. 아예 술을 못하는 건 아니지만, 술맛을 모르겠고 숙취가 싫었다. 특히 와인이 그랬다. 이걸 비싼 돈 주고 먹는 놈들이 이해 가지 않았다.

창환이 눈을 빛내며 물었다.

"맛이 어때?"

"맛있네요. 암튼 제가 아버지랑 얘길 나눠봤는데요."

"뭐라셔?"

"유언장 얘길 하셨습니다. 우리 중 무준이 형이 제일 많이 가져간다고요."

"그러셨어? 그럼 그게 맞겠지."

늙은 거물답게 표정만으론 속내를 알 수 없었다. 창환은 무표정한 얼굴로 잔을 빙글빙글 돌렸다. 창환이 입을 다물자 분위기가 삽시간에 가라앉았다. 여옥이 잔을 기울여 액체를 가만히 바라보다 입을 열었다.

"아름다운 벌꿀색이네요. 따르기만 했는데도 향이 너무 화사하게 피어나는데요."

그녀는 이어서 가볍게 잔을 돌린 뒤 코를 가까이 가져다 댔다.

"세상에…… 흰 꽃이 가득한 허브 정원 한가운데 서 있는 것 같지 않으세요? 향기의 가짓수가 정말 압도적이네요."

뭔 개소리야. 무영은 속으로 생각했다. 우아하게 한 모금을 넘긴 여옥이 다시 입을 열었다.

"시트러스와 핵과류, 허브향, 미네랄, 잘 숙성된 위스키가 연상되는 짙은 꿀향과 고소한 팝콘 같은 향. 이 모든 게 엄청난 밀도와 극도의 우아함으로 다가오네요. 요소 하나하나가 정말 감동적이구요. 대표님과 이런 술을 나눌 수 있어 다행이에요."

"여옥이가 제대로 아네."

창환이 웃자 분위기가 부드러워졌다. 무영은 진짜 그런 향이 나나 와인 잔에 코를 대봤지만 알 수가 없었다.

영리한 년. 데려오길 잘했네.

창환은 무영과 둘이 만나는 걸 부담스러워했다. 지금 같은 때 오해받을 수 있다나? 그래서 여옥을 불러내고 그녀의 애장품까지 끌어들여야 했다. 무영이 계속해보라고 눈짓을 보내자 여옥이 말했다.

"아버지가 유언장 내용 후회하세요. 수정하고 싶으신 거 같아요."

"하고 싶으시면 하셔야지."

"몸 상태가 불편하신데 괜찮을까요?"

"원래는 유언장 내용을 직접 낭독하셔야 돼. 근데 상황이 여의치 않을 때는 내가 내용을 읽고 회장님이 동의를 해주시는 것도 효력이 있어. 대법 판례가 있거든. 2007다51550. 궁금하면 찾아봐. 유언자의 의식이 명확한 상태라면 직접 낭독하지 않아도 유언의 효력이 발생한다는 내용이야. 회장님 의식은 명확하신 거지?"

여옥과 무영은 서로에게 시선을 주었다. 두 사람이 보기에 아버지의 정신 상태는 더할 나위 없이 명확했다. 팔팔할 때보다 나을지도 몰랐다. 더 솔직해졌고 남의 말을 끊지도 않으니까.

문제는 하나다. 남들도 그렇게 생각해줄까? 뇌-컴퓨터 인터페이스로 대화를 나누는 걸, 의식이 명확한 상태라고 이해해줄까? 아버지를 설득해 유언장을 고치고 어떻게든 창환까지 구슬려 공증까지 해낸다고 해도, 무준이 인정하지 않을 것이다. 길고 복잡한 재판이 될 것이고 결과가 어찌되든 유례없는 케이스로 남을 것이다. 하지만 둘이 원하는 건 새로운 세상을 위한 새로운 판례가 아니다. 그룹의 경영권과 재산이다.

무영이 천천히 말했다.

"네. 명확하시죠."

"그러면 필요할 때 얘기해. 회장님께서 움직이기 곤란하시면 내가 출장 가면 되니까."

여옥이 말했다.

"그전에 유언장 내용을 알 수 있을까요? 아버지 힘드신데 괜히 일 만들긴 싫어서요. 지금 유언장 내용도 큰 문제 없으면 저희가 조금 손해 보고 말죠."

"안 돼."

"바꾸자는 것도 아니고, 그냥 내용만 알자는 건데요."

창환이 무영을 빤히 쳐다보며 말했다.

"회장님이 깨어 계신 게 확실한지 궁금하네."

"깨어 계십니다."

"내가 분명히 얘기할게. 이제 용건 끝났으니 식사 내오라고 할 거고, 난 여기서 밥 먹고 갈 거야. 너희가 가져온 술도 다 마실 거고. 근데 유언에 관련된 내용은 아무것도 알려줄 수 없어. 그걸 염두에 두고 같이 밥 먹든 말든 마음대로 해."

무영이 말했다.

"그럼 한 가지만 더 얘기하고 식사하시죠. 아버지께 대표님에 대해서 물었는데요."

"나에 대해? 뭘 물었는데?"

여옥이 나가자마자 무영이 아버지에게 마지막으로 물은 게 그거였다. 구창환 대표의 약점.

"추천장 문제가 있으시다던데?"

"회장님이 그래?"

"네. 이 정도면 아버지 의식이 명확하신 것도, 아버지가 절 얼마나 믿는지도 아시겠죠?"

여옥이 두 사람을 말렸다.

"자, 무영아. 진정하고. 기분좋게 만나는 자린데 무슨 이상한 소리니."

무영이 말했다.

"대표님, 저희는 그냥 유언장 내용을 살짝만 알고 싶은 거예요. 그냥 간단하게 저희가 뭘 받게 될지나 귀띔해주시면……"

"그러면 내가 너희들한테 말리는 거지. 내용을 알려주면 고쳐달라고 할 테니까."

"그런 거 아니에요."

"고칠 만한 내용인가보죠?"

두 사람이 동시에 말했고 창환은 천천히 와인을 마신 다음 말했다.

"나폴레옹이 뛰어난 법률가이기도 했던 거, 알고들 있나?"

여옥과 무영은 대답 없이 서로를 쳐다보았다. 처음 듣는 얘기였다. 창환이 다시 와인을 한 모금 마신 후 말을 이었다.

"1804년에 민법전을 제정하고 공포했어. 일명 나폴레옹 법전. 말 만들기 좋아하는 사람들은 세계 3대 법전 중 하나라고 하지. 그 법전에 상속 얘기도 있어. 기본 원칙은 법 앞에 평등하다는 거야. 장자 우선제도, 남성 우선제도를 폐지하고 자녀에게 동일하게 상속하는 균분상속을 핵심으로 삼았거든."

"우리 셋도 똑같이 나눠야 한다?"

창환이 무영의 말을 무시하고 이야기를 이어갔다.

"다른 동네는 괜찮은데 부르고뉴 지방이 문제였어. 거긴 포도밭 말곤 아무것도 없었거든. 말 그대로 아무것도. 그러니 자식 수대로 포도밭을 쪼개서 상속할 수밖에 없었지."

창환은 화이트 와인을 집어들어 자기 잔에 따랐다.

"여옥이가 가져온 건 부르고뉴 지방의 최고급 화이트인 몽라셰야. 그중에서도 슈발리에 몽라셰. 밭을 나누는 과정에서 장남이 받은 밭은 기사Knight를 의미하는 슈발리에Chevalier 몽라셰가 되었고 첩의 아들이 받은 밭은 사생아Bastard를 의미하는 바타르Batard 몽라셰가 됐지."

그는 와인을 빛에 비춰본 뒤 한 번에 비웠다. 그런 다음 무영을 보며 말했다.

"무영아. 지저분한 티 내지 마. 그렇게 아등바등 재산 차지해봐야 사생아 이름만 남는다."

창환은 벨을 누르고 직원을 불렀다.

"이제 요리 내와요."

식당을 나서는 내내 무영은 입을 굳게 다물고 있었다. 대외적으론 거의 알려지지 않았지만, 무영은 혼외 자식이었다. 창환은 자신이 많은 걸 알고 있다고 경고한 것이다. 사실, 무준과 여옥도 어머니가 달랐다. 그들 셋이 서로를 믿지 못하는 것도 그 때문이었다. 진짜 가족이 아니니까. 그렇게 생각하지 않으려 해도 어쩔 수가 없었다.

위로할 말을 고민하던 여옥이 불쑥 말했다.

"바타르도 비싸."

여옥은 무영을 좋아하지 않았다. 그래도 반은 가족이다. 남의 술이나 탐하는 노인네보다야 훨씬 가깝다. 원래 가족이란 게 그렇다. 때려도 내가 때려야지, 남이 때리는 건 싫다.

"바타르가 더 맛있다는 사람도 있어. 그냥 취향 차이라고."

잠시 침묵하던 무영이 불쑥 입을 열었다.

"저 늙은이 안 되겠어. 나중에 한번 제대로 손봐줘야지."

목소리가 살짝 밝아진 게 그래도 약간은 위로가 된 모양이었다.

"그래도 되는데, 조심해서 해. 또 잡혀가면 어쩌려고."

"나 안 잡혀간다니까. 누나나 조심해. 유진혁 그놈 아주 이상한 놈이니까."

"알아."

"난 내일 아침까지 구치소 복귀해야 돼. 재민이 통해서 연락할 테니까 그렇게 알아."

"나 믿어도 되겠어?"

"아니, 안 믿어. 누나도 나 안 믿을 거 아냐. 그래도 우린 무준이 형보다 절박하니까, 저런 미친 노인네들이 주변에 널렸으니까 우리가 힘을 합칠 필요는 있지. 안 그래?"

*

진혁이 도착한 곳은 신사동 뒤편의 복잡한 골목이었다. 곳곳이 일방통행로에 차도와 인도 사이의 간격도 불분명해 혼란하기 짝이 없었다. 조금이라도 틈이 있으면 발레파킹 업자들이 차를 들이댔고 잠깐 세울라치면 뒤에서 누가 클랙슨을 울려댔다. 유흥가라 그런지 늦은 시간인데도 불야성이었다.

이중 어느 건물일까.

누군가 알아보길 기대하면서 일부러 칼잡이들 차를 몰고 왔는데, 아무도 다가오는 자가 없었다. 날이 어둑어둑해 차가 보이긴 할지 모르겠다. 일단 사파리 돌듯 동네를 돌아봐야 하려나.

잠에서 깬 상연이 졸린 눈을 비비며 말했다.

"다 왔어요?"

"네."

상연은 입에 물고 있던 사탕 막대를 빼들고 버릴 곳을 찾는 듯 주위를 살폈다.

"화장실 좀 가도 돼요?"

"잠깐 기다려요."

두리번거리며 밖을 살피던 상연이 말했다.

"범인들이 어디서 왔는지 찾는 거예요? 블랙박스 봐요. 거기 뭐라도 찍혀 있겠죠."

상연의 말대로다. 차량에 블랙박스가 설치되어 있었다. 진작 깨달았어야 했는데. 피곤하긴 피곤했던 모양이다. 이럴 땐 좀더 멀쩡한 사람의 말을 들을 필요가 있다.

"내가 운전하는 동안 찾아봐요."

"아직 돈도 안 줘놓고……"

상연은 투덜대면서도 막대를 컵 홀더에 버리고는 중앙 디스플레이로 블랙박스를 확인했다. 영상을 뒤로 돌리던 그녀가 뭔가를 발견하고는 말했다.

"저기요. 저 건물 안이에요."

진혁은 핸들을 꺾어 상연이 가리키는 건물 주차장으로 들어가 차를 세우고, 상연과 함께 블랙박스 영상을 역재생했다. 차량은 지하 2층에서 출발했다. 주차되어 있는 차량을 향해 걸어오는 두 남자가 보였다. 그들은 엘리베이터를 타고 4층에서 내려왔다. 진혁은 안전벨트를 풀면서 말했다.

"잠깐 여기 있어요."

"화장실 좀요. 저 도망 안 가요. 어디 가서 뭘 하지도 않을게요. 그냥 바지에 싸요?"

상연의 처연한 눈빛을 바로 앞에서 보고 있으려니 양심의 가책이 느껴졌다. 로또 얘기도 했는데, 설마 도망가거나 어디 신고하진 않겠지. 근처에서 사람 죽는 것도 봤으니 더 경고할 필요도 없을 거고. 진혁은 글러브박스에서 모자를 꺼내 상연의 머리에 씌웠다.

"같이 나가죠. 화장실만 갔다 바로 돌아오는 겁니다."

둘은 차에서 내렸다. 엘리베이터 앞에 층별 안내도가 걸려 있었다. 3층에는 타로 카페가 있고 4층부터 5층까지는 공실이었다. 엘리베이터에 오른 진혁은 3층 버튼을 눌렀다.

"4층 아니에요?"

"바로 올라갔다가 마주치면요?"

문이 열리자 바로 앞에 '커플 환영'이라고 적힌 타로 카페가 보였다. 진혁은 턱으로 그 옆의 화장실을 가리키며 말했다.

"가봐요."

상연이 망설이다 말했다.

"……조심해요."

진혁은 고개를 끄떡이곤 비상구 문을 열었다. 비상계단을 통해 4층으로 올라가며 권총 장전 상태를 확인한 뒤, 허리춤에 다시 권총을 끼우고 마음을 가다듬었다. 싸울 생각으로 여기 온 게 아니다. 그저 누구 짓인지 확인한 후 돌아갈 생각이었다. 그러기 위해서는 흥분하지 말고 치고 빠질 줄 알아야 했다.

4층에는 사무실 하나뿐이었다. 외벽이 불투명한 통유리로 되어 있었고 검은색 쇠문에는 간판 하나 걸려 있지 않았다. 진혁은 마치 잘못 올라온 사람처럼 두리번거리며 천천히 사무실을 향해 다가갔다. 문 아래 배달 그릇이 쌓여 있었다. 중국 요리를 시켰는지, 달달한 춘장 냄새가 났다.

진혁은 핸드폰을 찾는 사람처럼 태연하게 주머니를 뒤지면서 자연스럽게 유리창 가까이 얼굴을 붙이고 안에 뭐가 있는지 살폈다. 벽에 현판이 걸려 있는 것이 보였다.

스트라이크 포스.

니코가 했던 말이 떠올랐다. 최재민이 스트라이크 포스 대표를 만났다고 했었지.

그때 사무실 안에서 누군가 일어나는 것이 보였다. 진혁은 몸을 돌려 계단으로 향했다. 막 다다른 순간, 사무실 문이 열리며 누군가 말을 걸어왔다.

"아저씨, 거기서 뭐 해요?"

진혁은 대답하지 않고 비상구 문을 열었다. 그대로 계단을 뛰어내려가 3층으로 나가니 상연이 복도를 서성이는 게 보였다. 한 손에는 아이스커피를 들고 있었다.

"뭐 알아냈어요?"

진혁은 대답 대신 상연을 끌어안고 키스했다. 상연의 몸이 딱딱하게 굳었다. 입술에서 술과 딸기 사탕, 그리고 커피 냄새가 났다. 갈 길을 잃은 상연의 눈이 맹렬하게 흔들렸다. 문을 열고 뛰어나온 남자들이 끌어안은 진혁과 상연을 보고 멈칫했다.

진혁은 연인에게 말하듯 애정을 담아 말했다.

"4층에 있는 줄 알고 한참 찾았잖아."

두 볼을 손으로 감싸고 눈짓을 보내자, 상연은 곧 눈치 빠르게 맞장구를 쳤다.

"……3층이라고 말했는데. 여기가 그렇게 점을 잘 본대."

그러면서 진혁에게 커피를 내밀었다. 진혁은 빨대로 커피를 마시면서 카페 유리창에 비친 자들을 살폈다. 검은색 정장 차림의 두 명. 호리호리한 몸에 무표정한 얼굴로 보아 잘 훈련받은 놈들이다. 차라리 다행이었다. 평범한 건달이라면 시비를 걸었겠지만, 저들이라면 길을 못 찾은 연인 따위에겐 흥미가 없을 테니까. 진혁이 다시 상연에게 가볍게 키스하자 덩치들은 예상대로 다시 위층으로 올라갔다.

문이 닫히자 상연이 진혁을 밀치곤 입술을 문질러 닦았다.

"그냥 안기만 하면 되지, 뽀뽀까지 해야 돼요?"

"미안합니다. 다른 방법이 안 떠올랐어요. 대신 이것도 비용에 포함할게요."

"아니 도대체 얼마를 주겠다는 거야."

진혁은 돈으로 상연을 달래가며 다시 비상구 문을 열고 위를 살폈다. 덩치들이 사라진 것을 확인한 후 상연에게 따라

오라고 손짓했다.

"그만 가죠."

"원하는 건 알아냈어요?"

"필요한 만큼은요."

주차장으로 내려와 차에 오르면서 진혁은 궁금한 걸 물었다.

"커피는 왜 샀어요?"

"화장실 문이 잠겨 있잖아요. 카페에 비밀번호 알려달라니까 커피 사래서요."

상연이 조수석에 앉아 커피를 쪽쪽 빨며 말했다.

"커피 마시면 점 봐준다길래, 점 볼 시간 없다고 했더니타로 카드는 두 장만 뽑으면 결과가 바로 나온다는 거예요."

"그래서 뽑았어요?"

"네. 교황 카드하고 운명의 수레바퀴 카드요. 무슨 뜻인지알아요?"

"저 그런 거 안 믿습니다."

시동을 걸던 진혁이 멈칫했다. 마이바흐가 앞을 막고 있어차를 빼기가 힘들었다. 움직이길 기다리는데, 운전석에서 오피스텔에서 만났던 덩치가 내리는 게 보였다. 덩치가 뒷좌석으로 가 문을 열어주자, 한 남자가 발렌시아가 파우치를 빙글빙글 돌리며 내렸다. 태식이었다.

저 새끼를 여기서 보네?

건물 안으로 들어가려던 태식이 진혁의 카니발에 시선을 주었다. 선팅이 진해서 다행이지 아니라면 바로 들켰을 것이다.

"남의 차 앞을 막고 빼줄 생각을 안 하네."

상황을 모르는 상연이 중얼거렸다. 태식이 천천히 카니발을 향해 다가왔다.

"야, 왔으면 연락을 해야지. 어떻게 됐어?"

진혁은 우연을 믿지 않았다. 놈이 여기 있고 차를 알아봤다는 건 살인과 연관이 있다는 뜻이다.

상연이 의아한 듯 물었다.

"아는 사람이에요?"

진혁은 대답 대신 허리춤에 찬 권총을 잡았다. 대충 머릿속에 그림이 그려졌다. 회장이 쓰러진 직후 태식이 집까지 찾아온 데도 이유가 있었던 것이다. 진혁은 상연에게 물었다.

"타로 카드요. 결과가 뭐래요?"

"역경을 겪지만 곧 행운이 찾아올 것이다."

"그 점괘, 믿어보죠. 꽉 잡아요."

진혁은 그대로 차를 출발시켜 마이바흐를 들이받았다. 태식이 놀라 물러섰고 차 옆에 있던 덩치는 비틀거리다가 엉덩 방아를 찧었다. 후진 후 다시 차를 들이받자 마이바흐가 밀리면서 공간이 생겨났다. 진혁이 핸들을 꺾고 액셀을 밟으려던 순간, 운전석 옆 유리가 깨지며 진혁의 얼굴로 유리 조각이 튀었다. 태식이 깨진 창문 안으로 상체를 들이밀고 소시지 같은 손가락으로 진혁의 목을 움켜잡았다. 이내 진혁을 알아본 듯 작은 눈이 날카롭게 변했다.

"뭐야 너……"

손에는 롤렉스 시계를 감아쥐고 있었다. 무식하게 시계째 창을 때려서 깨부순 모양이었다. 진혁은 태식의 얼굴에 권총을 들이대고 한 방 쐈다. 맞았는지 아닌지 확인할 틈은 없었다. 태식이 비통한 비명과 함께 창밖으로 나가떨어짐과 동시에 진혁은 차를 몰아 주차장을 빠져나갔다.

*

여옥은 다시 아버지를 찾았다. 병원을 장악하니 이런 점이 좋았다. 시간과 관계없이 언제든 원할 때 단둘이 볼 수 있다는 거. 아버질 그 정도로 자주 보고 싶지 않다는 게 문제였지만. 심전도 모니터에서 반복적으로 맥박 소리만 들릴 뿐 병실은 조용했다. 여옥도 아무 말 없이 아버지 곁에 앉아, 할말을 고른 끝에 천천히 말했다.

"아버지 위하는 사람은 저밖에 없어요."

아버지는 미동도 없이 침대에 누워 있었다. 내가 하는 말을 듣고는 있는 걸까. 항상 누군가 말을 걸어주길 기다리고 있는 걸까. 여옥은 문득 아버지가 어떤 상태인지 궁금해졌다. 의식이 머릿속에 갇혀 있는 상태에서도 꿈을 꿀까. 그렇다면 아버진 꿈과 현실을 구별할 수 있을까. 지금 그녀가 하는 말이, 지금의 현실이 진짜임을 알고 있을까.

"답답하시죠?"

그녀는 일어나 창문을 열었다. 서울의 야경이 내려다보였다. 여옥은 창밖을 일별하고 다시 커튼을 쳤다. 멀리 보이는 건물 옥상 어딘가에서 파파라치가 카메라로 이쪽을 찍고 있을지 몰랐다. 밤새 아버지를 간호하는 재벌가 딸이란 명목으로, 언제고 미리 섭외한 기자에게 연출 사진을 찍게 하고 기사를 내보낼 순 있지만 지금 할 일은 아니었다.

그녀는 아버지를 돌아보며 말했다.

"누가 아버지 죽이려고 들었다는 거 알아요. 유진혁 실장이 조금 전에 보고했어요. 그래서 유 실장도 아버지 쓰러지자마자 절 찾아온 거예요. 누구 짓인지 모르겠지만 저는 믿을 수 있다고, 같이 아버질 지키자고요."

진혁의 전화를 받고 여옥이 새롭게 만든 시나리오였다. 그녀와 진혁이 아버질 지키기 위해 손을 잡았다는 설정.

평상시 아버지라면 믿지 않겠지만, 지금은 다르다. 실제로 살해당할 뻔했다가 혼수상태에 빠졌으니까. 죽어버린 몸에 갇혀 있으니 지금이 어떤 상황인지, 누굴 믿어야 할지 헷갈릴 것이다. 어쩌면 방금 전까지 공격당할 때의 꿈을 꾸고 있었는지도 모르지.

여옥은 아버지에게 다가가 손을 잡았다. 뻣뻣하고 차가웠다.

"제가 아무리 아버지랑 사이가 별로였어도 아버질 죽이려 들 사람은 아니잖아요. 아버지 앞에서 대놓고 성질내고 화를 내긴 했어도, 기껏해야 제약사 들고 나간 거밖에 없잖아요. 전 최소한 아버지 앞에서 늘 정직했어요."

여옥은 아버지 가까이에 핸드폰을 들이밀고 녹음 파일을 재생시켰다. 무영의 목소리가 들렸다.

"추천장 문제가 있으시다던데?"

"회장님이 그래?"

"네. 이 정도면 아버지 의식이 명확하신 것도, 아버지가 절 얼마나 믿는지도 아시겠죠?"

여옥은 정지 버튼을 눌렀다. 창환과의 저녁 모임에서 오간 대화 전체를 녹음한 파일이었다.

"들으셨죠? 아버지 재산을 두고 다들 난리예요. 사실 무준 오빠나 무영이나 둘 다 아버질 좋아하지 않았거든요. 좋아한 척한 거지. 무준 오빠랑은 직접 얘기해보셨으니 잘 아실 테고요."

병실에 몰래 설치한 카메라로 아버지와 무준의 대화도 확인했다. 항상 감정을 감추고 유하게 옳은 말만 하던 무준에게 그런 격렬한 속내가 있는 줄 몰랐다.

"혹시 몰라서 여기 드나드는 사람들 전부 소지품 검사하고 금속 탐지기로 확인하고 있어요. 아버지 지키려고요. 그러니까 다시 위험한 일 생길 거란 걱정은 안 하셔도 돼요."

여옥은 붉은색 버튼을 눌렀다. 아버지가 무슨 말을 할지 궁금했다. 자식들에게까지 꼬장꼬장한 독재자였던 아버지다. 이런 상황에 와서까지 연막을 쳐가면서 자식들 간에 싸움을 붙이려고 들까? 아니면 진혁의 추측대로, 옴짝달싹 못하고 누워 있는 동안 마음이 꺾였을까?

아버지가 말했다.

"어떤 놈이 내 입을 막았어. 죽일 생각으로 저지른 짓이다. 누가 날 배신한 거다. 여옥아, 넌 아니지?"

됐다. 여옥은 환호성을 지르고 싶은 걸 참고 아버지의 손을 꽉 잡았다.

"힘드셨겠어요. 누가 저지른 짓이라고 생각하세요?"

"……모르겠다. 유 실장은?"

"저택에서 아빠 공격한 놈 잡았대요. 집안에 숨어 있다가 탈출하려고 했나봐요. 지금은 배후를 추적하는 중이라는데, 뭔가 알아내면 말씀드릴게요."

"꼭 알아내야 돼."

"그럼요. 알아낼 거예요."

여옥은 숨을 들이마시곤 가장 궁금한 걸 물었다.

"아빠, 제약 가져가서 제가 미우세요?"

"미웠다."

"지금은 아니고요?"

잠시 침묵이 흘렀다.

"지금도 조금 밉다."

여옥은 웃었다. 진심으로, 평생을 통틀어 지금의 아버지가 제일 맘에 들었다. 그래서인지 아빠라는 말이 자연스러웠다. 진작 서로 솔직했다면 좋았을 텐데. 그때 여옥의 핸드폰이 울렸다. 진혁에게서 전화가 오고 있었다.

"죄송해요, 아빠. 일어나시면 그때 다시 얘기해요. 그때까지 제가 잘 지키고 있을게요."

여옥은 회장의 볼을 살짝 꼬집곤 밖으로 나갔다.

*

진혁은 차를 몰고 빠르게 내달렸다. 일이 엉망으로 꼬였다. 오태식이 죽었어도 살았어도 문제다. 도박장 깡패가 서울 시내 한복판에서 얼굴에 총을 맞고 죽었다는 뉴스가 나오는 게 나을지, 오태식이 죽지 않고 광분해서 그를 찾아다니는 게 나을지 판단이 서질 않았다.

심각한 일이 터지기 전에 상황을 진정시켜야 한다. 그러려면 여옥부터 만나야 하지만, 부서진 차량을 몰고 병원으로 가선 안 된다는 정도의 지각은 남아 있었다. 병원 주위엔 파파라치며 기자들이 득실대고 근처 건물 옥상마다 초대형 망원렌즈를 든 카메라맨들이 쫙 깔려 있다. 그런 곳에 보닛이 파이고 창문이 깨진 차량을 몰고 가는 건 나 좀 봐달라고 시위하는 거나 마찬가지다.

그는 병원으로부터 멀찍이 떨어진 카센터 앞에 차를 세웠다. 영업이 끝난 카센터에는 정비중인 차량 몇 대가 주차되어 있을 뿐 조용했다. 진혁은 차에서 내리기 전 블랙박스에 녹화된 영상을 모두 삭제했다. 두 사람도 찍혀 있을 테니, 꼭 지워야 했다.

"내리시죠."

아직 총격전의 충격에서 벗어나지 못한 듯 상연의 얼굴이 딱딱하게 굳어 있었다. 그녀는 안전벨트를 생명줄인 것처럼 꽉 잡고 있다가 고개만 돌려 진혁을 쳐다보았다.

"어디 가는데요? 또 누구 죽이러 가요?"

"병원 갑니다. 목에 난 상처 치료받고 싶다면서요."

진혁이 애써 상냥하게 말했지만 상연은 여전히 의심스럽다는 듯한 어조로 말했다.

"아까도 잠깐 올라가서 확인만 한다고 했잖아요. 다짜고짜 총이나 쏘고."

"그놈들이 먼저 덤벼서 어쩔 수 없었어요. 이젠 괜찮습니다. 병원 갈 거예요. 무일그룹에서 만든 병원이에요. 아무나 입원 못하는 3차 의료기관, VIP 병동이죠. 가서 편하게 치료받고 쉬면 됩니다."

잠시 입을 다물고 있던 상연이 한숨을 쉬었다.

"내가 미친년이지. 이런 일에 끼는 게 아니었는데."

"박상연씨, 계속 여기 있을 순 없잖아요. 내려요. 병원 가서 뭐 좀 먹읍시다."

상연도 다 부서진 차 안에 계속 있을 수 없다는 건 알고 있었다. 차에서 내리며 그녀는 소심하게 투덜거렸다.

"다음부터는 총 쏠 때 미리 얘기해요. 귀에서 계속 삐 소리 나요."

"금방 멈출 겁니다. 잠깐만요. 거기 있어요."

진혁은 차문을 열고 나오더니 고개를 숙여 머리를 털었다. 창문이 깨지면서 튄 유리 조각들이 바닥에 떨어졌다.

"그냥 두면 머리에 박힐 수도 있어서요."

불쌍하다는 듯 그를 쳐다보던 상연이 목에 감았던 스카프를 풀고 진혁에게 다가왔다. 머리 터는 걸 도와주기 위해서였다. 그러면서도 투덜거리는 건 멈추지 않았다.

"삐 소리가 나다가 안 들리면 그 음역대 청각 세포가 손상을 입고 죽었다는 거예요. 실장님 덕에 제가 들을 수 있는 주파수 대가 줄어들 거라고요."

"별걸 다 아시네요. 가수가 꿈이었어요?"

"저 간호대학 다녀서 신체에 대해 좀 알거든요. 실장님보다 많이 알걸요."

"아니, 그런데 어쩌다 여기까지."

"적성을 찾았거든요. 돈 벌어서 요리 배우러 갈 거예요."

"샌드위치가 맛있긴 했어요."

병원까진 꽤 거리가 있었다. 차를 타면 가깝지만 걸어서 가긴 멀었다. 그렇다고 지금 같은 옷차림으로 택시를 부르기도 꺼려졌다. 별수없이 진혁은 상연과 함께 어두운 거리를 함께 걸었다. 어느새 비가 그쳐 있었다. 노란 가로등 아래로 흐릿한 안개가 보였다. 상가의 상점들은 대부분 문을 닫았고, 가끔 취객이 비틀거리며 걸어왔지만 진혁에게 말을 거는 사람은 없었다. 도로 위에서 차들이 창백하고 하얀 빛을 물보라처럼 뿌려대며 지나갔다.

진혁은 걸으면서 몇 가지 업무를 처리했다. 여옥에게 전화해 곧 도착한다고 알린 뒤, 니코에겐 오피스텔 주소를 알려주고 사람들을 보내달라고 부탁했다.

"경비실에는 미리 말해놓을 테니까 내가 보냈다고 해. 비밀번호는 71071044. 들어가서 거실 테이블 보면 가죽 파우치가 있을 거야. 그걸 가져와. 절대 열어보지 말고. 애들 잔뜩 데려가고, 경비실 사람들도 데리고 올라가. 안에 누가 있을지도 몰라."

"무슨 사고 쳤어?"

"사고야 매일 치고 있지."

"파우치는 어디로 가져갈까?"

"일단 네가 가지고 있어. 저택은 청소 잘 했지?"

"어. 초벌은 끝났어. 내일 마무리할 거야. 청소 차량 드나드니까 기자들이 무슨 일이냐고 물어봐서, 회장님 없을 때 보수공사 겸 청소하고 있다고 했어."

"잘했어. 그리고 아버지 요양원 말이야, 애들 더 배치해 줘. 돈은 내가 낼 테니까."

니코는 무슨 일인지 모르겠지만 조심하란 말을 남기고 전화를 끊었다. 옆에서 대화를 엿듣던 상연이 불쑥 말했다.

"아까 총 쏜 사람이요. 아는 사람이에요?"

"네, 조금 압니다. 무서운 사람이니까 다음에 보면 피해요."

호랑이도 제 말 하면 온다더니, 오태식에게 전화가 왔다. 액정 화면 가득 뜬 '동안 태식'이란 글자를 보면서 잠시 망설이던 진혁은 이내 전화를 받았다. 태식이 죽었다는 소식일 수도 있다. 혹은 총을 맞고 기억상실이 왔을 수도 있다.

"왜? 나 바쁜데."

"뭐? 바빠? 이 개새끼! 넌 죽었어. 니 옆에 있던 여자도 죽었어!"

평상시처럼 담담한 진혁의 목소리에 핸드폰 너머로 태식이 광분하는 게 느껴졌다. 죽기는커녕 크게 다치지도 않은 모양이었다.

"어디든 맘대로 도망가봐. 날 만나면 제발 죽여달라고 빌 게 될 테니까. 내가 가죽 잘 벗기는 거 알지? 그전에 살점 한 겹씩 포 떠줄게."

태식의 목소리 사이로 낮은 휘파람 소리가 들렸다. 이 새 끼 휘파람 불면서 전화하나?

"너무 흥분하지 말고. 그래도 많이 다치진 않은 거 같은 데……"

"개새끼가! 야, 아파! 살살해!"

화를 내던 태식이 갑자기 비명을 질렀다.

"많이 다쳤어?"

"한쪽 귀가 날아갔다. 넌 귀랑 코랑 눈꺼풀이랑 입술까지 다 잘릴 줄 알아."

태식이 있는 곳은 무면허 병원이었다. 오래된 목욕탕을 개 조한 곳으로, 대한민국의 의료보험 시스템을 이용할 수 없는 국내외 건달들이 칼을 맞았을 때 찾는 곳이었다. 워낙들 피 를 많이 흘려서 청소가 쉽고 물도 마음껏 쓸 수 있는 목욕탕 에 병원을 냈다고 했다. 태식은 한 달에 100만원씩 의료 보 험비를 내고 있었지만 총상을 입은 상태로 응급실을 찾을 순 없기에 이곳으로 왔다.

그 병원에서 일하는 사람은 총 두 명으로, 한 명은 면허가 취소된 50대 의사고 다른 하나는 중국에서 간호사로 일하다 밀입국한 30대 조선족이었다. 웃통을 벗은 채 세신용 침대에 앉아 있는 태식의 옆에 서서 의사가 정신없이 상처를 꿰맸다. 피가 떨어진 타일 바닥은 간호사가 호스로 물을 뿌려 닦아냈다. 태식의 잘려나간 귀는 편의점에서 사온 얼음 컵에 담겨 있었다. 정신없는 와중에 귀를 챙겨왔건만 의사는 자기가 할 수 없는 수술이라고 거절했다. 태식은 앞니를 만지작거렸다. 탄피가 얼굴로 튀면서 앞니가 깨졌다. 깨진 앞니 때문에 숨을 쉴 때마다 휘파람 부는 소리가 났다.

"너네 아버지도 찾아서 죽일 거니까 그렇게 알고 있어. 쉽겐 안 죽여. 네가 진 빚 20억어치 괴롭히고 죽일 거다."

태식은 통화하면서 한 손으로 짐승 가죽을 벗길 때 쓰는 박피용 칼을 만지작거렸다. 나중에 진혁을 손볼 때 쓰기 위해서, 그때까지 의지를 다지기 위해서 차에 있는 걸 꺼내왔다. 그는 관운장처럼 생살을 꿰매는 고통을 참으면서 으르렁댔다.

"잘 숨어 있어. 내가 찾아갈 테니까. 내 말 들리지?"

"어, 듣고 있어."

진혁은 태식이 하는 말을 조용히 들으며 계속 걷고 있었다. 처음에는 좀 놀랐지만 비슷한 레퍼토리가 반복되니 마음이 안정됐다. 그래. 이놈은 내 총에 귀가 날아간 병신이다. 전화상으로 날 협박할 수만 있을 뿐, 껍질을 벗길 순 없을 것이다. 진혁은 중요한 걸 물었다.

"그러면 회장님은 누가 죽이냐?"

잠시 침묵이 흘렀다. 약점을 제대로 찌른 모양이었다.

"네가 회장님 죽이려고 암살자 보냈지? 그거 치우려고 애들 또 보냈고. 김 회장 안 죽으면 네가 뒤집어쓰는 건가본데, 맞지?"

"너……!"

"내가 연락할 테니까 조용히 치료나 받아. 귀 붙일 데 없으면 나한테 얘기하고. 혹시 알아? 내가 좋은 병원 소개해줄지. 그러니까 기다려. 파우치에 든 그거, 쓰게 되면 얼마 받을지 결정하고 알려줄게."

진혁은 전화를 끊은 다음 상연을 돌아보며 말했다.

"왜 피하라고 했는지 아시겠죠? 회장님 죽일 생각 없으니까 안심하시고요."

상연은 회장보다 자신의 안위가 더 걱정됐다.

"그 사람이 처음에…… 저도 죽이겠다고 하지 않았어요?"

진혁은 상연을 위로했다.

"그럴 일 없을 겁니다. 박상연씨보단 저를 먼저 죽이려고 들 거거든요."

"실장님…… 오래 사셔야 돼요."

*

미리 연락을 받고 입구에서 대기하고 있던 진혁의 부하들이 진혁과 상연을 VIP 병동으로 안내했다. 여옥은 식당에서 진혁을 기다리고 있었다. 늦은 시간이라 안에는 아무도 없었다.

진혁은 여옥을 향해 뚜벅뚜벅 걸어가 테이블 위에 주사기를 내려놓았다.

"이걸로 회장님 죽이려고 든 거 같습니다. 안에 약물 남아 있으니까 성분이 뭔지, 어디서 구한 건지 알아보시면 될 것 같습니다."

"고생 많았어. 근데……"

여옥은 주사기를 힐끔 쳐다보곤 진혁 뒤에 선 상연에게 시선을 주었다.

"저 잠옷 내 거 아냐? 내가 고등학생 때 입던 거. 그때 내 애착 잠옷이었거든."

진혁은 힐끔 상연을 돌아보았다. 작업복 아래로 화사한 꽃무늬 잠옷이 삐져나와 있었다. 곧 여옥이 폭발하지 않을까 걱정이 됐다. 여옥은 자신이 전략적으로 화를 내는 거라 주장했지만, 사람은 행동에 따라 성격도 변하기 마련이다. 진혁이 뭐라고 변명해야 여옥이 이해해줄까 머리를 굴릴 때, 머슴의 피가 끓어오른 상연이 꾸벅 고개를 숙여 인사했다.

"안녕하세요, 사장님. 박상연이라고 합니다. 이거 사장님 옷 맞는데요."

진혁이 얼른 정정했다.

"여옥님이라고 불러요."

"여옥님, 저도 집에 있다가 죽을 뻔했어요. 옷이 다 피로 물들어서 이걸 입게 됐습니다. 실장님이 자기만 따라오라고 해서 여기까지 오게 됐고요."

상연은 말하면서 주섬주섬 목에 감았던 스카프를 풀고 상처를 보여주었다.

"여기 보이시죠? 송곳 같은 걸로 찔러서 엄청 아팠거든요."

옆에서 지켜보던 진혁이 짧게 거들었다.

"한배를 탄 셈입니다. 집에 있다가 너무 많은 걸 봐서요. 계속 집안에 두는 것보다 제 눈에 띄는 곳에 두는 편이 낫다고 생각했습니다."

여옥은 한숨을 쉬더니 본인이 하고 있던 스카프를 풀며 상연에게 다가갔다. 진혁은 저걸로 목을 조르는 게 아닐까 긴장했지만, 여옥은 상연의 목에 새 스카프를 감아준 뒤 말했다.

"이 색이 더 잘 어울리네."

"감사합니다, 여옥님."

여옥은 진혁을 돌아보며 말했다.

"외부인 앞에서 계속 얘기해도 되나 싶었는데, 한배를 탄 거면 상관없겠네. 저택에선 정확히 무슨 일이 있었던 거야?"

"알고 싶으십니까?"

여옥은 고개를 가로저었다.

"아냐. 난 모르는 게 낫지. 그래야 나중에 무슨 일이 생겨도 모른다고 할 수 있을 테니까. 결과만 알려줘. 배후가 누군 거 같아?"

"일단 골든게이트 레저의 오태식이 실행자인 건 확인했습니다. 스트라이크 포스라는 경호업체를 끼고 있고요."

"둘 다 누군지 몰라."

"아실 필요 없는 깡패들입니다. 배후가 중요한데, 사실 셋 중 하나죠. 회장님 돌아가신 후 재산을 물려받을 수 있는 세 사람이요. 김무준, 김무영."

진혁은 말을 멈추고 여옥을 똑바로 바라보았다. 마지막 하나는 당신이란 말을 차마 할 수 없었다. 여옥은 한숨을 쉬더니 가슴에 손을 얹고 말했다.

"난 아니야. 맹세해."

"그렇다면 둘 중 한 명이죠. 최근 스트라이크 포스와 최재민 과장이 지속적으로 접촉해왔습니다. 골든게이트 레저는 세계 곳곳에서 도박 사업을 하기로 유명하고요."

"무영이가 저지를 법한 짓이긴 해."

여옥은 혼잣말처럼 중얼거린 후 상연에게 시선을 던졌다. 재벌가의 음산한 비밀을 듣고 있던 상연이 흠칫 몸을 떨었다. 여옥은 미소 띤 얼굴로 말했다.

"박상연씨. 이제 빼도 박도 못하겠네요. 우리 편이 되든가, 죽든가."

상연은 어색하게 웃었다.

"저야 당연히 여옥님 편이죠."

다른 숙소를 찾기엔 늦은 시간이었다. VIP 병동만큼 보안이 철저한 곳도 없고, 빈 병실도 여러 개 있는 터라 진혁과 상연은 병동 내 특실에서 잠시 눈을 붙이기로 했다. 상연이 치료를 받으러 간 사이 진혁은 다시 니코에게 전화했다.

"아버지한테 애들 더 붙였지?"

"걱정돼서 그래? 어디 딴 데로 옮겨?"

니코가 잠이 덜 깬 목소리로 대답했다. 진혁은 잠시 생각하다가 마음을 고쳐먹었다. 아버지는 중증 치매 환자였다. 못 배운 깡패들이 데리고 다니면서 잘 보살필 수 있을 리 없다. 지금 계신 요양원도 비싼 곳이니 태식이 함부로 들이닥치진 못할 것이다.

"아냐. 애들한테 감시만 잘 하라고 해."

진혁은 전화를 끊었다. 옆을 보니 상연이 문가에 서 있었다. 목에는 붕대를 감았고 빳빳한 병원 환자복으로 갈아입은 채였다.

"저 들어가도 돼요?"

"네, 비밀도 아닌데요. 아버지가 걱정돼서 확인차 전화해본 겁니다."

상연은 자기 침대로 가 털썩 주저앉으며 말했다.

"아버진 어디 계시는데요?"

"요양원이요."

"아까 그 사람, 실장님 아버지도 죽인다고 협박하던데. 20억어치 괴롭히겠다고 했잖아요. 진짜 빚이 20억이에요?"

"그 돈으로 아버질 요양원에 넣었거든요. 돈 있다고 아무나 들어갈 수 있는 데도 아니어서 입원 수속 때 도움을 받았는데 그것도 빚으로 치더군요."

"아."

"그 감탄사는 뭡니까?"

"도박 빚인 줄 알았어요."

상연은 거기까지 말해놓고 허둥지둥 변명했다.

"아니, 보통 사람이 20억을 빚지기 쉽지 않잖아요. 그 사람 생긴 것도 딱 깡패 같고."

"둘 다 맞습니다. 그 사람 깡패 맞고, 저도 도박 빚 있었죠. 제대하고 필리핀에서 대충대충 포커 치면서 살았었거든요. 그러다가 아버지가 아프단 연락을 받은 겁니다."

"실장님, 생각보다 좋은 사람이네요."

"절 뭐라고 생각한 겁니까."

진혁은 그날 일을 기억했다. 밤새 텍사스 홀덤을 치다 새벽에야 숙소로 돌아왔을 때였다. 온종일 따고 또 딴 날이었다. 패 돌리는 소리 하나하나가 귀에 박힐 만큼 컨디션이 좋고 인생에 이런 행운이 또 있을까 싶었던 날. 모든 게 달라질 거 같았던 날. 그러나 마지막 한판에서 크게 지고 전부 잃었다. 집에 돌아와서는 죽을 것처럼 피곤한데 신경이 곤두서서 잠을 잘 수도 없었다. 그렇게 멍하니 누워 있다가 간신히 잠들려던 차에 전화가 왔다. 한국에서 걸려온 전화였다. 주민센터 사회복지사인데, 아버지가 길을 잃고 헤매고 있었다고 했다. 그런 사람 모른다고 잡아뗀 뒤 다시 누웠지만 잠은 영영 오지 않았다. 다음날에도. 그다음날에도. 포커를 칠 때조차.

그때만 해도 한국 쪽 일은 완전히 정리해야겠다는 생각이었다. 하지만 그러지 못했다. 바보가 된 아버지를 보자 차마 그럴 수가 없었다. 그렇다고 아버지 옆에 붙어서 때늦은 효자 노릇을 하고 싶지도 않았다. 이러지도 저러지도 못하던 차에 김무영 사건이 터졌다. 도박장을 찾아가 협상을 한 것도 반쯤은 즉흥적이었다. 어차피 갈 길을 찾지 못하고 있으니 죽어도 좋다고 생각했다.

결국 협상에 성공했고 그를 좋게 본 도박 관계자들이 돈을 빌려주었다. 그때 빌린 돈이 지금까지 발목을 잡고 있지만, 진혁은 후회하지 않았다. 덕분에 잠을 잘 수 있게 되었으니까.

오욕칠정

이른아침, 구치소로 돌아가야 하는 무영이 창문에 머리를 박아가며 탄식했다.

"아, 진짜 싫다. 이 길로 비행기 타고 어디 중남미 섬 같은데 들어가버릴까? 이름도 카를로스로 바꾸고 그냥 대충 살면 되잖아. 넌 호세 어떠냐? 씨발……"

조수석에 앉은 재민이 무영을 백미러로 살피면서 살살 달렜다.

"조금만 참아. 금방 나오게 내가 목숨 걸게. 지금 분위기 좋아. 회장님 쓰러지셔서 네 억울함에 대한 국민적인 공감대가 형성됐거든. 김무영이란 막내가 제일 안됐다. 노동자 몇 죽었다고 뒤집어쓰고 감옥 갔다가 아버지 보러 나왔구나, 이런 거."

재민은 정장을 입고 병원을 찾은 무영의 사진을 수십 장
찍어 보도 자료로 배포했다. 구치소에서 규칙적인 생활을 하
며 필라테스까지 병행한 탓에 체중이 많이 줄었고, 덕분에
아버지 걱정으로 수척해진 것처럼 보였다. 거기에 약간의 포
토샵을 더하고 '재벌가 막내아들이 눈물을 머금고 병원을 찾
은 이유' 같은 창의적인 기사 제목까지 만들어내자 무영에
대한 동정 여론이 생기기 시작한 참이었다.

"빨리 해. 나 힘들어."

무영은 이온음료를 홀짝이며 말을 이었다.

"그리고 구창환 대표 말이야. 추천장 문제가 뭔지 알아봤
어?"

"그 집 손자 얘긴 거 같아. 예일대 합격했는데, 미국 대사
추천장하고 봉사 점수 아니었으면 어림도 없었다고 하더라.
뭣도 모르는 병신들은 미국이 무슨 자유의 나라다 어쩐다 떠
들면서, 거긴 우리보다 더 계급사회란 걸 몰라. 대학 동문 출
신 거물이 추천장 하나 써주면 가산점이 얼만데. 죽어라 공
부할 필요도 없다고."

"미국 대사가 예일대 출신이야?"

"어. 은퇴 후엔 무일 로비스트로 일했고."

"아버지가 연결해준 거구나. 근데 그건 살짝 도움받은 정도잖아. 예일대 입학했으면 끝난 거고. 그딴 건 입 싹 닦아도 될 텐데?"

"봉사 점수에도 뭔가 구린 게 있겠지. 공부 어지간히 못하는 꼴통이었나봐."

"한번 캐봐. 구창환 그 씹새끼가 손자 똥통에 들어가는 걸 봐넘길지 내가 너무 궁금하거든? 그 새끼 약점 잡고 다시 만나서 와인 마시려고. 씨발, 슈발리엔지 지랄인지 말고, 바타르. 그거 먹어야지."

"그것도 구하기 어려운 건데."

"구창환 공증 창고 어딨어? 거기 불질러서 다 태워버릴까?"

"내화 창고라니까. 불이 나도 타질 않아서 내화. 견딜 내, 불 화."

재민이 조심스럽게 설명했지만 무영은 짜증을 냈다.

"나도 무슨 뜻인지 알아!"

"거기에 중요한 서류가 얼마나 많겠냐. 불나면 바로 소방서에서 달려올걸."

"그러니까, 내가 지른 줄 모를 거 아냐. 중요한 서류 많으니까 얼마나 정신이 없겠어."

"불이 안 난다니까."

"터뜨리면 되지. 폭탄 같은 걸로."

무영이 터무니없는 소리를 늘어놓을 때, 트럭 한 대가 골목을 가로지르던 차량 앞을 막아섰다. 운전기사가 차를 급정거했다. 재민이 앞을 보면서 성질을 부렸다.

"저 새낀 뭐야. 뭐 해. 경적 울려."

"괜찮아. 구치소 빨리 가서 뭐 하게. 천천히 가."

무영이 인생에 다시없을 아량을 보였지만 재민은 기다릴 생각이 없었다. 구치소 앞에도 기자들을 깔아놨다. 일찍 도착해서 재벌 3세가 반성하는 분위기를 만들 생각이었는데 지각이라도 하면 곤란하다. 운전기사가 경적을 울렸지만 트럭은 비킬 생각을 하지 않았다. 오히려 운전석에서 작업복 차림의 남자가 내리더니 어디론가 가버렸다.

무영이 어이없다는 듯 중얼거렸다.

"얼레? 저 새낀 뭐 하는 거야……"

재민이 기사에게 말했다.

"뒤로 빼. 딴 길 찾아."

기사가 차를 후진할 때 뒤쪽에서 구겨진 마이바흐가 나타나 길을 막았다. 곧이어 조수석에서 머리에 붕대를 감은 태식이 뒤뚱거리며 내렸다. 한 손에는 장난감처럼 생긴 에어건 청소기를 들고, 다른 쪽에는 부서진 롤렉스를 감싸쥐고 있는 꼴이 우스꽝스러웠다. 태식은 무영의 차로 다가와 차창을 두들기며 정중하게 말했다.

"대표님, 드릴 말씀이 있습니다."

창문가에 얼굴을 기대고 있던 무영이 태식을 보며 중얼거렸다.

"뭐야, 이 덜떨어진 새끼는."

머리에 감은 붕대에는 피가 묻었고 환하게 웃는 입가를 보니 앞니가 깨져 있었다. 재민이 태식의 얼굴을 유심히 쳐다보다 말했다.

"스트라이크 포스에서 본 놈 같은데."

"그런 깡패 새끼가 왜 날 찾아와. 니가 알아서 해야지."

무영은 그만 꺼지라는 뜻으로 태식을 향해 손가락을 까딱였다. 그러자 태식이 롤렉스 시계를 감싸쥔 주먹으로 창을 때려부쉈다. 무영이 기겁하며 뒷좌석 안쪽으로 물러났다. 태식이 창안으로 손을 넣어 문을 열었다.

"너 뭐 하는 거야!"

재민은 화를 내며 차에서 내리려고 했지만, 트럭 옆문이 열리더니 쇠파이프를 든 덩치들이 내리는 걸 보고 황급하게 다시 자리에 앉았다. 문을 잠그고 119에 신고하려던 차에 어느새 올라탄 태식이 무영 옆에 앉으면서 한마디를 던졌다.

"뒈진다."

재민은 폰에서 손을 떼고 공손하게 무릎 위에 손을 올렸다. 정말로 죽을 것 같다는 예감이 들었기 때문이다. 덩치들이 차량을 둘러싸자 태식은 부서진 롤렉스를 내팽개치며 천천히 말했다.

"대표님, 이게 서브마리너 블랙판 그린베젤 스틸이거든요? 대한민국 남성 혼수 1등. 사랑하는 여자가 생기면 내가 다 준비해놨다, 너는 몸만 오면 된다, 딱 보여주려고 큰맘 먹고 산 건데 부서진 거 보이시죠? 이렇게 때려부술 정도로 진심이란 뜻이거든요."

태식이 말할 때마다 낮게 휘파람 소리가 들렸다. 무영은 기시감을 느꼈다. 눈앞의 인간은 필리핀 도박장에서 봤던 놈들과 흡사했다. 사람 팔다리 자르는 걸 두려워하지 않는 놈들. 태식이 무영에게 어깨동무를 하며 말했다.

"자, 걱정 마시고 가만히 계세요. 유리 조각들 그냥 두면 위험합니다."

태식은 에어건 청소기로 무영의 머리며 어깨에 붙은 조각들을 날려주었다. 그런 다음 무영의 얼굴을 자기 쪽으로 끌어당겼다. 말투는 친절했지만 눈빛이 죽은 물고기 같았다.

동안 태식은 더이상 어려 보이지 않았다.

"대표님, 제가 평상시면 좋게 좋게 갈 텐데 지금은 인내심이 없어서요. 여기 보이시죠? 누가 제 귀를 잘랐어요. 그러니까 내가 화를 좀 내도 이해하시겠죠?"

*

어두컴컴한 병실 안에 무준이 아버지를 지켜보며 앉아 있었다. 얼굴은 잘 보이지 않았다. 환풍구 안에 숨겨둔 카메라로 촬영한 영상이라 화질이 좋지 않아서였다. 표정은 보이지 않았지만 목소리만큼은 또박또박 잘 들렸다.

"그래서, 아버지. 지난주에 유언장 바꾸셨다면서요. 거기 뭐라고 쓰셨어요? 제가 뭘 물려받습니까?"

진혁은 대기실에 서서 태블릿으로 회장과 무준의 대화가 담긴 영상을 보고 있었다. 여옥은 진혁이 오기 전에 이미 여러 번 봤기 때문에 소파에 편하게 기대앉아 감상을 이야기했다.

"오빠가 저런 마음을 품고 있는지 몰랐어."

화면 속 무준이 붉은 버튼을 누르자 회장이 말했다.

"전자하고 생명, 제약, 건설 다 네 거다. 전부 널 위해 이뤄온 거야. 혹시 네가, 네가 나보다⋯⋯"

"알겠습니다. 그 정도면 됐어요."

무준은 회장의 말을 끊고는 나가버렸다. 병실 안에는 혼자 남은 회장의 심전도 소리만 낮게 울려퍼졌다. 회장은 더이상 말이 없었다.

진혁은 영상을 껐다.

"이걸로 유언장 내용은 알게 됐네요. 그룹 알짜는 전부 김무준이 가져가는 걸로요. 김무영은 감옥까지 갔는데 아무것도 못 얻었습니다."

"그때그때 아버지 기분 따라서지. 다음 수정 때는 무영이한테도 기회가 있었을지 몰라. 이제 쉽지 않게 됐지만."

여옥은 잠시 생각하다 말을 이었다.

"그래서 말인데, 아빠가 왜 실망했다는 거야? 오빠랑 무영이한테 실망해서 유언장을 고쳤다고 했잖아."

"내용은 저도 잘 모릅니다. 회장님이 몹시 화나셨던 것만 알죠. 회장실에 들어갔을 때 누군가하고 통화중이셨어요. 절 보고는 무준이도, 무영이도 믿을 수가 없다고 하셨죠."

"전부 당신이 보고하는 거 아니었어?"

"아뇨. 저 말고 다른 보고처도 있습니다."

"정규용 이사 같은?"

"기본적으로 사람을 믿지 않는 분이거든요. 그러니까 그룹 내에 인맥이 없는 절 중용하신 거고요. 다른 형제분의 측근 중에도 회장님 첩자가 있을 겁니다. 카드는 여러 개일수록 좋으니까요. 여옥님이 병실에 따로 카메라 설치하신 것처럼요. 병동 출입 관련된 보안 체계도 몇 가지로 나눠놓으셨을 거고요."

"그래. 하나가 뚫릴지 모르니까."

그럴 줄 알았지. 진혁은 마음속으로 생각했다. 따로 회장을 만나지 않은 것도 그 때문이다. 여옥의 의심을 살 일을 만들고 싶지 않았으니까. 진혁은 신중하게 말을 골랐다.

"네. 회장님도 그런 겁니다."

"아버지가 모종의 일로 화가 났었다가 결국 무준 오빠는 용서했고 무영이는 용서 안 했다는 건데. 그럼 난 뭐야? 애초부터 뭘 줄 생각이 없었던 거잖아."

진혁은 다른 생각에 잠겨 있었다. 처음 영상을 볼 때부터 뭔가가 마음에 걸렸다.

그는 다시 영상을 켜고 회장의 마지막 말을 재생했다.

"전자하고 생명, 제약, 건설 다 네 거다. 전부 널 위해 이뤄온 거야. 혹시 네가, 네가 나보다……"

진혁은 잠시 영상을 멈추고 입을 열었다.

"네가 나보다, 다음에 하시려던 말씀이 뭘까요?"

여옥은 어깨를 으쓱했다.

"네가 나보다 잘하면? 뭐든 자기랑 비교하는 사람이었으니까. 자기가 세상에서 제일 잘난 줄 아는 분이니 그 상황에서도 조건을 걸고 평가를 하려고 했겠지."

과연 그럴까? 상황이 이런데도 그런 말을 하려 했을까. 뭔가 꺼림칙했지만 진혁도 다른 생각이 떠오르진 않았다. 회장에 관해서라면 딸인 여옥이 더 잘 알 테지.

"그래도 다행이야. 아버지 마음이 약해져서 나한테 의지하게 됐잖아. 고이고이 모시고 어떻게든 오래 살게 해드려야지. 무준 오빠나 무영이가 수를 쓰기 전까지."

"그래야죠."

그건 두 사람이 함께하기로 했을 때 진혁이 제안한 계획이었다. 건잠머리의 뇌-컴퓨터 인터페이스를 통해 두 사람이 유언장 내용을 알아차리게 만드는 것. 무준은 그룹을 빨리 물려받고 싶을 것이고 무영은 아버지가 죽기 전에 어떻게든 유언장을 고치고 싶을 것이다. 둘 중 하나라도 다급한 마음에 일을 저지른다면 여옥에게도 기회가 생긴다.

회장이 단순한 혼수상태였다면 누구도 섣불리 움직이지 않았을 것이다. 언제 죽을지 눈치만 보고 있었겠지. 하지만 건잠머리를 이용한 덕분에 무준과 무영에게 필요한 정보를 흘릴 수 있었고 근시일 내에 회장이 죽을 거란 기대나 우려도 사라졌다. 둘 다 조바심을 참지 못할 것이다.

"무영이가 먼저 움직일 줄은 몰랐어. 깡패들 동원해서 아버질 죽일 생각을 하다니. 그럼 그룹이 넘어올 줄 알았나?"

"새로 고친 유언장에 이름이 없을 거라곤 생각 못했을 겁니다. 감옥까지 갔으니까 보답이 있을 줄 알았겠죠."

"그래도 깡팰 동원하다니. 그놈들이 가만히 있겠어? 나중에 협박이나 당하지."

"당장 마음이 급하니까 일단 저지르고 본 거겠죠."

태식은 앞뒤 가리지 않는 정신병자였다. 그런 놈이 귀까지 잘렸으니, 이제는 같은 편도 물어뜯겠다고 덤빌 것이다.

"제가 드린 주사기요. 무슨 성분이고 어디서 만든 건지 빨리 알아내셔야 합니다. 단순한 독약이 아니라 자연사로 위장하는 약일 텐데, 그런 게 흔하게 돌아다닐 리 없습니다. 그걸 김무영이 어떻게 구했는지 알아내야 추후 협상에서도 우리가 유리해집니다."

"알아. 제약사에 보냈어. 시간이 좀 걸릴 거야."

여옥은 병실을 돌아보며 말했다.

"아버지가 너 보고 싶다는데, 어떻게 할래? 지금 볼래?"

"아뇨. 의지할 사람은 여옥님 한 명뿐인 게 낫거든요."

*

진혁은 평생 남의 뒤처리를 하며 살았다. 어릴 땐 아버지가 저지른 짓을 수습했고 20대에는 나라가 저지른 짓을 감당했으며 나이를 먹고는 그룹 금수저들의 뒤처리를 도맡았다. 그런 삶도 이젠 지쳤다. 이번에는 그가 선수를 칠 생각이었다.

그에게는 계획이 있었다. 그걸 위해선 쓸만한 파트너가 필요한데, 마침 건잠머리에 적절한 인간이 있었다. 믿음직한 놈은 아니지만 지금 진혁이 꾸미는 일에 있어선 전문가였다.

건잠머리 랩스 소유의 트럭이 주차장 외곽 통로에 세워져 있었다. 병원 내에서 MRI 같은 대형 장비를 운반할 때 쓰는 통로인데, 화물용 엘리베이터를 타고 내려가면 바로 트럭으로 연결되도록 조치해놓았다. 진혁이 주위에 아무도 없는 걸 확인하고 트럭 문을 두들기자, 맥스가 문을 열고 들어오라고 손짓했다. 트럭 안은 각종 전자기기로 가득했고 맥스 외에 아무도 없었다. 맥스는 며칠째 감지 않은 머리를 머리띠로 넘기곤 다양한 장비를 통해 김백식 회장의 상태를 체크하고 있는 중이었다.

스피커를 통해 회장의 목소리가 들렸다.

"그래. 내가 죽였다. 그 병신 같은 게 내 구두에 똥을 쌌어. 그게 얼마짜린지 알아?"

회장은 계속해서 화내고, 달래고, 조바심을 냈다. 회장의 목소리가 힙합 음악의 킬링 벌스처럼 울려퍼지는 가운데 대형 모니터에는 3D로 구현된 김백식 회장의 뇌 속 신경망 구조가 빙글빙글 돌아가며 계속해서 업데이트되고 있었다. 대화를 엿듣지 않겠다고 계약서에 썼지만, 맥스는 과학의 발전을 위해선 법 따위는 안중에도 없는 놈이었다.

"어때?"

진혁의 말에 맥스가 흡족한 어조로 대답했다.

"아주 맘에 들어. 영화 〈인사이드 아웃〉 봤어?"

"본 거 같기도 하고."

"안 봤네. 봤으면 기억 못할 리가 없거든. 주인공 여자애의 머릿속에 다섯 가지 감정이 있단 말이야. 기쁨, 슬픔, 분노, 까칠, 소심. 어린애가 사춘기를 겪으면서 자기감정을 다듬어나간다는 내용이지. 이것도 비슷한 거야. 미스터 백식이 감정을 뿜어낼 때마다 저 양반 머릿속 뉴런 연결에도 스파크가 튄다고. 그걸 보면서 어떤 감정일 때 어떤 연결이 이뤄지는지를 알아내고 뇌 스캔을 다듬는 거지."

맥스는 핏발 선 눈으로 말을 쏟아냈다. 그러면서 구겨진 종이 봉지에서 뭔가를 계속 꺼내 먹었는데, 아무리 봐도 약 같았다. 정신과에서 정식으로 처방받은 것도 아닌 듯했다.

"한국은 감정이 좀더 많지. 오욕칠정이라고 하잖아."

"그래, 오욕칠정. 성욕 같은 것도 뿜어져 나오면 좋은데. 노인네가 그런 쪽으론 도통 생각이 없나보네."

진혁은 맥스와 성욕에 대해서 토론하고 싶지 않았기에 화제를 돌렸다.

"됐고. 어디까지 왔어?"

"데이터야 많을수록 좋지. 난 말이야, 매일 자식들이 와서 미스터 백식하고 싸웠으면 좋겠어."

"쉽지 않을걸. 하나는 감옥으로 돌아갔고 다른 하나는 원하는 걸 얻었거든."

맥스는 어깨를 으쓱거렸다.

"그럼 지금까지 얻은 데이터라도 정리해야지. 엄청나게 운이 좋았어. 김백식 머리가 정상일 때 뇌 스캔 자료 확보해 놨고, 쓰러졌을 때 유언장 문제가 터져서 가족들하고 온갖 감정 드러내면서 싸운 거 아냐. 이전과는 데이터 수준이 차원이 달라. 이제 딥러닝으로 빈칸 채우고 인공지능 만들어봐야지. 그래도 완성은 아니란 건 알지?"

"알지."

맥스가 귀에 못이 박히도록 했던 얘기다. 지금까지의 데이터와 비침습성 뇌파 추적만으로는 부족하다고. 더 고차원으로 나가기 위해서는 단순히 돈만 많다고 되는 게 아니다. 모든 조건이 잘 맞아떨어져야 한다. 그런 면에서 김백식 회장의 케이스는 뇌 스캔 연구를 진일보시킬 큰 기회였다. 하지만 아직 완벽한 인공지능의 완성은 불가능했다. 김백식 회장의 자아를 일부라도 제대로 재현하려면 그보다 높은 층위의 결단이 필요했다. 문제는 그게 현행법을 어기는 정도를 넘어서는 범죄 행위라는 데 있었다. 지금도 맥스는 광기에 찬 눈빛으로 진혁을 쳐다보고 있었다.

"일단 두고 보지."

법을 어기지 않는 방법도 있다. 당장 회장을 찾아가 물어보는 거다. 하지만 여옥을 은근히 떠본 결과 병실에 다른 카메라가 숨겨져 있다는 걸 알게 됐다. 진혁이 통제할 수 없는 감시 장치들. 카메라 말고 다른 것도 있을 터였다. 회장을 몰래 찾아갔다간 답을 듣기도 전에 끌려나갈 수도 있다. 그렇다고 그 문제에 맥스까지 끌어들이고 싶진 않았다. 진혁은 언젠가 있을 자신과 회장의 대화를 둘만의 비밀로 하고 싶었다.

맥스가 말했다.

"네가 정확히 뭘 원하는 건지는 몰라도……"

그때 누군가 밖에서 문을 두들겼다. 진혁과 맥스는 말을 멈추고 문을 돌아보았다. 진혁은 긴장했다. 미행이 붙었나? 작당 모의중인 걸 누군가 눈치챈 걸까?

"걱정 마. 문 잠갔어. 티타늄 합금이라 아무도 못 열어."

그때 덜컥, 자물쇠가 풀렸다. 두 사람이 딱딱하게 굳었다. 문을 잡아당기며 들어온 건 다행히 조나단이었다.

"또 여기서 잤어? 쉬엄쉬엄하라니까. 내가 우래옥 김치말이국수 포장해 왔어."

조나단은 한 손에 카드키를, 다른 손에 우래옥 비닐봉지를 들고 있었다. 뒤늦게 진혁을 본 그가 멈칫했다.

"실장님도 계셨네요?"

그때 스피커를 통해 회장의 목소리가 울려퍼졌다.

"어떤 놈이 내 입을 막았어. 죽일 생각으로 저지른 짓이다. 누가 날 배신한 거다. 여옥아, 넌 아니지?"

랩하듯 빠르게 쏟아지는 회장의 목소리를 들은 조나단의 낯빛이 하얗게 질렸다.

"너…… 너…… 모니터링 한다더니, 저걸 다 듣고 있었어?"

"그럼. 들어야 모니터링이 되지."

맥스가 태평하게 말했고 조나단이 급히 밖으로 튀어나갔다. 문가로 따라가는 듯하던 맥스는 조나단이 놓고 간 김치말이국수를 집어들었다.

"뭐 해요. 안 따라가요?"

"국수 불면 맛없어요. 한국에서 제일 맛있는 국수라고. 이름은 김치말이국순데, 안에 밥도 들어 있어요. 신기하죠?"

이런 정신 나간 새끼.

진혁은 맥스를 대신해 밖으로 나갔다. 조나단이 돌발적인 행동을 저지르기 전에 제지해야 했다. 다행히 병원으로 통하는 엘리베이터 앞에서 조나단을 붙잡았다.

"잠깐 나랑 얘기 좀 하죠."

진혁은 조나단을 구석으로 잡아당기며 말했다. 조나단이 진혁의 손을 쳐내며 외쳤다.

"상속 문제에 관여 안 할 거라고 분명히 말씀드렸죠! 실장님이 맥스 꼬드긴 겁니까?"

"아뇨, 저 친구가 먼저 제안한 겁니다. 과학에 미친 사람이잖아요."

"전 동의한 적 없습니다. 위에 올라가서 다 말할 겁니다.

저는 절대 투자자의 비밀을 훔쳐볼 생각이 없었다고……"

"누구한테 말할 건데요?"

그러자 조나단이 입을 다물었다. 제대로 찔렸다. 진혁은 달래듯이 말했다.

"경찰에 전화라도 할 겁니까? 당신 파트너가 몰래 김백식 회장님 대화를 엿들었다고 신고할 거예요? 아니면 김무준이나 김무영한테 얘기할까요? 그럼 그쪽에서 좋아할까요? 흥미로워하긴 하겠죠. 그다음에 건잠머리에 추가로 뭔가를 지원해줄 일은 없겠지만. 건잠머리가 투자자 비밀을 캤다는 소문만 퍼질 겁니다. 그럼 안 그래도 비밀이 많은 갑부들이 계속 건잠머리에 일을 맡길까요? 전 아니라고 보는데."

"그럼 어쩌자고요? 회사가 망해가는 순간을 그냥 지켜보라는 겁니까?"

"사실 조나단씨도 대충 짐작하고 있었잖아요. 맥스가 여기 처박혀서 뭔가를 꾸미고 있다는 걸. 정말로 뇌파만 모니터링중일 거라고 생각한 건 아니죠? 안 들키길 기대하면서 모른 척한 거지. 문제가 생기면 혼자 빠져나가려고."

"유 실장님. 저 그런 사람 아닙니다."

"계속 그렇게 해요. 맥스가 새로운 기술을 확보하면 늘 해왔듯이 홍보하고, 뭔가 사고가 터지면 아무것도 몰랐다고 하는 겁니다. 그리고, 정말 몰랐던 거 맞잖아요?"

"난 진짜 몰랐습니다."

"네. 지금도 그렇고 앞으로도 그렇고, 계속 모르는 거예요. 무슨 일이 벌어지고 있는지 모른 채로 간식만 주고 간 겁니다. 김치말이국수요. 안에 밥 들어 있는."

조나단은 진혁을 가만히 쳐다보다 고개를 끄떡였다. 그러고는 그대로 엘리베이터를 타려다 진혁에게 팔을 붙잡혔다. 진혁이 손을 내밀자 조나단은 가만히 쳐다보다 고개를 흔들었다.

"악수까지 하고 싶진 않은데요."

왜 다들 내 의도를 오해할까. 진혁은 말했다.

"열쇠요. 트럭 열쇠. 다시는 오지 마세요."

*

좁은 접견실 안을 왔다갔다하며 쉴새없이 걷는 무영의 옆에 재민이 조마조마한 얼굴로 앉아 있었다. 무영이 구치소에 입소해 마음을 진정시키는 사이 재민은 태식이 왜 미쳐 날뛰는지를 조사했다. 두 사람은 오후 접견 시간이 되자마자 만나 상황을 의논하는 중이었다. 사태가 사태인 만큼 필라테스

강사는 돌려보냈다. 변호사도 쫓아내고 싶었지만, 접견실을 쓰려면 변호사가 있어야 해서 어쩔 수 없었다. 대신 헤드폰 음량을 최대로 키운 뒤 벽을 보고 앉아 있게 했다.

"그 개새끼가 누구라고?"

"오태식인가 그럴 거야. 나도 자세히는 몰라. 카지노 그룹 쪽 사람인 것만 알지."

"넌 일을 어떻게 하길래 그딴 새끼가 나한테……"

"미안하다. 근데 막상 보니까 진짜 너무 무서워서."

무영이 재민의 이마를 손가락으로 쿡쿡 찌르며 말했다.

"너 이번 일 반드시 책임져. 그 새끼 어떻게든 작살내서 내 앞에 데려와."

"어, 그럼. 내가 책임질게."

"일어나. 거기 서봐."

재민이 어색하게 일어섰다. 무영은 재민의 어깨를 잡아 제대로 자세를 잡게 한 후 따귀를 연달아 갈겼다. 비틀거리던 재민이 다시 똑바로 섰다. 코피가 터지고 입술이 찢어졌다. 변호사는 뭔가 이상한 느낌을 받았는지 두 사람을 돌아봤다가 흠칫 놀라 다시 벽에 시선을 고정했다.

무영이 티슈를 뽑아 재민에게 내밀었다.

"네가 미워서 이러는 게 아냐. 분발하라고 이러는 거지.

깡패 새끼 하나 왔다고 겁먹고 숨어 있으면 진짜 위험할 땐 어쩔 거냐고. 내가 너 믿을 수 있겠냐고."

"알아. 내 잘못이야. 반성하고 있어."

재민은 깊이 반성하는 듯한 태도로 공손하게 티슈를 받아 피를 닦았다.

"너 요새 여자 만난다며? 이런 중요한 때에, 씨발 그래도 되는 거냐? 여차하면 나 구치소에 버리고 튀려고? 오늘 보니까 충분히 그러겠던데?"

재민은 손사래를 치며 말했다.

"아니야. 그냥 소개팅만 한 번 한 거야. 커피만 먹고 헤어졌어."

"내가 두고 본다."

"그래. 인간 최재민 믿어봐."

무영은 약간 마음이 풀렸는지 접견실 소파에 몸을 묻으며 말했다.

"그 새끼 귀 잘린 게 유진혁 때문이란 거지? 유진혁만 데리고 나오면 지가 처리하겠다는 거고."

"어…… 죽이기 전에 어떻게 괴롭힐 건지 열심히 설명하던데."

"유진혁, 없어지는 게 낫긴 하지. 그 새끼 지금 여옥이 누나한테 꼭 붙어 있잖아. 누나 속여서 뭐 해먹으려는 거라고."

재민은 코피를 닦다가 힐끔 무영을 곁눈질했다. 무영이 여
옥을 누나라 부르는 건 흔한 일이 아니었다. 보통은 여옥이,
짜증날 땐 쌍년인데. 의아해하는 재민의 시선을 의식한 무영
이 변명하듯 말했다.

"아니, 그래도 가족이잖아. 아버지도 쓰러지셨고. 무준이
가 혼자 다 해먹게 생겼는데, 누나하고 잘 해봐야지. 그러려
면 중간에 걸리는 거 없이 다이렉트로 가는 게 좋겠지?"

*

상연은 특실에 누워 빈둥대고 있었다. 이어폰을 끼고 TV
로 밀린 넷플릭스 드라마를 보는데, 꾸벅꾸벅 병든 닭처럼
졸다 보니 눈을 뜰 때마다 장면이 바뀌어 있었다. 어느 순간
다시 눈을 떴을 때는 폭력적인 드라마가 재생중이었고 그 옆
에 진혁이 서 있었다. 진혁은 TV를 끈 뒤 상연의 귀에서 이
어폰을 빼내면서 말했다.

"TV _끄고_ 자요."

"자는 거 아니거든요."

상연은 입가의 침을 닦으며 침대에서 내려왔다.

"이제 우리 나가는 거예요?"

"아뇨, 안 나갑니다. 상연씨는요. 일 끝날 때까지 여기 있을 겁니다."

상연이 뭐라고 따지기 전에 진혁은 준비한 말을 했다.

"대신 보너스 입금했습니다."

"얼마요?"

진혁은 대답 대신 핸드폰을 내밀었다. 공신폰이 아니라 진짜 상연의 폰이었다. 낮게 진동이 울리고 있었는데 액정에 '엄마'라는 글자가 떠 있었다. 저택에 있던 건데 이걸 언제 가져온 걸까. 엄마는 갑자기 왜 전화한 걸까. 상연이 폰과 진혁을 번갈아 쳐다볼 때 진혁이 말했다.

"전화 받아요. 어머니가 계속 전화하셨습니다."

상연이 전화를 받자 엄마가 흥분한 어조로 말했다.

"우리 딸, 잘 있지?"

"어…… 엄마. 나야 잘 있지. 무슨 일 있어?"

"있지, 좋은 일. 엄마 통장에 3천만원 입금됐던데 무슨 일이니? 보낸 사람 이름에 딱 박상연, 니 이름이 써 있지 뭐니."

진혁은 은근하게 미소를 짓고 있을 뿐 아무 말도 하지 않았다. 상연은 어쩔 수 없이 생각나는 대로 말했다.

"보너스 받았어. 요새 직원들 거의 휴가 보내고 일부만 일

하고 있거든. 그중 한 명이 나고. 일 잘한다고 비서실장님이
금일봉으로 주셨어."

진혁은 잘했다는 듯 고개를 끄떡였다.

"우리 딸, 장하네. 가게에 급하게 돈 들어갈 데가 있었는
데 어떻게 알고 그랬어."

"나야 몰랐지. 근데 엄마 통장으로 입금됐다고?"

"그래. 일단 우리가 잘 쓸게. 어쩜 딱 적당하게 돈이 나오
니. 우리 딸 고마워. 그럼 일 열심히 하고, 나올 때 말해. 엄
마가 상연이 좋아하는 소고기김밥 해줄게."

"엄마!"

전화가 끊겼다. 상연은 진혁을 어이없다는 듯 노려보았다.

"아니, 돈이 있으면 나한테 줘야죠. 왜 우리 엄마 계좌에
그 돈을 넣어서……"

"부모님이 하시는 식당 보증금이 올라갔습니다. 고민하시
는 거 같아서 딱 그만큼 보내드린 겁니다."

상연은 멈칫했다.

"그걸 실장님이 어떻게 아셨는데요?"

"지켜보고 있으니까요. 혹시 모를 사태를 대비해서 박상
연씨 가족들 전부 체크하고 있습니다."

진혁은 혹시 모를 사태, 라는 표현에 힘을 줬다. 이 정도면

약간의 협박이 들어간 걸 알아차렸을 것이다. 감시하고 있다는 걸 돌려 말한 거니까.

상연은 팔짱을 끼고 진혁을 마주 쳐다보다 불쑥 말했다.

"내 동생이요. 상운이. 걔도 감시해요?"

"네, 재수중이죠. 학원 다니시던데요."

"공부는 열심히 하고 있어요? 지방 국립대 갈 수 있을 거 같아요?"

진혁은 웃음을 참았다.

"알아보고 말씀드리죠. 다음번에는 원하는 계좌로 입금해 드리겠습니다. 그러니까 그때까지 편하게 여기 계시다가 집으로 돌아가시면 됩니다."

"당연히 그럴 거거든요."

상연은 도로 침대에 누웠다.

"그럼 TV 켜주세요. 핸드폰은 가지고 있어도 되죠?"

"네. 대신 쓰기 전에 한번 더 생각하시고요."

진혁이 TV를 켜주고 밖으로 나왔을 때 복도 맞은편에서 여옥이 걸어오는 것이 보였다. 여옥은 특유의 활기찬 걸음으로 진혁을 지나쳐가며 손가락을 까딱였다.

"따라와. 유 실장도 알아야 할 일이 있어."

마침 진혁도 밖에 볼일이 있다. 정규용 이사가 무준과 만나기로 한 날이었다. 거기 가서 무준과 규용이 무슨 얘길 나누는지 확인하고, 필요하다면 규용을 잡아둘 생각이었다. FBI가 얽혀 있는 기술 탈취 문제를 전부 규용이 저지른 것으로 뒤집어씌운 후, 돈을 쥐여주고 해외로 내보내는 게 계획이었다. 규용도 한국에 있어봐야 감옥에 갈 테니 받아들일 것이다. 배후에 혼수상태에 빠진 회장이 있다고 할지, 무준이 있다고 할지는 아직 결정하지 않았다.

두 사람은 대기하고 있던 차를 타고 병원을 빠져나갔다. 앞뒤로 호위 차량이 붙었다. 여옥의 차는 진혁이 직접 운전했고, 여옥은 뒷자리에 편하게 앉았다.

"그 여자 괜찮겠어? 박상연씨."

"먼저 문제 만들 타입은 아닙니다. 가족들도 체크하고 있고요. 박상연씨도 상황 아니까 위험한 일을 벌이진 않을 겁니다."

"혹시 모르니까 잘 감시해."

진혁은 백미러로 여옥을 살폈다.

"그거 물어보려고 같이 나가자고 하신 건 아닐 테고, 무슨 일입니까?"

"무영이가 전화했어. 구치소 돌아가서 곰곰이 생각해봤는데 힘을 합치는 게 좋겠대. 유언장 관련 내용을 알아냈고, 고칠 방법도 알아냈으니까 만나서 얘기하자고."

"만나실 겁니까?"

"남의 얘기처럼 할 거 없어. 너도 나오래. 다 같이 의논해서 무준 오빠를 제지하고 그룹을 나눠 가질 방법을 찾자는 거야."

"저는 그쪽 깡패들하고 사이가 좀 안 좋아서요."

"그래서 안전한 장소에서 보자던데, 사람들 많은 데서. 오늘 6시에 같이 저녁 먹자더라고."

"김무영 구치소에 있는 거 아닙니까?"

"어. 구치소에 있지. 영상통화로 얘기하자대. 최재민 과장 보낼 테니까 예민한 얘기는 최 과장하고 하라네."

"좀 수상한데요. 여옥님 생각은 어떠세요?"

"내가 고등학생 때 독일 유학 갔었다고 했지? 그때 내 별명이 뭐였는지 알아?"

진혁은 뭐라고 말해야 할지 고민했다. 동양의 미녀? 이건 과하고, 금수저? 이건 좀 놀리는 거 같고. 진혁이 두뇌를 풀가동하는 와중에 여옥이 먼저 말했다.

"오크였어."

"오크요? 〈반지의 제왕〉에 나오는 그거요?"

진혁은 여옥을 유심히 쳐다보았다. 영화 속 오크와 비슷한

지점은 전혀 찾아볼 수 없었다.

"어. 거기 나온다며. 이유? 간단해. 내 이름이 여옥이니까, 비슷한 발음으로 여오크. 도착한 날부터 놀림을 당했는데 나중에는 못살겠더라고. 밥에 개구리 같은 걸 넣어놓질 않나, 옷장에는 죽은 쥐까지 넣고. 더는 안 되겠다 싶어서 제일 못되고 센 남자애한테 갔지. 키가 한 190 됐나? 금발의 고릴라 같은 놈이었는데, 그놈 고추를 걷어찼어. 그후로 놀림이 사라졌지."

"……고생 많으셨습니다."

"내 말은, 좆같은 놈은 좆같이 만들어줘야지 피하면 안 된다는 거야."

"만나고 싶으신 거군요."

"그래. 그래야 무영이 생각을 알 수 있지. 혹시 알아? 무영이가 무준 오빠도 처치하겠다고 나설지."

진혁은 잠시 생각하다가 물었다.

"별명은요?"

"뭐?"

"별명은 뭐가 됐습니까? 독일 고릴라 고추를 찬 다음에요."

"지금 그게 궁금해?"

"조금요."

278

여옥은 어이없다는 듯 웃더니 무감하게 말했다.

"오크-퀸이 됐지."

진실

약속 장소는 한남동 유엔빌리지 뒤편의 스테이크하우스였다. 무영이 미슐랭 스타를 받겠다며 야심 차게 낸 가게로, 재민이 전체적인 프로듀싱을 맡고 있었다. 재민은 미국 동부대학 느낌을 내고 싶었다고 포부를 밝혔지만, 대부분의 한국인은 미국 동부와 서부 사이의 차이를 몰랐고 가격이 비싸다는 것만 확실하게 알았다. 가게는 초기에만 반짝했을 뿐 곧 소리소문 없이 망했다. 무영은 회사 식품사업부에 스테이크하우스를 비싼 값에 팔아 돈을 벌었고, 사업부에선 임대 기간이 끝나면 레스토랑을 접을 계획이었다.

그래도 그날 저녁에는 손님이 제법 있는 편이었다. 회식을 온 듯한 회사원들도 있었고 커플로 보이는 남녀도 보였다. 재민은 안쪽 끝 자리에 조용히 혼자 앉아 있었다. 뉴욕의 마음 수련 센터에서 배운 대로 호흡하면서 긴장을 풀려고 애썼다.

호흡해, 최재민. 깊고 강하게.

무영 밑에서 일을 시작할 때만 해도 이런 걸 기대한 건 아니었다. 재벌가 금수저 밑에서 적당히 눈칫밥 먹으면서 법인 카드나 펑펑 쓰는 삶을 원했는데, 따귀를 맞고 사람을 아무렇지 않게 죽이는 깡패들과 엮이는 날이 올 거라곤 상상도 못했다.

무영은 구치소에 있다는 핑계로 그를 이곳에 대신 보냈다. 치사한 새끼. 맨날 친구를 찾지만 실제론 의리라곤 눈곱만큼도 없는 놈이다. 처음 만났을 땐 괜찮았다. 중학생 시절에는 쉬는 시간마다 농구도 하며 친하게 지냈다. 그러다 고등학교에 들어가자 사춘기를 온몸으로 겪는 건지, 이상할 만큼 음침한 놈이 돼서 뒷자리에서 시끄러운 음악을 들어버릇하더니 가끔은 눈화장도 하고 다녔다. 로커처럼 보이고 싶었다곤 하지만 재민은 무영이 그때쯤부터 맛이 갔다고 생각했다. 어디서 몰래 약 같은 걸 해서 전두엽에 문제가 생겼을 가능성이 높았다. 편을 바꾸는 게 나을 것 같긴 한데…… 재민이 거기까지 생각할 때 멀리서 여옥이 뚜벅뚜벅 걸어왔다. 재민이 얼른 일어나며 말했다.

"누나."

"어, 재민아."

여옥은 겉옷을 재민에게 건넸다. 언제 봐도 스타일 하나는 끝내준다. 재벌가 딸 중에 얼굴도 가장 예쁘고. 고교 시절부터 재민의 이상형은 여옥이었다. 여옥이 받아만 준다면 그녀에게 모든 걸 맞춰줄 용의가 있었다. 옷을 받아든 재민은 여옥이 앉도록 의자를 빼주었다.

"고마워."

"누나, 갑자기 불러서 미안해요. 무영이가 너무 마음이 급하다고 해서요."

"무영인?"

재민이 서류 가방에서 태블릿을 꺼냈다.

"여기 있죠."

여옥은 태블릿에 시선을 주더니 피식 웃었다.

"왜요?"

"아니, 아버지뿐만 아니라 무영이도 컴퓨터에 갇혀 있는 거 같아서. 우린 알게 모르게 이미 다 컴퓨터의 지배를 받고 있는 건가봐."

여옥이 재민이 건넨 이어폰을 귀에 끼자 태블릿 화면이 켜지고 초조한 얼굴의 무영이 나타났다. 그는 여옥을 보며 말했다.

"유진혁은?"

"좀 있다 올 거야. 회사에 일이 있어서."

*

그 시간 진혁은 군용 위장막을 뒤집어쓴 채 건물 옥상에 납작 엎드려 있었다. 시멘트 바닥이 차갑고 딱딱해, 몸을 움직일 때마다 팔꿈치와 무릎이 후끈거렸다. 바닥에 깔 걸 가져왔어야 했는데. 이런 식의 작전은 오랜만이라 뭐가 필요한지 그만 잊고 말았다. 진혁은 옆에 놔둔 아이스 아메리카노를 쪽 빨아먹었다. 그나마 마실 걸 잊지 않아서 다행이었다.

주위에 원목 나무와 페인트통들이 잔뜩 쌓여 있었다. 현장에서 나무를 자를 때 쓰는 절단기도 여러 대 보였다. 원래 루프탑 바를 준비하다가 망한 곳인데, 법적 분쟁이 끝나지 않아 빈 상태로 방치되어 있었다. 건설 기자재가 비에 젖는 걸 막기 위해 각목과 비닐로 외벽을 만들어놓은 탓에 바람이 불 때마다 때가 탄 비닐이 춤추듯 움직였다.

6차선 도로 맞은편에 서현아 소유의 미술관이 있었다. 처음엔 무준의 비자금 세탁 용도로 차린 것이었는데, 서현아가

사업 수완이 있어서 지금은 컬렉션 자체만으로 돈이 벌린다고 했다.

진혁은 국방색 관측경으로 규용을 찾았다. 미군 저격수가 쓰는 표준 장비로 유효 거리 내 표적의 위치를 파악하는 데 필요한 모든 걸 갖추고 있었다. 규용은 미술관 5층 전시실 창가에 놓인 벤치에 앉은 채였다. 넓은 통창을 통해 어깨를 움츠린 규용의 뒷모습이 명확하게 보였다.

오늘의 전시는 〈미혹迷惑에서 피안彼岸으로〉라는 주제의 불교 미술전이었다. 멍하게 앉아 있는 규용의 어깨 너머로 훈훈하게 웃는 부처님들의 모습이 보였다. 문 닫을 시간이 된 미술관은 손님 없이 한산했다. 5층에는 아예 규용 혼자뿐이었다.

반면 진혁은 혼자가 아니었다. 옆에 니코가 있었다. 니코는 미리 준비한 나무 판때기 위에 엎드린 채로 말했다.

"넌 왜 왔어? 내가 알아서 한다니까."

"중요한 일이잖아."

사실 진혁은 무영을 보러 가기 싫어서 이리로 왔다. 싫다기보다 무서웠다. 영상통화를 할 거라면서 스테이크하우스까지 오라는 것부터 수상했다. 일이 끝난 후 납치돼 오태식 앞에 끌려가게 될지도 몰랐다. 여옥도 자기 몫만 보장된다면 모른 척 외면할 인물이고. 확실한 건 오태식이 가죽을 벗기겠다고 한 게 단순한 엄포에 그치지 않을 거란 점이었다.

진혁은 여옥에게 무섭다고 솔직히 털어놓았다. 여옥은 새 회장의 새 비서실장이 그러면 되겠느냐고 짜증을 냈지만, 진혁은 마음을 바꾸지 않았다. 목숨도 걸어야 할 때 거는 거지, 함정이 분명한 곳에 제발로 찾아가는 건 자살행위나 마찬가지다. 대신 진혁은 정규용을 끌어들였다. 지금 여옥에게 가장 중요한 건 제약이고, 제약을 생채기 나지 않게 유지하려면 정규용이 뭘 꾸미는지 알아내야 한다고 잘 설명하자 결국 여옥도 받아들였다.

"김무준 왔다."

니코의 말에 진혁은 정신을 차리고 관측경에 시선을 집중했다. 통창 너머로 규용이 일어나 무준에게 인사하는 것이 보였다. 니코가 레이저 마이크를 신중하게 앞으로 내밀었다. 생긴 건 아이돌 가수들을 찍을 때 쓰는 대포 카메라처럼 생겼지만, 실제로는 레이저를 이용해 음성을 따내는 도청기다. 건물 내에서 목소리를 내면 음파가 공기 중으로 퍼지면서 유리창이 미세하게 떨린다. 레이저를 쏴서 그 미세한 떨림의 주파수를 분석하면 다시 목소리로 변환할 수 있다. 냉전 시대 소련에서 만든 기술이었다. 스파이 장비를 쓰다보면 대부

분의 기술적 기반이 구소련에서 마련되었다는 사실에 놀라
게 된다. 요즘엔 창문 유리에 도청 방지 필름을 붙이거나 미
세한 진동을 주는 식으로 방어한다지만, 니코가 가져온 도청
기는 광원까지 동시에 감지하는 최신 제품이라 목소리의 진
동에 따라 변하는 천장 전등 빛의 밝기까지도 미세하게 파악
해 목소리를 재구성할 수 있었다.

"어때?"

"도청 방지 장치가 없는 데네. 구형 기계 가져왔어도 됐겠
어."

간혹 이런 일이 있다. 애써 준비했는데 상대가 그만큼 준
비를 안 했을 때. 니코가 작은 목소리로 투덜댔다.

"프로하고만 상대하고 싶은데. 이러면 고생한 보람이 없
잖아."

진혁은 도청기와 연결된 이어폰을 꼈다. 규용의 목소리가
들렸다.

"회사에서 절 자르려고 감사 시작하고 뒷조사 들어간 거
같습니다. 주변인들도 조사하고 계좌도 까보고 있어요. 부회
장님이 저 도와주셔야 합니다."

"조금만 참으세요. 곧 내 시간이 옵니다."

"이러다 저 감옥 갑니다. 우리 딸 곧 결혼인데 그전에 아

비가 감옥에 가서 파혼이라도 당하면 어떡합니까. 부회장님이 조금만 손써주시면……"

진혁은 인상을 찌푸렸다. 무준과 규용이 나누는 대화가 전체적으로 이상했다. 진혁이 알기로 두 사람 사이에 특별한 접점은 없었다. 규용은 언제나 여옥의 사람이었으니까. 그런데 지금 두 사람은 마치 예전부터 알던 사이처럼 말하고 있었다.

무준이 말했다.

"감옥 다녀오세요. 지금은 제가 나설 수 없습니다."

"부회장님. 제가 겨울잠도 가져다드렸는데! 저 그거 목숨 걸고 가져왔습니다. 여옥이가 알면 큰일나는 건데……"

겨울잠? 그게 뭘까?

무준의 목소리가 낮아졌다.

"만나서 하고 싶은 얘기가 있다더니, 지금 협박하는 겁니까?"

"아뇨. 그런 건 아닙니다. 부회장님, 저는 다만……"

"전 제 사람 버리지 않지만 협박은 못 참습니다. 그렇게 감옥에 가기가 싫습니까?"

"……아닙니다. 필요하다면 가겠습니다."

"진작 그렇게 말씀하셨어야죠. 그럼 내가 회장 된 다음에

봅시다."

무준이 얘길 마치고 돌아섰다.

"회장님, 죄송합니다!"

규용은 허리를 90도로 접으며 멀어지는 무준의 등에 대고 크게 소리쳤다. 그런 다음 벤치에 다시 주저앉았다.

니코가 관측경에서 눈을 떼며 말했다.

"어떡해? 정규용 쫓아갈까? 아니면 김무준?"

"잠깐만."

고민하던 진혁은 여옥에게 전화를 걸었다.

*

여옥은 진동을 느끼고 휴대폰을 확인했다. 이 인간이 왜 전화한 거지? 내가 누굴 만나는지 모르는 것도 아닐 텐데. 의아함에 잠시 망설이던 여옥은 결정을 내리고 일어섰다.

"잠깐 화장실 좀."

태블릿 속 무영이 힐끔 여옥을 쳐다보며 투덜댔다.

"유진혁이야? 그 새끼 왜 안 와?"

여옥은 대답 없이 이어폰을 빼 테이블 위에 내려놓고, 화장실로 향하며 전화를 받았다.

"왜?"

"죄송합니다. 정규용 이사 도청중에 이상한 단어가 나와서요."

여옥은 짜증을 참기 위해 숨을 들이마셨다. 예전에는 전략적으로 화를 냈는데, 요새는 별일 아니어도 일단 화가 난다. 여옥은 애써 침착하게 말했다.

"내가 국어 선생인 줄 알아? 무영이가 너 왜 안 오냐고 난리야."

"겨울잠이라고 아십니까? 정규용 이사가 김무준한테 그걸 가져다줬다고 말했습니다."

여옥이 순간 걸음을 멈췄다. 그녀는 재빨리 화장실로 들어가 아무도 없는 걸 확인한 후 문을 잠갔다.

"우리 회사 제품이야. 실패한 고혈압 치료제. 처음 개발했을 땐 성공이 유력했는데 임상 도중 사람이 죽었어. 돈으로 해결하고 조용히 덮었는데, 별칭이 겨울잠이야. 동맥 혈관에 피가 흐르는 속도를 늦춰서 잠자듯 죽게 만들었거든."

"회장님 상태가 딱 그랬죠."

진혁은 혼잣말처럼 중얼거렸다.

"내가 한 일 아니야."

"압니다. 정 이사가 빼돌렸다고 했어요."

거기까지 말하고 진혁은 정신을 차렸다. 니코가 있는 곳에서 이런 얘길 나눌 수는 없었다.

"수고했어. 넌 철수해."

진혁은 니코를 지나쳐 옥상을 빠져나가며 이어 말했다.

"회장님 쓰러뜨린 약이 겨울잠 아닐까요?"

"그럼 아버지 죽이려고 든 게 무준 오빠라고? 오빠가 왜 그러겠어? 회사를 다 물려받는데."

"그때는 몰랐을 수도 있죠. 아니, 지금은 이유가 중요한 게 아닙니다. 정황상 김무준 짓일 가능성이 높아요. 확인해야 합니다. 여옥님은 김무영에게 돌아가서 상황을 알아보세요."

"너는?"

"저는 김무준 부회장한테 물어보겠습니다."

엘리베이터를 기다릴 시간은 없었다. 진혁은 비상계단을 빠르게 뛰어내려가 로비를 가로지른 뒤 6차선 도로를 무단 횡단했다. 심장이 터질 것 같았지만 전력 질주를 멈추지 않았다. 무준이 떠나기 전에 잡아야 했다. 길을 막 건넜을 때, 무준의 롤스로이스가 미술관을 빠져나오는 것이 보였다. 진혁이 뛰어들어 앞을 막았다. 급브레이크를 밟은 운전기사가 창밖으로 얼굴을 내밀고 욕설을 내뱉었지만 진혁은 아랑곳

하지 않고 차체를 더듬으며 뒷좌석 쪽으로 다가갔다. 짙게 선팅이 되어 있는 차창 가까이 얼굴을 가져가자 창문이 내려가고 무준이 모습을 드러냈다.

"뭐야?"

진혁은 가쁜 숨을 내뱉으며 물었다.

"골든게이트 레저. 오태식. 정규용. 전부 부회장님 지시받고 있는 겁니까?"

회장님 죽이라는 오더를 내렸냐고 묻고 싶었지만, 그건 지나치게 직설적이다. 무준이 차문을 열더니 타라는 듯 턱을 까딱였다. 진혁은 망설였다. 이걸 탔다가 진짜 오태식에게 배달되는 게 아닐까?

"뭐 해. 타."

결국 진혁은 차에 올랐다. 무준쯤 돼서 사람 죽이는 일에 관여하진 않을 것이다. 혹시 죽이려고 한다면 나중에 애들을 시키겠지. 차가 출발하자 무준은 암 레스트의 컨트롤 패널을 조작해 운전석과 뒷좌석 사이의 파티션 윈도를 올렸다.

"내 밑으로 와. 비서실장 자리 지키게 해줄 테니까."

진혁은 순간 그러겠다고 대답할 뻔했다. 무준은 차기 회장이 되기로 예정되어 있었다. 괜히 여옥 편을 들며 목숨을 거느니 무준 밑으로 들어가는 게 낫지 않을까? 여옥과 손을 잡긴 했지만 가장 설득하기 쉬운 상대여서 그랬을 뿐 목숨을 걸 정도로 의리가 있는 사이는 아니다.

문제는 하나였다. 과연 무준이 약속을 지킬 것인가. 위태로운 비밀을 알아차린 직원에게 비서실장 자리를 줄 것인가.

"회장님 손대셨습니까?"

"나 혼자 한 일 아니야. 현장에서 움직이는 애들이 누군지도 모르고. 큰 그림을 기획한 건 맞지. 정관계며 해외기업에도 로비가 끝났어. 내가 회사를 물려받은 후의 로드맵도 완성되어 있고. 여옥이나 무영이나 괜한 짓을 하는 거야."

"왜 그러셨습니까? 어차피 부회장님이 다 물려받을 텐데요."

"그 어떤 리스크도 감수하고 싶지 않아서. 기다릴 수가 없었어."

진혁은 중요한 점을 짚었다.

"회장님 안 돌아가셨습니다."

"알아."

"전 회장님 손 못 댑니다. 부회장님 밑에 들어가기 위해서 그런 일까지 할 생각 없어요."

"그건 유 실장 마음이지만, 그러면 값어치가 떨어지겠지?"

*

    여옥은 자리로 돌아왔다. 테이블 위에 세워져 있는 태블릿 속 무영의 얼굴은 마치 영정사진처럼 보였다. 여옥이 이어폰을 끼며 자리에 앉자 화면 속 무영이 투덜댔다.

    "난 더 못 기다려. 접견 시간도 끝났는데 억지로 여기 있는 거야. 유진혁 오는 거야, 안 오는 거야?"

    "무영아. 네가 아버지 죽였니?"

    재민은 물을 마시려다 켁, 하고 내뱉었다. 화면 속 무영의 얼굴이 시뻘겋게 달아올랐다.

    "무슨 개소리야!"

    "흥분하지 말고 솔직하게 말해봐."

    "내가 아버지를 왜 죽여! 나야말로 오태식이란 놈한테 죽을 뻔했다고! 그 새끼가 유진혁 데려오라고 했단 말이야!"

    "왜 만나자고 했나 궁금했는데, 유 실장 끌어내리려고 그런 거야? 하긴 유 실장도 그랬지. 여기 나왔다가 죽고 싶진 않다고."

    여옥은 말하다 말고 고개를 갸웃했다.

    "근데 넌 왜 깡패 말을 듣니? 그럴 이유가 없잖아. 경찰에 신고하면 되는데. 뭔가 대가가 있었을 테지. 뭘 받기로 했니?"

무영은 망설이다 말했다.

"그 새끼가 유진혁 죽여준다고 했거든. 유진혁이 맘에 안 들어. 누나도 그 새끼한테 속고 있는 거야."

무영아. 그래도 널 살려준 사람인데.

여옥은 속엣말을 삼키며 한숨을 쉬었다. 무영은 여전히 어린애 같았다.

"그럼 그 깡패는 어디 있는데? 밖에서 우리가 나오길 기다리고 있니?"

"누나 건드릴 생각 없어. 그냥 유 실장만 데려가기로 한 거야. 그 새끼가 유진혁 손본 다음에 우릴 돕겠다고 했다고."

"못 들은 걸로 할게."

여옥은 대답을 듣지 않고 화면을 끈 뒤 일어났다. 재민이 따라 나오면서 여옥의 어깨에 겉옷을 걸쳐주었다.

"누나, 미안해요. 저쪽에서 유언장 손대는 걸 도와준다고 했어요."

"그 깡패 새끼 무준 오빠 편이야. 너희 속았어."

*

진혁을 태운 차가 노아의 방주 형태를 본떠 지은 신흥 교회 앞에 멈춰 섰다. 교인들이 경계하는 눈빛으로 차에 시선을 주며 지나쳐갔다.

"태워주셔서 고맙습니다."

차에서 내리는 진혁에게 무준이 말했다.

"유 실장, 후회할 거야."

"인생이 늘 후회의 연속이죠, 부회장님."

진혁이 문을 닫자 롤스로이스는 소리 없이 조용히 출발했다. 무준의 제안을 받아들이고 싶었지만, 결국 거절했다. 무준을 믿기 힘들다는 이유도 있었지만 그보다는 진혁의 애초계획과 다르기 때문이었다. 결단코 여옥이 더 맘에 들어서가아니다.

진혁은 여옥에게 전화했다.

"방금 김무준 만났습니다."

"오빠가 뭐래?"

"김무준 짓 맞는 거 같습니다. 자기 밑으로 들어오면 비서실장 시켜주겠다네요."

"그래서? 가기로 했어?"

"아뇨, 안 갑니다. 배신은 안 한다고 말씀드렸잖습니까."

"고맙다고 해야 할지 의심스럽다고 해야 할지 모르겠네. 나도 무영이한테 물어봤어. 너 없애고 싶어서 부른 거 맞대.

네가 말한 그 깡패가 유언장 고쳐주겠다고 약속도 했고."

"거짓말일 겁니다."

"그렇겠지. 난 아직 스테이크하우스. 밖에 너 노리는 깡패 있다고 해서, 무서워서 못 나가겠어. 괜히 내가 당하면 안 되 잖아. 그래서 병원에 있는 애들 불렀어. 걔들 오면 출발하려고."

"저도 그리로 가겠습니다."

택시를 잡으려던 진혁이 멈칫했다. 뭔가가 마음에 걸렸다. 그는 여옥에게 다급히 말했다.

"잠깐만요. 그럼 지금 병원에는 누가 있습니까?"

"제약에서 부른 애들하고 병원 인력들. 걱정 마, 병원 보 안팀도 일 잘해. 그동안 문제 생긴 적도 없고. 걔들이 어떤 애들인지 알잖아."

VIP 병동을 담당하는 병원 보안팀이 실력 있는 건 맞 다. 국내외 고위층들이 치료를 위해 머무는데다, 가끔씩 아 랍 왕족이나 동남아 거물들이 방문할 때를 대비해 국정원과 경찰에서도 담당자들이 파견 나와 있어 믿을 만했다. 하지 만······

진혁은 무준이 했던 말을 떠올렸다. 회장님 손댈 생각이 없다고 하자, 그러면 값어치가 떨어진다고 했다. 다시 말해 회장을 없앨 다른 방법도 있다는 뜻이다. 정관계에도 로비가 끝났다는 무준의 말대로라면 보안팀에도 선이 닿았을지 모른다. 그렇다면 그와 여옥을 병원 밖으로 끌어내기 위해 오태식을 이용, 스테이크하우스에서 만나도록 한 게 아닐까? 두 사람 다 없어야 회장을 처리하기가 쉬워지니까.

"저는 병원으로 가보겠습니다."

진혁은 택시를 부른 뒤 맥스에게 전화했다. 트럭에서 회장을 실시간으로 모니터링하고 있으니 상황이 어떤지는 제일 잘 알 거란 생각에서였다. 그런데 맥스가 전활 받지 않았다. 받을 수 없거나, 저쪽과 한패가 됐거나. 둘 중 하나겠지.

우선은 회장이 무사한지부터 확인해야 했다. 그러려면 지금 병원 VIP 병동에 있는 사람. 믿을 수 있는 사람. 그런 사람이 필요했다. 생각해보니 딱 적당한 사람이 있었다.

*

상연은 다리 사이에서 느껴지는 핸드폰 진동에 잠에서 깼다. TV에선 여전히 넷플릭스 드라마가 한창이었다. 역시 처음 보는 드라마였다. 계속 켜놓았더니 알아서 추천 작품으로 넘어간 모양이었다. 중남미 드라마 같은데, 남녀 주인공 모두 옷을 벗은 채였고 격정적인 음악이 흘러나오고 있었다. 상연은 이어폰을 빼내면서 이불 속을 더듬었다. 폰을 집어드니 모르는 번호가 떠 있었다. 무시한 채 비실거리며 일어나 화장실을 가려는데 진동이 계속 울려 결국 전화를 받았다.

"박상연씨. 저 유진혁입니다."

"아 실장님. 맞네. 제가 실장님 번호를 저장 안 했네요. 지금 저장할게요."

"아직 병원이죠?"

"그럼요. 제가 어딜 가요."

그런데 복도가 조용했다. 데스크에 간호사도 없고 모퉁이마다 서 있던 경호원들도 보이지 않았다. 가습기만 윙 하는 소리와 함께 하얀 연기를 뿜어내고 있었다.

"그런데 다들 철수했어요? 아무도 없네."

"아무도 없습니까? 한 명도?"

"네."

"당장 회장님 병실로 가요."

"네? 제가요? 또요?"

"지금 믿을 건 박상연씨밖에 없습니다."

"아니, 그렇게 말씀해봐야 전 회장님이 어디 계신지도 모르는데."

"복도로 나와서 오른쪽으로 쭉 걸어가요. 거기 끝에 붉은 색으로 표시된 화살표 보이죠? 그리로 가면 회장님 방입니다."

상연은 주위를 살폈다. 넓은 병원이 유령의 집처럼 텅 비어 있었다. 약간 겁이 나는 동시에 스릴이 느껴졌다. 그래도 섣불리 움직이고 싶진 않았다.

"무슨 일인지 얘기 안 하면 안 갈래요."

"박상연씨, 시간 없어요! 빨리 움직여요!"

상연은 머슴답게 진혁이 시키는 대로 움직일 뻔했지만 곧 정신을 차렸다. 최근 들어 회장님 댁에 대한 믿음이 많이 사라진 탓이었다. 그녀는 머슴에서 노동자로 진화하고 있었다.

"실장님. 그렇게는 안 돼요. 다시 방에 가서 이불 뒤집어 쓰고 누워 있을래요."

"잠깐만요. 박상연씨, 솔직히 말할게요. 지금 회장님이 위험합니다. 사람들 없는 틈을 타서 살인자들이 올 거예요."

"또요?"

상연은 방으로 돌아가기 위해 몸을 돌렸다. 아니다. 방으로 갔다간 죽을 수 있다. 화장실. 화장실에 숨어야겠다. 그녀가 화장실 쪽으로 몸을 틀 때 진혁이 다급하게 말했다.

"지금 상연씨가 회장님을 구하면 무일그룹의 은인이 되는 겁니다."

상연은 멈칫 동작을 멈췄다. 무일그룹의 은인이라. 그건 좀 혹한다.

"얼마 줄 건데요?"

"얼마 원하십니까?"

그녀는 회장의 병실에 시선을 주며 말했다.

"100억. 일단 100억 쏘고 말해요. 그러면 회장님 구할게 요."

좀 과하게 지른 감이 있지만 상관없다. 회장님 목숨이 걸 렸다면 협상을 하면 하지, 파투를 내진 않을 테니까. 정 위험 할 거 같으면 혼자 도망가면 된다. 지금은 우선 질러볼 때다.

"알았어요. 줄 테니까, 빨리 회장님한테 가요. 빨리!"

"입금 확인하고 갈 거예요."

상연은 마지막으로 엄포를 놓고 회장의 병실로 향했다. 혹 시 병실에 사람이 있을지도 모른다는 생각에 걱정됐지만, 문 을 열어보니 아무도 없었다. 상연의 집, 아니 상연의 부모님 집보다도 큰 대기실을 지나쳐 병실로 들어가자 침대에 누워 있는 회장이 보였다.

"회장님, 안녕하세요."

회장은 마지막으로 봤을 때보다 더 앙상해져 있었다. 하지만 부릅뜬 눈으로 상연을 노려보는 건 여전했다. 상연은 어색하게 인사한 후 바깥을 살폈다. 아직 침입자의 인기척은 들리지 않는다. 빨리 움직이자. 여차하면 회장님 침대 아래 숨으면 된다.

그때 띠띵 하는 소리가 들렸다. 순간 심장이 덜컥 내려앉았지만, 이내 입금 알림음이라는 걸 알아차렸다. 다른 건 다 진동으로 해두지만 입금만은 소리로 온다. 상연이 자신의 계좌로 1억이 입금된 걸 확인하자마자 다시 전화가 왔다.

"1억 입금했습니다."

"100억이라고 말씀드렸는데."

"박상연씨. 100억 입금하면 세금 문제가 생깁니다. 대한민국 국세청이 그 정도로 물렁하지 않아요. 세무조사 들어갈 거고, 박상연씨 주변 인물들까지 다 파헤칠 겁니다. 1억도 위험한데…… 일단 계약금으로 받고 나머지는 끝나고 챙겨줄게요. 빨리요!"

"약속 지켜요."

상연은 침대 가까이 다가가, 다리에 달린 바퀴 고정 장치를 풀며 회장님에게 속삭였다.

"회장님, 제가 구해드릴게요. 저 박상연이라고 해요. 박. 상. 연. 회장님 집에서 가사도우미로 일하고 있거든요? 그때

뒀었는데, 기억하시나요?"

회장의 머리에 뇌파 전극 수십 개가 붙어 있었다. 전극은 병실 구석의 커다란 전자기기와 연결되어 있어, 떼지 않고는 움직일 수 없었다. 상연은 진혁에게 물었다.

"머리에 뭐가 엄청 붙어 있는데요. 이거 떼도 돼요?"

"네. 떼세요."

상연은 전극을 떼내고 침대를 밀었다. 침대 옆에 빨간색 버튼이 달린 작은 스피커가 놓여 있었다. 스피커는 회장의 정수리와 연결되어 있었는데, 쉽게 떼어지지 않았다. 그녀는 다급한 마음에 스피커를 회장님 가슴 위에 올려놓고 병실 밖으로 나갔다. 대기실을 지나쳐 복도로 나갔을 때 맞은편에서 인기척이 들려왔다. 상연은 침대를 돌려 화장실로 향했다. 하지만 화장실 문 폭이 좁아 침대가 들어가지 않았다.

두리번거리던 상연은 복도 한쪽에 놓인 휠체어를 발견했다. 휠체어를 가져와 회장님을 앉히려고 했지만, 너무 무거워서 겨우 몇 센티 들었다가 다시 내려놓을 수밖에 없었다. 영화 같은 걸 보면 이럴 때 초인적인 힘을 발휘하던데. 쪼그라든 노인네가 왜 그리 무거운지, 심지어 팔다리가 축 늘어진 상태라 어딜 잡고서 옮기기도 난감했다.

상연은 간호학교에서 배운 휠체어 이송법을 떠올리려 애

썼다. 침착하자. 일단 휠체어가 움직여서는 안 된다. 브레이크를 잠그고, 회장님의 두 다리를 먼저 침대 아래로 내렸다. 휘청 넘어가려는 상체를 붙잡으니 어떻게 해야 할지가 생각났다. 회장님의 두 다리를 무릎으로 조이고 두 팔을 자신의 어깨에 걸쳤다. 그런 상태에서 회장님 가슴을 끌어안고 단번에 몸을 돌려 휠체어로 옮겼다. 우두둑. 순간 무시무시한 통증과 함께 허리에서 뭔가 부러지는 소리가 났다. 디스크가 터진 거 아냐? 상연은 다리에 힘이 풀리는 걸 느꼈지만 꾹 참고 휠체어를 밀며 화장실로 향했다. 맞다. 그전에 할 일이 있다. 그녀는 침대를 발로 차서 비상구 밖으로 밀어냈다. 그런 다음 회장님을 데리고 화장실 마지막 칸 안으로 들어가 문을 잠갔다.

오태식이 병동으로 들어섰다. 등산용 모자를 깊게 눌러쓰고 마스크에 장갑까지 끼고 있었다. 병동 내 CCTV를 전부 꺼놓을 거란 약속을 받았지만, 그런 말을 믿고 맨얼굴로 다닐 만큼 바보는 아니었다.

본래는 진혁을 죽일 생각이었다. 스테이크하우스 앞에서 대기하다 진혁이 나오면 낚아채서, 아지트로 쓰는 교외의 동물 화장장으로 데려가겠다는 계획이었다. 반경 10킬로 이내에 아무것도 없는 곳이라 진혁이 아무리 비명을 질러도 소용 없었다. 거기서 며칠 동안 즐거운 시간을 보낼 생각이었는데, 위에서 계획을 틀었다. 진혁과 여옥이 없는 사이에 회장을 제거하라는 거였다. 내키지 않았지만 보상이 커서 받아들일 수밖에 없었다. 회장을 죽이고 해외로 뜨면 된다. 성형수술을 할 때 귀도 만들어 붙이고 하와이 같은 휴양지 가서 편하게 살아야지. 진혁을 없애지 못하는 게 아쉽지만, 대신 해외로 뜨기 전에 한 군데는 들러야겠다. 요양원. 노인네를 손봐주는 것도 나름 재미있을 것 같았다.

그런 생각을 하면서 태식은 바늘 없는 주사기를 꺼냈다. 김백식 회장의 발가락 사이에 쑤셔넣고 방아쇠만 당기면 된다. 10초면 끝날 일인데, 저택에 잠입시킨 놈이 바보천치라 이렇게 오래 걸렸다. 그는 혀로 깨진 치아를 훑으며 병실로 들어섰다. 이제는 혀를 움직이는 것만으로도 휘파람 소리가 났다.

그런데 병실이 비어 있었다. 침대까지 사라져 아무것도 없었다. 당황한 태식은 다시 대기실로 나왔다. 방을 잘못 찾았나? 복도로 나가 확인해봤지만 여기가 맞았다. 태식은 다시 병실로 뛰어들었다. 시간이 없다. 위에서 약속한 시간은 5분이었다. 분명 충분하다고 생각했는데.

태식은 미친놈처럼 병실을 뒤지다 밖으로 나왔다. 생각을 하자, 생각을. 누군가 병동에 남아 있다가 회장을 데리고 도주했다면 아직 근처 어딘가에 있을 것이다. 그는 비상구 문을 박차고 나갔다. 거기 빈 침대가 놓여 있었다. 죽어가는 늙은이가 어디 숨었을까?

화장실 마지막 칸은 청소도구함이 있는 곳이었다. 상연은 휠체어를 안쪽 깊이 밀어넣고 문 앞을 지키고 섰다. 허리가 칼로 쑤시는 것처럼 아팠지만 위기 상황이라 그런지 몸이 움직여지긴 했다. 상연은 회장을 돌아보며 말했다.

"회장님, 저 절대 잊으시면 안 돼요. 지금 허리 나간 거 같거든요? 보상해주셔야 돼요."

회장의 머리가 한쪽으로 기우뚱 넘어가 있었다. 상연은 몸을 편하게 바로잡아주려다 바닥에 뭔가 떨어져 있음을 알아챘다. 들어 보니 빨간색 버튼이 달린 작은 스피커였다. 이게 뭐지? 상연이 버튼을 눌렀다. 그러자 스피커에서 회장의 목소리가 들렸다.

"그래. 보상해줄 거다. 가족들도 다 날 배신했는데 너만 남았구나. 네가 날 살리면 원하는 걸 전부 다 주마."

"회장님? 지금 회장님이 말씀하시는 거 맞죠?"

그때 쾅! 거칠게 화장실 문이 열리고 누군가 들어왔다. 상연은 급히 회장의 입을 막으려다, 대신 스피커를 끌어안으며 속삭였다.

"밖에, 밖에 무서운 사람 왔어요. 조용히 하셔야 돼요."

태식은 주사기를 움켜쥐고 닫혀 있는 칸막이 문을 하나씩 열었다. 순식간에 상연과 회장이 숨은 칸 옆까지 왔다. 상연은 스피커를 내려놓고 문틈으로 바깥을 살피며 대걸레 자루를 쥐고 일어섰다. 그런데 이길 수 있을까? 무섭지만 지금은 달리 방법이 없었다. 대걸레로 침입자의 머리를 깨는 상상을 하다가 실수로 스피커를 밟았다. 그러자 회장의 목소리가 흘러나왔다.

"나 김백식이야. 날 노리고 온 건가?"

마지막 문을 박차고 들어가려던 태식은 기겁했다. 김백식 회장, 혼수상태라고 들었는데 아니었나? 회장은 차가운 목소리로 말을 이었다.

"곧 우리 애들이 올 거야. 이건 내 딸이, 누가 날 노렸는지 알아내려고 판 함정이거든. 날 죽이는 데 성공해도 넌 잡혀. 누구 지시를 듣고 왔는지 모르겠지만 지금 가면 고이 보내주지."

태식은 코웃음쳤다. 영감탱이가 살아 있는 건 예상외지만,

그가 하는 일에는 늘 리스크가 따르기 마련이었다. 짖는 개는 물지 않는 법. 저런 말을 하는 것부터가 두렵다는 뜻이었다.

"영감님. 그냥 가면 돈 못 받아요. 이게 다 돈 때문에 하는 일인데."

태식이 문을 발로 걷어찼다. 문짝이 부서지는 순간 안에서 대걸레가 튀어나왔다. 휘청, 예상치 못한 일격에 태식은 머리를 얻어맞고 비틀거렸다. 다시 대걸레가 날아왔지만 태식은 이번엔 손으로 잡고 누구 짓인지 쳐다보았다. 진혁과 함께 있던 여자다. 눈을 매섭게 뜬 채 그를 노려보고 있는 여자의 등뒤로 회장이 보였다.

"아가씨, 비켜. 그 영감 죽이고 돈 줄게."

"아가씨 아니거든."

태식은 둘을 어떤 식으로 처치할지 궁리했다. 달려들어서 목을 조를까? 그러면 빼도 박도 못하고 살인이 될 텐데. 무엇보다, 사람들이 오기 전에 둘을 없애야 한다. 그때 다시 회장의 목소리가 들렸다.

"돈은 내가 주지."

목소리는 바닥의 스피커에서 흘러나오고 있었다. 그럼에도 회장의 표정은 몽롱해서, 연기인지 복화술인지 알 수가 없었다.

310

"이건 또 뭐야…… 누가 말하는 거야."

"내가 말하는 거다, 나 김백식이. 돈 줄 테니까 내가 부르는 번호로 전화 걸어."

*

병실엔 아무도 없었다. 김백식 회장은 물론 박상연도 보이지 않았다. 진혁은 두리번거리며 병원 복도로 뛰어나갔다.

"상연씨! 박상연씨!"

"왜요?"

화장실 문을 열고 상연이 축 늘어진 회장을 태운 휠체어를 밀고 나왔다. 진혁은 안도하며 두 사람에게 다가갔다. 상연이 스피커를 든 채 울상이 돼서 말했다.

"회장님 무사하세요. 그런데 말을 하시다가 안 해요."

진혁은 뒤따라온 의사들에게 회장을 병실로 옮기라고 손짓했다. 전문의들이 급하게 회장을 침대로 눕혀 병실로 향했다. 상연이 지쳤는지 바닥에 주저앉았다. 진혁은 허리를 숙여 상연과 눈높이를 맞추며 말했다.

"살인자는요?"

"도망갔어요"

진혁은 주위를 살폈다. 급하게 오느라 사정을 따질 틈이 없어서, 인근 지구대 형사들부터 119 구급대까지 전부 불렀다. 엘리베이터 계단 가리지 않고 통제하게 했으니 살인자가 빠져나갈 틈은 없었다. 진혁은 상연의 어깨를 가볍게 툭 치고는 비상구로 뛰었다.

　"실장님."

　"걱정 말아요. 잔금 지불할 거니까."

　"아니, 조심하시라고요."

　진혁은 옥상으로 올라갔다. 널따란 옥상은 캄캄했고 사람 하나 보이지 않았다. 한강을 따라 늘어선 건물들이 거대한 트리처럼 반짝였고, 자동차의 행렬은 마치 빛나는 강처럼 꿈틀거리며 길게 흘러가고 있었다. 검은 한강물 위로 수많은 불빛들이 자잘하게 반사되어 떠다녔다. 반짝거리는 도심의 풍경과는 달리 병원 뒤편은 칠흑같이 어두운 숲이었다. 바람이 불자 아카시아 향이 훅 끼쳐왔다. 멀리서 산비둘기 우는 소리가 들렸다. 진혁은 심호흡을 하며 마음을 가다듬은 뒤 총을 꺼내 들고 살인자를 찾았다. 그런데 아무도 보이지 않았다. 사람들 사이에 섞여서 벌써 아래로 내려간 걸까?

　옥상을 쭉 훑던 진혁이 결국 포기하고 돌아가려던 순간,

난간 너머에서 삐걱삐걱 금속이 긁히면서 나는 소음이 들렸다. 진혁은 총을 들고 조심스럽게 난간으로 다가갔다. 거기 태식이 있었다. 태식은 어두컴컴한 건물 아래로 완강기를 타고 내려가는 중이었다. 병동 뒤편은 야산과 이어져 있어 철망만 넘으면 바로 산을 타고 도주할 수 있다. 완강기 지지대가 삐걱대는 소리를 냈다. 바람이 불 때마다 좌우로 움직이며 위태롭게 흔들거렸다. 태식은 아래만 보면서 내려가는 중이라 위에서 진혁이 쳐다보고 있다는 사실을 몰랐다.

"오태식!"

몇 번을 부르고 나서야 태식이 고개를 들었다. 모자가 벗겨져 아래로 떨어지자 귀에 감겨 있는 붕대가 보였다. 얼굴은 땀으로 범벅이 되어 있었다. 태식은 깨진 앞니를 드러내며 사정했다.

"내가 졌어. 그냥 보내줘. 너네 회장하고 얘기도 끝났다고! 돈 받고 화해했어! 우리도 화해하면 되잖아. 내가 귀 잘린 것도……"

진혁은 총을 들어 태식을 겨눴다.

"올라와."

태식은 줄에 위태하게 매달린 채 물었다.

"올라가면? 날 통해서 배후 캐내려고? 이 사람아, 그럼 난 죽어. 어차피 죽는데 내가 왜 올라가? 난 내려갈 거니까 쏘든 말든 맘대로 해."

태식의 말이 맞았다. 어느 쪽이 이기든 태식은 죽을 것이다. 이미 실패했고 양쪽 모두 그의 존재를 알아챘으니까. 진혁은 피로감을 느꼈다. 이쯤에서 접고 싶지만 너무 멀리 왔다. 이왕 시작했으면 끝을 내야 한다.

"오태식!"

그는 다시 태식을 불렀다. 태식이 고개를 들었다. 이제 살수 있을 거라고 기대했는지, 일그러진 미소를 짓고 있었다.

"왜?"

"잘 가라."

진혁은 지지대를 발로 걷어찼다. 지지대가 옆으로 돌면서 태식이 벽에 머리를 부딪혔다. 진혁이 몇 번이고 반복해서 지지대를 걷어찰 때마다 태식의 몸이 빙그르르 돌면서 벽과 충돌했다. 그러다 가슴 벨트가 풀리며 태식이 아래로 떨어졌다. 진혁은 권총을 허리춤에 끼우며 돌아섰다. 119 구급대와 경찰들이 옥상으로 올라오고 있었다. 그들을 지나쳐가며 진혁이 말했다.

"살인 용의자가 추락했네요."

*

"화재 훈련이라고 병동 사람들을 전부 내보냈답니다. 담당 간호사가 회장님도 모시고 나가려 했는데, 보안팀에서 단순 훈련이니 금방 내려갔다가 올라오면 된다고 설득했다네요."

"보안팀의 누가 저지른 짓이야?"

"경찰에서 파견 나온 경위가 독단적으로 벌인 일인데, 현재 실종 상탭니다. 가족들도 행방을 모르고요."

진혁은 여옥에게 그간 있었던 일을 설명하는 중이었다. 뒤늦게 병원으로 돌아온 여옥은 언론에 불필요한 사실이 알려지지 않도록 상황을 수습했다. 병원 내 화재 훈련 때 전과자인 오태식이 잠입했다가 추락사한 것으로 일단락됐다. 당분간 찌라시들이 설쳐대느라 소란스럽겠지만 태식은 죽었고 회장은 무사하니 잠시 시끄럽다 말 터였다.

"박상연씨 덕분에 살았네. 그 여잔 왜 병실에 남아 있었대?"

"이어폰 꽂고 잠들어서 사이렌 소리를 못 들었답니다. 박상연씨가 입원한 걸 아는 사람도 거의 없었고요. 진짜 환자도 아니니까 다들 모르고 지나간 거죠."

여옥은 목소리를 낮춰 물었다.

"아버지는? 아까 잠깐 얼굴 봤는데 묻는 말에 대답을 안 하던데."

"갑자기 움직이시는 바람에 상태가 나빠졌습니다. 건잠머리측 얘기로는 인지능력이 많이 떨어졌답니다. 다시 말씀을 하실 수 있는지가 문제가 아니라, 뇌사 상태로 넘어갈 수도 있다고……"

여옥은 어이없다는 듯 헛웃음을 지었다.

"좀 느닷없네. 당분간 계속 이러고 살 줄 알았는데."

진혁은 아무 말도 하지 않았다. 여옥의 마음이 복잡할 걸 알았기 때문이다. 여옥은 잠시 침묵한 끝에 쓸쓸한 어조로 말을 이었다.

"마지막 인사는 하고 싶었나봐. 싫든 좋든 너무 오래 봤잖아."

"그렇죠."

"그럼 이제 어쩌지? 진짜 혼수상태가 된 아버지를 모시고 있어봤자 소용없을 거고."

"협상을 해야죠."

"누구하고?"

"김무준이요."

"무준 오빠가 받아들이겠어? 그냥 기다리기만 하면 되는데."

"아뇨, 김무준 못 기다립니다. 협상할 겁니다."

*

미술관은 휴일이라 텅 비어 있었다. 미리 약속을 하고 온 진혁만 들어갈 수 있었는데, 그런데도 입장 전에 철저하게 신체검사를 받았다.

그는 5층 벤치에 앉아 무준을 기다렸다. 통창에는 전과 달리 긴 커튼이 쳐져 있었고 경호원들이 도청 방지 장치를 설치한 후 떠났다. 혼자 남아 벽에 걸린 불화佛畫들을 멍하니 지켜보는 진혁의 등뒤로 무준이 다가왔다.

"무슨 생각을 그렇게 해?"

무준은 대답을 기다리지 않고 뚜벅뚜벅 걸어와 진혁의 옆에 앉았다. 휴일에는 주로 로로피아나의 부드러운 니트에 면바지를 입는 무준이었지만 오늘은 아톨리니의 정장을 갖춰 입은 모습이었다. 바지의 주름, 넥타이의 각도, 소매 아래 보이는 커프스, 적당히 길이 든 구두까지. 마치 그림으로 그린 듯 빈틈없는 차림새라 정장이 아니라 전투복을 입은 것 같은 모습이었다. 평소의 진혁이라면 무준의 모습에 기가 죽어 벌떡 일어나 인사하고 반 걸음쯤 뒤에 서서 이야기를 나눴을 것이다. 하지만 지금은 달랐다.

"피곤해서요. 짧은 시간에 너무 많은 사람이 죽었거든요. 애초에 독한 마음을 먹고 시작하신 일이겠지만 다른 방법을 썼다면 어땠을까 하는 생각이 듭니다."

무준도 딱히 진혁에게 일어서라고 말하지 않고 옆에 앉아 편안한 말투로 말했다.

"그래도 비슷했을 거야. 너무 큰돈이 걸린 일이거든. 아버지는 괜찮으신가?"

"네, 살아 계십니다. 그거면 됐죠."

"그래. 그거면 됐지."

무준은 잠시 침묵하다가 말했다.

"왜 보자고 했어?"

"회장님하고 대화 나누신 거, 전부 촬영됐습니다."

"그럴 줄 알았어. 영상 봤으면 내가 그룹 물려받는 것도 알았을 텐데. 날 거절한 이유가 뭐지?"

"말만 그렇게 하시고 결국 절 버릴 거라고 생각했거든요."

"그건 아냐. 나도 뛰어난 비서실장이 필요했으니까. 유 실장이 근본은 없어도 일은 잘하잖아."

"아쉽네요. 그땐 부회장님 마음을 몰랐습니다."

진혁은 진심을 담아 말하곤 핸드폰을 벤치 위에 내려놓았다. 무준과 회장이 나누는 대화가 찍힌 영상이었다. 조용한 미술관 안에 두 사람의 목소리가 울려퍼졌다.

"전자하고 생명, 제약, 건설 다 네 거다. 전부 널 위해 이뤄온 거야. 혹시 네가, 네가 나보다……"

진혁은 영상을 껐다.

"김백식 회장님 마지막 말씀이요. 네가 나보다, 그다음에 무슨 말을 하려고 하신 건지 생각해봤습니다. 여옥님은 '네가 나보다 잘한다면 회사를 물려주겠다'인 것 같다고 생각하셨어요."

"유 실장 생각은 다른가보지?"

"이해 안 가는 것들이 있어서요. 회장님, 아들 둘에게 화가 났습니다. 근데 부회장님에게 그룹 전체를 물려주는 걸로 유언장을 바꾸셨죠. 이유가 뭘까. 화가 났는데 왜 부회장님께는 전부를 주기로 했을까. 부회장님은 그룹을 물려받는 걸 알면서 왜 아버지를 죽이려고 들었을까."

무준은 계속해보라는 듯 고개를 끄떡였다.

"부회장님 건강검진 기록을 찾아봤습니다. 결과지를 다 지우셨더라고요. 신중하게 잘 처리하시긴 했지만 지금 병원 소유자가 여옥님 아닙니까. 지운 것도 다 살릴 수 있죠."

"여옥이가 병원 가지고 나갈 줄 몰랐어. 그럴 줄 알았으면 더 꼼꼼하게 처리했겠지."

"췌장암이시더군요."

무준은 고개를 끄떡였다.

"그래. 말기야. 의사 말로는 3개월밖에 안 남았대. 이상하지? 지금도 가끔 아프긴 하지만 그래도 죽을 거 같진 않은데. 그동안 이렇게 어렵게 올라왔는데, 이제 와서 죽는다니."

무준은 슬프다기보다는 어딘가 후련해 보였다.

"그래서 회장님이 화가 나셨던 거죠, 후계자가 죽을병에 걸린 걸 알고. '네가 나보다 오래 산다면.' 그렇게 얘기하고 싶으셨던 겁니다."

"아버진 늘 의지가 중요하다고 하셨거든. 의지만 강하면 뭐든 다 된다며, 당신은 담배도 의지로 끊었다고 늘 자랑하셨지. 날 불러서 암에 걸린 것도 의지가 약해서라고 하셨어. 대단하지?"

"그래서 회사를 못 물려받을까봐 일을 저지르신 겁니까?"

"아냐. 결국 물려주실 거라곤 생각했어. 셋 중에 하나를 택한다면 나밖에 없으니까. 근데 아버지가 나보다 오래 살면 일이 꼬이잖아? 내가 살아 있을 때 끝을 내려고 한 거지."

"조사중에 알게 된 건데, 사모님께서 임신중이시더군요."

"그래. 내가 아버지보다 먼저 죽으면 아내와 아이가 어떻게 될지 모르니까."

"계획은 좋았습니다. 암살 시도가 드러나도 부회장님을 의심할 사람은 없었으니까요. 근데 일이 꼬였죠. 회장님, 언제 돌아가실지 모릅니다. 뇌사 상태가 되시더라도 저흰 연명 치료를 계속하겠다고 할 겁니다. 부회장님 돌아가실 때까지 버틸 수 있습니다."

"그건 모르는 거지. 나도 이제 뒤가 없거든. 뒤가 없는 사람은 뭐든 할 수 있어."

"부회장님이 살인을 사주했다는 증거를 찾을 겁니다. 그러면서 부회장님 아프다는 사실도 흘려야죠. 부회장님을 돕는 정관계 사람들도, 골든게이트 레저도, 스트라이크 포스도 그걸 알면 맘을 바꿀 겁니다. 곧 죽을 사람과 손을 잡을 이유가 없으니까요. 더 확실한 편에 붙으려고 하겠죠. 결국 부회장님은 아무것도 못 가지실 겁니다."

"그래서? 그런 얘기 하면 내가 포기할 거 같아?"

"아뇨. 협상하자는 겁니다. 자식 세 명이 똑같이 나누는 쪽으로."

진혁은 종이를 내밀었다. 무준이 받아들어 내용을 훑어보왔다.

"전자 계열은 다 부회장님 겁니다. 제약, 식품은 여옥님. 건설은 김무영. 생명이 남는데, 거긴 지분을 3분의 1씩 나누는 걸로."

"네가 이런 걸 약속할 수 있나?"

"마지막 장 보시면 아시겠지만 다른 두 분과도 얘기가 된 겁니다. 두 분 다 최근에 나폴레옹 법전에 나오는 균분상속을 인상 깊게 보셨더라고요. 부회장님만 받아들이면 회장님 유언장 문제는 저희가 정리하겠습니다."

"균분상속이라. 어려운 얘기지."

"잘 안 될 거라고 생각하시나봅니다."

"꼭대기는 한 명이야, 그게 왕이든 회장이든. 사람 수대로 나눠 가지면 다 약해지고 작아지는 거야. 결국 싸움이 나게 될걸. 지금이 아니라도 나중에."

"평화적으로 그룹을 쪼개자는 겁니다. 지금도 충분히 크니까요."

"셋으로 나누면 5대그룹 밖으로 떨어져. 우린 아버지와 같은 대접을 못 받는 거지. 그러면 후회가 시작되는 거야. '나도 아버지처럼 될 수 있었는데.' 이득을 나눌 순 있어도 자리는 독점하고 싶기 마련이거든. 무영이와 여옥이도 그걸 곧 알게 될 거야. 결국 모든 걸 되찾으려고 싸우겠지."

"그래서 거절하시는 겁니까?"

"아니, 해야. 셋이 똑같이 나누자는데. 지금이야 조용히 넘어가도, 언젠간 결국 싸움이 있을 거고 그땐 내 아내가 전부 차지하게 될 테니까. 너희들은 모르겠지만 현아가 강단이 있거든. 내가 직접 고른 사람이야."

무준은 서류를 들고 일어섰다.

"검토하고 사인해서 보내도록 하지."

"부회장님, 한 가지 더요."

무준은 진혁을 돌아보았다. 진혁은 보테가베네타 파우치를 벤치 옆에 내려놓았다.

"오태식한테 받은 겁니다. 겨울잠이 들어 있던데요."

무준은 아무 말 없이 파우치를 내려다보았다.

"회장님이 돌아가시기 전에 정리가 됐으면 해서요. 회장님 돌아가신 다음에, 부회장님이 기적적으로 회복하신다거나, 뭐…… 또 다른 맘을 먹으실지도 모르잖습니까."

"그럴 리는 없지만, 무슨 뜻인진 알겠어."

무준은 피식 웃더니 파우치를 집어들고 뚜벅뚜벅 걸어갔다. 잠시 고민하던 진혁은 무준이 완전히 사라지기 전에 말했다.

"부회장님."

무준이 진혁을 천천히 돌아보았다. 진혁은 늘 궁금했던 걸 물었다.

"김무영이요. 회장님이 김무영한테도 화가 나신 걸로 압니다. 결국 부회장님은 용서하셨는데 김무영에겐 아무것도 물려주지 않으셨죠. 김무영은 무슨 잘못을 한 겁니까? 부회장님 잘못이 죽을병에 걸린 거라면, 김무영의 잘못은 뭡니까?"

"동성애. 무영인 동성애자야."

잠시 침묵이 흐른 끝에 진혁이 입을 열었다.

"그게 잘못입니까?"

무준은 피식 웃었다.

"말했지? 아버진 늘 의지가 중요하다고 했다고. 타고난 성향이니 뭐니, 그런 걸 믿지 않으셨거든. 통제하지 못한 게 잘못이라는, 그런 얘기지."

무준은 잠시 생각하다 말을 이었다.

"우리 중 진짜 잘못한 사람은 아무도 없어. 병에 걸린 것, 딸로 태어난 것, 동성애자로 태어난 것, 다 아버지가 보기에 잘못인 거였지."

무준은 다시 뒤를 돌아 걸어나갔고 벤치에는 진혁 혼자 남왔다. 그는 오랫동안 부처님 그림들을 쳐다보다 일어났다. 반나절 내내 이곳에 있었음에도 여전히 그는 미혹에 있었다.

일주일 후 무준이 죽었다는 속보가 떴다. 아내인 현아와 저녁에 레스토랑에서 식사를 하고 극장에서 영화를 보던 도중 잠들듯이 쓰러졌다고 했다. 그로부터 한 달이 지나 여옥과 무영이 합의한 대로 연명치료가 중단되고, 김백식 회장도 침대에서 숨을 거뒀다.

결말

"약속한 돈입니다."

진혁은 상연에게 서류봉투를 내밀었다. 상연은 평상복으로 갈아입고 퇴원을 준비하는 중이었다. 김백식을 구출할 때 허리디스크가 터져 검사검사 VIP 병동에 입원해 치료를 받았다. 수술 소견도 있었지만, 몸에 칼을 대선 안 된다고 믿는 상연이 거절했다. 이제 상황도 정리되고 상연의 허리도 많이 좋아져서 집에 갈 수 있게 됐다.

평상복은 진혁이 근처 탑텐에 들러 적당히 사온 것이었는데, 무난해 보이는 기본 옥스퍼드 셔츠에 청바지인데도 상연은 핏이 어정쩡하고 착용감도 엉망진창이라며 취향에 맞지 않는다고 투덜댔다.

"나가서 이걸로 좋은 거 사세요. 그건 급하게 고른 거니까요."

그녀는 봉투를 쳐다보곤 의심스러운 표정으로 물었다.

"99억 맞아요? 그게 이 안에 다 들어가요?"

진혁은 열어보라는 듯 손짓했다. 상연은 봉투를 열고 안에 든 걸 손바닥에 탈탈 털었다. 로또 용지 세 장이 떨어졌다.

"세 장 다 1등 당첨된 겁니다. 동일 번호. 수동 당첨이고 약수동에 있는 로또점에서 구입한 겁니다. 누가 물어보면 거기서 사셨다고 하면 됩니다. 세 장 합쳐서 세금 떼고 65억. 한꺼번에 100억을 다 드리기 힘들어서 이만큼 먼저 챙겨드리는 거니 나머진 추후에 드리는 걸로 하지요."

"실장님도 로또 사세요?"

"제가 산 건 아니고요. 재벌가에선 깨끗한 돈이 필요할 때가 많아서요. 추가금 내고 당첨 로또를 종종 사둡니다."

"고마워요. 근데 실장님한테도 좀 나눠드려야 하는 거 아니에요?"

"얼마나 주시려고요?"

"반은 안 되고 그보다 조금…… 조금 많이 빼고?"

진혁은 피식 웃었다.

"아닙니다. 박상연씨 능력으로 얻어내신 건데요."

상연도 같이 웃었다.

"그러실 줄 알았어요. 그동안 고마웠어요, 유진혁 실장님."

"이제 뭐 할 겁니까?"

"가사도우미는 그만둬야겠죠? 좀 쉬면서 생각하려고요. 스위스 같은 데나 가볼까 싶은데. 제네바가 그렇게 예쁘대 요. 근데 잠깐 저택에 들러도 돼요? 챙겨갈 짐이 있는데."

"그러세요. 저택에 말해두겠습니다."

진혁은 손을 내밀었다. 수많은 일들이 있었지만 박상연을 무사히 보내게 돼서 다행이다. 이렇게 헤어지는 게 아쉽기도 하지만 후련하기도 했다.

상연은 눈을 동그랗게 뜨며 물었다.

"뭐 드릴 게 남았나요?"

"아뇨. 악수하자고요."

*

장례식은 4일장으로 치러졌다. 김백식 회장이 국가 발전 에 기여한 공을 고려해 마지막날은 정부 주최 공식 영결식이 별도로 열렸다. 영결식이 끝난 뒤 시신은 화장 후 봉안됐다. 화장은 고인의 유지라고 알려졌지만, 실제로는 아니었다. 여옥과 무영이 김백식 회장의 유언 공증인인 구창환을 만나 담판을 지은 결과였다. 회장과 무준의 연이은 죽음으로 세간에 흉흉한 소문이 떠도는데, 괜히 시신을 매장해 추후 분쟁의 씨앗을 만들고 싶지 않았던 여옥과 무영이 화장하기로 합의한 것이다. 회장의 몸속에는 아직 겨울잠의 흔적이 남아 있었으니까.

납골묘 앞에 서 있는 재벌가 사람들의 모습이 TV에 생중계될 때 진혁은 병원 지하에 있었다. 회장이 죽은 직후 진혁은 사표를 썼다. 때마침 요양원에 있던 아버지도 돌아가셔서 좋은 핑계가 됐다. 니코가 전화로 아버지의 죽음을 알렸을 때, 진혁은 안도감과 허탈감을 동시에 느꼈다. 그리고 한 시대가 끝났음을 알았다. 여옥에게는 좀 쉰 후에 돌아가겠다고 말했지만 그는 돌아갈 생각이 없었다. 늘 생각했던, 진짜 계획이 눈앞에 다가와 있으니까.

병원 지하에 아직 건잠머리 트럭이 있었다. 티타늄 합금으로 된 문이 굳게 닫혀 있었지만 상관없었다. 조나단을 설득하던 날 열쇠를 받아놨으니까. 그때부터 줄곧 트럭에 몰래 들어올 날만 기다렸다.

조나단과 맥스 역시 장례식에 참여한 상태라 트럭 안에는 아무도 없었다. 전자 장비가 더욱 많아져 트럭 안은 발 디딜 틈도 없이 좁았다. 맨 안쪽 자리에 빨간 버튼이 달린 스피커가 놓여 있었다. 회장의 머리에 연결되어 있던 것과 같은 제품이다.

진혁은 살짝 웃었다. 예상대로다.

회장을 화장한다고 하면 맥스가 가만있지 않을 거란 사실을 알고 있었다. 맥스의 목표는 언제나 같았으니까. 컴퓨터 속에 진짜 인간의 인격을 넣는 것.

첫번째로 뇌 스캔을 통해 기본적인 내부 구조를 파악했고, 두번째로 혼수상태일 때 가족과 소통하게 해 감정 반응까지 알아냈지만 그것만으론 부족했다. 마지막으로 세번째 단계가 필요했다. 실제 뇌를 잘라내 뇌 시냅스 구조를 해부학적으로 파악하고 저장하는 것.

진짜 인간을 가지고 이렇게 세 단계를 거치는 건 쉬운 일이 아니다. 시간과 돈도 엄청나게 들뿐더러, 세번째 단계는 현행법을 어기는 수준이니까. 삶과 죽음 전체를 관통하는 방식이었다. 그동안 맥스가 뇌 스캔 인공지능을 완벽하게 완성하지 못했던 이유도 여기에 있었다.

하지만 이번에는 가능했다. 늙고 돈 많은 회장이 있었고, 유언장 때문에 안달난 가족들이 있었기에. 진혁이 한 일은 회장을 화장할 거라고 귀띔해주고 영안실에 맥스가 드나들

수 있도록 도와준 것이 전부였다. 그러면 맥스가 알아서 할 거라는 사실을 알고 있었다.

진혁은 스피커 가까이 다가가 붉은 버튼을 눌렀다. 그리고 말했다.

"회장님. 저 유진혁입니다."

잠시 침묵이 흘렀지만 곧 트럭 전체에 불이 켜지고 모니터 화면에 뇌파 파형이 흘렀다. 그리고 익숙한 목소리가 들려왔다.

"유 실장, 지금 나 어디 있는 거지? 내 몸이 보이지 않아. 앞도 보이지 않고 냄새도 맡을 수 없어. 오직 유 실장 목소리만 들리네. 다른 놈들도 계속 말을 거는데 누군지 모르겠어."

진혁은 트럭을 둘러보았다. 이 트럭이 회장님이다. 김백식은 죽었지만 김백식의 두뇌는 마치 유령처럼 트럭 속에 남아 있었다.

"컴퓨터 안에 계십니다. 원하시던 영생을 얻게 되신 거죠."

"난 이런 식의 영생은 원한 적 없어. 아무것도 없는 무의 공간에서 누군가 부를 때만 나갈 수 있는 이런 건."

"회장님이 택하신 겁니다."

잠시 침묵이 흘렀다. 그러다 회장이 말했다.

"회사는?"

"세 분이 똑같이 나눠 가졌습니다. 김무준 부회장은 돌아 가셨고요."

"그럴 줄 알았어. 알려줘서 고맙네."

잠시 침묵하다가 회장이 말했다.

"유 실장, 나한테 원하는 게 있지? 그러니까 날 이렇게 만들고 여기 온 거 아냐."

"네."

"뭐든 들어주지. 대신 부탁이 있어."

"다시 그룹을 장악하게 도와달라는 말씀이라면 곤란합니다. 그럴 방법도 없고, 이제 와서 회장님을 원하는 사람도 없을 겁니다. 컴퓨터 속에 회장님이 계신 걸 인정한다고 해도요."

"나도 알아. 여기 있으면 할 수 있는 게 생각밖에 없거든. 내가 뭘 잘못했는지 어떻게 해야 하는지 계속 생각해봤어."

"말씀하세요."

"날 없애줘."

그는 삭막한 트럭 안을 살피며 회장의 마음을 이해했다. 진혁의 아버지도 육체에 갇혀 있다가 마침내 자유로워졌으니. 진혁은 맥스가 원했던 진정한 뇌 스캔이 어느 정도 성공했음을 알았다. 이제 컴퓨터 속 김백식 회장은 묻는 말에 대답만 하는 것이 아닌, 스스로 판단하고 결정한 후 말할 수 있게 됐으니까.

잠시 침묵한 끝에 진혁은 늘 궁금했던 걸 물었다.

"김무영이 도박장에서 쓰다 걸린 비자금이요. 나머지는 어디 있는지 줄곧 추적해왔는데, 스위스에 있다는 것밖에 못 알아냈네요. 회장님께서 알려주시죠. 비자금의 위치와 꺼내는 방법이요. 그것만 알려주시면 원하는 대로 해드리겠습니다."

비자금. 출처를 알 수 없는 조 단위의 돈.

무영을 구했을 때부터 그가 가진 꿈이었다.

*

진혁은 차를 몰아 저택으로 향했다. 경호원들이 지키고 있었지만 대부분 진혁이 채용한 자들이기에, 여옥의 심부름을 왔다고 하자 의심 없이 들여보내줬다. 진혁은 3층으로 올라가 거실 맞은편의 마크 로스코 그림을 마주했다.

회장은 말했다.

"마크 로스코 그림 뒤에 메모가 있어."

교활한 늙은이. 그러니까 여태 못 찾았지.

진혁은 살짝 떨리는 손으로 그림을 들어 바닥에 내려놓았다. 그림을 뒤집고 이리저리 살폈지만 그 어디에도 메모는 없었다. 당황스러웠다. 회장이 거짓말로 그를 엿 먹인 걸까? 마지막으로 나오면서 트럭에 불을 질렀으니, 회장은 세상에서 사라졌고 더이상 질문할 기회도 없었다.

사소한 단서라도 찾아내려 뒷면을 살피던 진혁은 그림 아래 쓰인 작은 글씨를 발견했다. 한글이었다.

─페가수스 화방. 유병건. 구입해주셔서 감사합니다.

그 옆에는 멋들어진 사인이 있었다. 이게 무슨 뜻이야? 마크 로스코가 사실은 한국 사람이었나? 그는 다시 그림을 뒤집어 보았다. 검붉은 색깔의 그림을 다시 확인하는데, 자세히 보니 하단에 피가 말라붙어 있었다. 당황한 진혁은 곧 어떻게 된 일인지를 깨달았다.

모작.

박상연이 자기 방에 걸어뒀던 모작이다. 그 그림이 왜 여기 있지?

진혁은 헐레벌떡 지하로 내려갔다. 직원들이 상연의 방을 청소하고 남은 짐을 내가는 중이었다. 벽에 걸린 그림은 보이지 않았고 벽에는 피가 튄 흔적만 남아 있었다.

"그림은 어딨어?"

"박상연씨가 가져갔는데요."

진혁은 방안을 둘러보았다. 다른 짐은 그대로였고 상연이 가져간 건 마크 로스코의 그림과 『왕도둑 호첸플로츠』 두 가지뿐이었다. 만일 상연이 그림을 바꿔치기했다면 그건 언제일까? 회장님이 혼수상태에 빠지고 저택 전체가 혼란에 빠져 있을 때? 아니면 보안 요원들 넷과 저택에 갇혀 있을 때? 그것도 아니면 저택에 살인자들이 들이닥쳤을 때? 잠시 고민하던 진혁은 결국 웃음을 터뜨렸다. 진짜 왕도둑이었네. 왕도둑한테 당했어. 모든 걸 잘 해냈다고 생각했는데, 이렇게 될 줄은 몰랐다.

복도로 나오는 진혁을 니코가 기다리고 있었다. 진혁은 사표를 낸 뒤 여옥에게 니코를 새 비서실장으로 추천했다. 필리핀 때의 보은인데, 니코는 얘길 듣고도 눈썹을 살짝 치켜뜨며 웃었을 뿐 별다른 말을 하지 않았다.

니코가 늘 그렇듯 느긋한 어조로 말했다.

"왜? 무슨 문제 있어? 일이 원하는 대로 잘 안 됐나?"

"그렇긴 한데 아직은 괜찮아. 근데 넌 여기 무슨 일이야?"

"병원 지하에 불이 났어. 누가 건잠머리 트럭에 불을 질렀다는데, 재산 피해가 상당해. 누군진 몰라도 당분간 몸 사리는 게 좋겠어. 위에서 화가 많이 났거든."

"고마워."

니코를 지나쳐 걸어가던 진혁이 문득 뒤를 돌아보았다.

"근데 왜 이렇게까지 도와주는 거야? 전부터 묻고 싶었는데."

잠시 망설이던 니코가 곧 미소 띤 얼굴로 말했다.

"우리 아빠 이름이 뭔지 알아?"

"뭔데?"

"최진혁."

"최씨였어? 너 성이 츄이……"

진혁은 츄이가 최를 발음한 것임을 깨닫고 말을 멈췄다. 니코가 말했다.

"아버지가 도망가기 전에 나랑 찍은 사진이 있어. 딱 한 장. 너하고 많이 닮았어."

니코는 지갑에서 사진을 꺼내 진혁에게 보여주었다. 필리핀 어느 해변가에서 어린 니코와 한 남자가 찍은 사진이었다. 중년의 남자는 어색한 미소를 지은 채 니코의 어깨를 안고 있었다. 진혁은 사진을 본 뒤 니코에게 시선을 주었다. 니코는 그때나 지금이나 비슷했다. 세상을 이해할 수 없지만 받아들여야 한다는 체념과 초연함이 얼굴에 묻어났다.

"닮았지?"

뭐라고 말해야 할지 알 수 없었다. 그가 보기에 니코의 아버지와 자신은 하나도 닮지 않았다.

"그래서 도왔어? 아버지 생각이 나서?"

"아니, 사실은 그 인간 닮아서 맘에 안 들었어. 그래서 친해진 다음에 따로 불러내서 몰래 죽여버리려고 했지. 그러면 기분이 좀 풀릴 거 같았거든. 내가 아닌 딴 놈이 손대는 건 맘에 안 들어서 일단은 도와주다가 여기까지 온 거고."

"이제 알았네. 언제 맘을 바꿨어?"

"아직 안 바꿨어. 그러니까 조심해."

진혁은 웃었다. 니코가 한 말이 진짠지 아닌지 알 수 없었다. 니코도 마주 웃더니 가보라는 듯 손을 내저었다. 진혁은 가볍게 고개를 끄덕이곤 저택을 가로질러 밖으로 향했다.

*

쓸데없는 상상으로 긴장을 줄이는 것. 상연이 제일 잘하는 일이었다. 살인자에게 목이 뚫려 죽을 뻔한 후 뜨거운 물로 씻고 나왔던 날이 그녀의 인생에서 가장 스트레스가 심한 때였다. 그날, 조심조심 복도로 나온 상연은 깨달았다.

지금이야말로 그림을 가질 때라는 것.

예전에 요양원 간병인이 쓴 책을 읽은 적이 있다. 말기 환자들이 후회하는 다섯 가지를 모은 책이었는데, 첫번째가 바로 '내가 원하는 대로 살지 못한 것'이었다. 두번째는 '일을 너무 열심히 한 것'이었는데, 상연은 둘 다에 해당됐다. 너무 열심히 일만 했고 원하는 걸 하지 못했다.

지금이 아니면 기회는 없다. 이미 죽을 뻔했고 이러다 원하는 그림 하나 못 가진 채 죽을 수도 있다. 그렇다면 저지를 때다. 상상 속에선 수백 번 저지른 일이라 어렵지 않았다. 상연은 3층에서 진품을 가지고 내려가 모작과 바꿔치기했다. 액자가 없는 그림인데다 사이즈도 같아서 어렵지 않았다. 모작 아래 피가 묻어 있는 것이 맘에 걸렸지만 원래 그림 색도 붉어서 다행히 표가 나지 않았다.

방에 진품을 가져와 벽에 걸기 전 잠시 침대에 내려놓았는데, 그때 그림 뒤편에 붙어 있던 메모지를 발견했다. 뭔지 모를 숫자들이 잔뜩 적혀 있는 메모였다. 혹시나 해서 『왕도둑 호첸플로츠』 사이에 끼워두고는 한동안 잊고 있다가, 혼수상태에 빠진 회장님을 모시고 병동 화장실에 숨어들었을 때 생각이 났다. 태식이 도주한 뒤 잠시 시간이 남자 상연은 회장님에게 물었다.

"마크 로스코 그림 뒤에 붙어 있던 메모지는 뭐예요?"

회장님은 비자금 계좌번호라고 알려주었고, 상연이 은행은 어디 있는지 어떻게 들어갈 수 있는지를 꼬치꼬치 캐묻자 성심성의껏 잘 대답해주었다. 세간의 평판과는 달리 참으로 좋은 분이었다. 얘기가 끝난 후 회장님이 진짜로 혼수상태가 되는 바람에 고맙다는 말을 전하지 못한 게 아쉬울 뿐이었다.

상연은 로또 당첨금 절반을 부모님께 드렸다. 그룹의 극비 사항을 알게 돼서 받은 돈이라고 잔뜩 겁을 주고, 경찰서 바로 옆에 집을 구하라고 일러주었다. 재벌가의 온갖 무서운 일들을 겪어보니 안전이 제일이란 사실을 알게 되었다.

그러고 나서 상연은 스위스 왕복 티켓을 샀다. 이미 수십억을 벌었는데 돈을 더 찾을 필요가 있나 고민이 되긴 했지만, 일단 스위스에 가보고 싶었다. 스위스 제네바에 있는 은행으로 들어가 은행가들을 만나는 상상을 해보았다. 드라마 〈재벌집 막내아들〉 오프닝에서도 송중기가 비자금을 찾으러 가지 않았던가. 은행에 들어가서 익명 계좌를 대고 돈을 찾는 과정이 얼마나 근사할지 짐작도 가지 않았다. 유진혁에게 상황을 털어놓는 것도 고려해봤지만, 그가 어떤 반응을 보일지 몰라 포기했다. 모르겠다. 일단은 스위스로 간다!

그녀는 일등석에 앉자마자 스튜어디스에게 말했다.

"일단 샴페인부터 주시겠어요?"

유튜브에서 보니 일등석은 샴페인이 무제한이라고 했다. 상연은 주요 항공사의 일등석에서 제공하는 와인을 면밀히 분석해 지금의 비행기를 택했다. 가장 비싼 샴페인을 주는 곳이다. 전날부터 식사량도 조절하고 숙취해소제도 든든히 준비했다. 그녀는 미리 연습한 대로 씩씩하게 말했다.

"잔이 비었다 싶으면 물어보지 마시고 그냥 따라주시면 돼요."

스튜어디스가 환한 미소를 지으며 크루그Krug를 따라주고 돌아갔을 때, 상연은 그제야 건너편에 앉은 진혁을 발견했다. 진혁은 입가에 부드러운 미소를 띤 채 상연을 향해 고개를 까딱였다. 상연은 심장이 덜컥 내려앉는 걸 느꼈다. 내가 저 인간을 우습게 봤네. 생각해보면 송중기도 비자금 찾으러 가서 죽었다. 물론 그는 타임 슬립을 해서 살아났지만, 상연은 그럴 수도 없었다. 그냥 당분간은 한국에 있을 걸 그랬나? 그때 진혁이 불쑥 물었다.

"그거 맛있어요?"

그의 질문에 상연은 안심했다. 태도를 보니 스위스에서 살해당할 것 같진 않았다. 그동안 겪어본 바 나름 매너가 있는 편이기도 했고. 상연은 약간 기분이 나아져서 어색하게 인사하며 말했다.

"실장님, 여기서 뵙네요."

"실장 아닙니다. 그만뒀거든요."

그럼 킬러인 건가. 상연은 다시 겁이 났다. 조금 전에 진혁이 뭐라고 했지? 아 맞다. 술 맛있냐고 물었지. 아무리 위급한 상황에서도 먹는 문제라면 정신이 돌아오는 상연이었다. 그녀는 목소리를 낮춰 진지하게 말했다.

"이게 시중에서 한 병에 30만원도 넘는 거거든요? 제가 찾아보니까 다음 입고 때부터 가격이 또 오를 거래요. 알코올 분해만 할 수 있다면 무조건 먹어야 되는 거예요."

상연의 말을 들은 진혁이 스튜어디스를 불러 같은 샴페인을 주문했다.

"제 잔도 비었다 싶으면 따라주세요."

스튜어디스가 떠나고 진혁은 상연을 돌아보며 말했다.

"스위스에는 무슨 일로 가세요?"

상연의 머리가 팽팽 돌아갔다. 뭐라고 해야 할까? 한번 떠보는 걸까? 아니면 다 알고 온 걸까? 겁이 나긴 했지만 시작부터 이실직고할 순 없었다. 그랬다간 그림 바꿔치기부터 설명해야 하는데, 그건 즉시 체포되어야 마땅한 중죄였다.

상연은 샴페인 한 모금을 마신 후에 말했다.

"관광이죠. 돈 벌었으니 일단 여행 가려고요."

"네. 그때 얘기하셨죠. 저한테도 좀 나눠주고 싶다고. 생각해봤는데, 받는 게 좋을 거 같아요. 스위스 가신다고 했던 게 기억나서 비행기를 찾아봤습니다."

뭐야? 진짜 그 돈 받으러 온 건가? 상연은 크게 안도했고, 약간 아쉬웠다. 그녀는 술잔을 만지작거리며 말했다.

"얼마나 받고 싶으신데요? 많이 안 남았는데."

"6 대 4. 스위스에서 버는 돈 총액에서요."

진혁은 스위스라는 단어를 힘주어 말했다. 상연은 진혁이 무슨 말을 하는지 깨닫고 아, 하고 감탄사를 내뱉었다. 진혁이 말했다.

"대신 저도 은행에서 일 돕겠습니다. 익명 계좌는 출금이 까다로울 수 있거든요."

상연은 눈알을 굴리다 피식 웃었다.

"누가 6이에요?"

진혁이 상연을 가리켰다. 상연은 잠시 생각하다 잔을 내밀었다.

"그러실 줄 알았어요."

두 사람은 건배했다.

조나단은 코와 입에 종이봉투를 대고 숨을 쉬었다. 과호흡이 진정되자 길게 심호흡을 내뱉은 그가 맥스를 노려보았다.

"내가 재벌가 일에 끼지 말라고 했지? 결국 얻은 게 뭐야. 김백식 머리로 인공지능 만들겠다더니 시작도 전에 다 박살난 거 아냐. 트럭은 불타고, 김여옥하고 김무영은 우리 일에서 손떼고! 김무영은 그동안의 삶을 반성한답시고 여기저기 기부도 했다던데. 차별금지법제정연대하고 한국여성단체연합, 인권사랑운동방에 10억씩 쐈대. 뭐 하는 새끼지."

"뭐, 좋은 일 하네."

"남의 일 얘기하듯 하지 말고! 김백식 머리를 어디 다른 서버에 백업해놓은 것도 아니지? 그냥 없어진 거지?"

맥스는 고개를 흔들었다.

"그건 없어져도 괜찮아. 너 없을 때 뇌 스캔을 한 명 더 했었거든."

"누구?"

"김백식 회장만큼이나 똑똑하고 집요한 사람. 김백식은 뇌만 남은 삶에 회의를 느끼고, 우리가 묻는 말에 대답도 안 했잖아. 근데 이 사람은 다르다고. 가족들 걱정에 그냥 죽을 수 없거든. 나한테 먼저 와서 도와달라고 하더라고. 그래서 순서대로 일을 진행했지."

"그러니까, 그게 누군데?"

맥스는 남은 김치말이국수 국물을 마시곤 자리에 앉았다. 화면을 활성화하자 스크린에 붉은색 버튼이 떠올랐다. 맥스는 버튼을 터치하며 말했다.

"부회장님?"

컴퓨터 속 김무준이 차분하게 대답했다.

"얘기해. 듣고 있어."

문학동네 플레이 시리즈
데이터 상속인
ⓒ한상운 2025

초판 인쇄 2025년 2월 3일
초판 발행 2025년 2월 14일

지은이 한상운
책임편집 임고운 | 편집 오동규 정은진
디자인 이보람 | 저작권 박지영 형소진 오서영
마케팅 정민호 서지화 한민아 이민경 왕지경 정유진 정경주 김수인 김혜원 김예진
브랜딩 함유지 함근아 박민재 김희숙 이송이 김하연 박다솔 조다현 배진성
제작 강신은 김동욱 이순호 | 제작처 천광인쇄소

펴낸곳 (주)문학동네 | 펴낸이 김소영
출판등록 1993년 10월 22일 제2003-000045호
주소 10881 경기도 파주시 회동길 210
전자우편 editor@munhak.com | 대표전화 031)955-8888 | 팩스 031)955-8855
문의전화 031)955-2696(마케팅) 031)955-1906(편집)
문학동네카페 http://cafe.naver.com/mhdn
인스타그램 @munhakdongne | 트위터 @munhakdongne
북클럽문학동네 http://bookclubmunhak.com

ISBN 979-11-416-0183-6 04810

www.munhak.com